10|18

12, avenue d'Italie - Paris XIIIe

Du même auteur
dans la collection 10/18

VENDREDI, ON SOUPÇONNE LE RABBIN, n° 1560.
SAMEDI, LE RABBIN SE MET À TABLE, n° 1578.
DIMANCHE, LE RABBIN EST RESTÉ À LA MAISON, n° 1705.
LUNDI, LE RABBIN S'EST ENVOLÉ POUR ISRAËL, n° 1803.
MERCREDI, LE RABBIN A PLONGÉ, n° 1970.
JEUDI, LE RABBIN EST SORTI, n° 2026.
UN JOUR, LE RABBIN S'EN IRA, n° 2135.
UN BEAU JOUR, LE RABBIN A ACHETÉ UNE CROIX, n° 2161.
LE JOUR OÙ LE RABBIN A DÉMISSIONNÉ, n° 2357.

MARDI, LE RABBIN A VU ROUGE

PAR

HARRY KEMELMAN

Traduit de l'américain
par Lazare RABINEAU

10 18

INÉDIT

« Grands Détectives »
dirigé par Jean-Claude Zylberstein

Si vous désirez être régulièrement tenu au courant
de nos publications, écrivez-nous :
Éditions 10/18
12, avenue d'Italie
75627 Paris Cedex 13

Titre original :
Tuesday, The Rabbi saw Red

ISBN 2-264-01084-3

1.

— Qu'est-ce que tu entends par là, tu n'es pas intéressée ?

Georges Chernow, petit homme, courtaud, trapu et fort en colère, enrageait contre sa fille, et son regard était attisé par l'indignation.

— Voilà des années que je vends des assurances aux Lubovnik, les traiteurs. Le moins que tu puisses faire serait de leur demander une offre pour cette affaire.

Ce fut d'une voix assez forte pour être entendue par sa femme, laquelle s'était réfugiée à la cuisine avec l'intention d'y rester, qu'il continua :

— Une main lave l'autre, n'est-ce pas ? Je vends de l'assurance et eux du banquet. Bon, il est vrai qu'on n'achète pas du banquet chaque année, mais quand même, je marie ma fille, et la prochaine fois que je verrai Maurice Lubovnik au sujet de son contrat et qu'il me parlera de la noce, je devrais donc lui dire : « Nous ne vous avons pas demandé d'offre, car cela n'intéressait pas ma fille... » ? Et, s'il te plaît, n'essaie pas de me dire que je n'ai pas à lui en faire part, ajouta-t-il avant de préciser : Un mariage, est-ce donc une chose que l'on peut tenir secrète ?

— Mais c'est justement parce que je la connais, sa marchandise, que je ne peux pas la sentir.

Edie, sa fille, détourna la tête et fit mine du plus grand effroi, d'une façon très stylisée.

— Beurk ! Sa soupe au poulet graisseuse, ses knishes * huileuses et puis son hachis de foie moulu...

— Bon, alors, sers-toi ailleurs. Parles-en avec lui. Qu'il te présente quelques menus. Au moins, il saura que nous ne l'ignorons pas.

— D'accord, ça va comme ça ! Je lui en parlerai, souffla Edie. Mais j'aime autant t'avertir tout de suite que moi, ici vivante, s'il se montre incapable de me servir comme je le désire, alors je me fiche complètement des assurances qu'il t'achètera ou non. D'abord, je n'ai jamais voulu ce genre de mariage : rappelle-toi que je peux toujours m'en aller ailleurs et épouser tranquillement Roger sans tout ce chiqué.

C'était bien là la tactique imaginée dès le début par Edie pour mettre ses parents au pas. Lorsqu'elle leur avait parlé pour la première fois de son prochain mariage avec Roger Fine, elle avait alors bien mentionné qu'elle ne désirait qu'un petit dîner :

— Vous-mêmes, sa famille, quelques-uns de nos amis et voilà tout. Absolument rien de ce grand tralala, avec, à la clef, le gâteau de mariage, le porteur d'alliances, les garçons et les demoiselles d'honneur.

Cependant, au fur et à mesure qu'ils en discutaient, petit dîner devenait grand :

— Comment pourrais-je marier ma fille sans inviter mon oncle Joshoua, celui-là qui a pratiquement été un père pour moi, à la mort de mon propre père ?

---

*. Voir le glossaire des termes hébreux et yiddish page 381. (Tous les termes y figurant sont signalés dans le texte par un astérique.)

— Alors cela sous-entend que je me dois d'inviter ma tante Rose, laquelle représente autant pour moi que Joshoua pour toi, renchérit Mme Chernow. De plus, il me faudra inviter les filles, car elles habitent le même immeuble.

— Allons, les filles ne sont que de lointaines cousines à toi !

— Pourtant, j'ai été proche d'elles toute ma vie. En outre, je sais que Rose prendra la voiture, il y aura de la place et les filles pourront la relayer pour la conduite. La route depuis New York est un bien trop grand trajet pour que Rose puisse conduire toute seule.

Avant qu'ils aient pu s'en rendre compte, la liste des invités avait avalé la douzaine initialement prévue par Edie et l'avait multipliée jusqu'à dépasser la centaine de personnes. Et avec tout ce monde, on ne pouvait pas se contenter d'un simple petit dîner tranquille au restaurant. Il fallait une salle et un traiteur. Avec, bien entendu, un orchestre pour danser ; on ne pouvait tout de même pas réunir une centaine de convives, dont la plupart ne se connaissaient pas, et les laisser mijoter jusqu'à l'heure du repas. Et ensuite, on ne pouvait pas renvoyer tout ce beau monde à la maison. D'ailleurs, a-t-on jamais vu un mariage où l'on ne danse pas ? Cela signifiait également une robe de mariage pour la mariée :

— Comment, tout le monde sera sur son trente et un, et toi, tu porterais une robe de tweed ?

Ainsi, Edie se rendit à New York, parce que, comme elle l'expliquait à sa meilleure amie, Selma Rosencranz, « pas une seule chose que l'on puisse se mettre sur le dos, à Boston, pas une moitié de chose qui soit à peu près convenable ».

Cela, son père avait manifestement du mal à le croire, surtout après réception de la facture :

— Dans tout Boston, elle n'aurait pas pu trouver une robe ?

— Tu veux qu'elle soit belle, non ? lui demanda péremptoirement Mme Chernow, et elle avait l'air féroce. Tu n'as qu'une enfant, elle va se marier. Un événement unique dans la vie, et tu veux mégoter ? Elle se lèvera pour aller danser avec le marié, ils seront seuls au milieu de la piste, tout le monde les regardera et toi, tu voudrais qu'elle porte un quelconque vieux décrochez-moi-ça ?

— Ils danseront ? Pas possible, il peut danser ? lança M. Chernow avec une incrédulité un peu feinte, renouant ainsi avec la discussion qu'il avait amorcée avec sa femme — jamais en présence de sa fille, bien entendu — depuis ce jour où il avait appris qu'il aurait Roger Fine pour gendre : car le jeune homme boitait légèrement et marchait à l'aide d'une canne.

— J'ai une seule enfant, un beau brin de fille, et jeune avec ça, et tout ce qu'elle dégote, c'est une marchandise avariée ?

— Il a un léger handicap. Et après ? Cela lui vient de la guerre.

— Cela ne vient pas de la guerre. Il l'a eu *durant* la guerre. Une sorte d'arthrite. C'est lui qui me l'a dit. Pendant tout son service il a exercé une fonction de bureaucrate à Saïgon.

— Et alors ? Est-ce que cela influe sur son travail ?

Ce qui avait pour effet immédiat de toucher un autre point sensible chez Chernow ; Roger Fine était enseignant, et que pouvait déjà gagner un enseignant ?

— Ce n'est pas un simple enseignant, insistait Mme Chernow. Il est professeur, professeur d'anglais ; dans une université.

— Il est chargé de cours.

— Bon, soit, chargé de cours. Que veux-tu ? C'est un jeune homme. C'est son premier poste.

Cependant, quelque chose d'autre irritait Chernow chez le jeune homme, hormis sa profession. C'était l'ensemble de son genre, ses manières. Il paraissait si sûr de lui, ses opinions étaient si tranchées ; des opinions qui ne correspondaient pas à celles de Chernow. Ainsi, par exemple, quand Chernow lui parlait politique, il écoutait de la même façon qu'il aurait écouté le coiffeur en train de lui couper les cheveux, le taxi l'emmenant à l'aéroport, poliment mais sans témoigner le moindre intérêt. Chernow le soupçonnait d'être gauchiste ; qui sait, peut-être même communiste.

Comme son affaire de restauration était strictement cachère *, Maurice Lubovnik de *Lubovnik Traiteurs* — « Nous avons organisé le mariage de votre mère » — avait gardé son chapeau sur la tête en s'asseyant avec raideur sur le coin du sofa, tandis que menus et listes de prix se déployaient devant lui sur l'imposante table carrée où l'on servait habituellement le café. Edie Chernow, son petit derrière rond serré étroitement dans un pantalon de satin noir, se trouvait à l'autre bout du sofa, une jambe repliée sous elle, l'autre pendant légèrement sur le bras du sofa, feignant d'écouter. Elle s'était fait son opinion aussitôt qu'il était entré, à la minute où elle avait aperçu le chapeau de feutre informe, avec une bande graisseuse autour, les gouttes de sueur sur le front, le double menton bleuâtre, et cette voix rauque et râpeuse. En parlant, Lubovnik fixait obstinément le sol, ou bien louchait sur ses papiers étalés sur la table, prenant garde à ne jamais la regarder directement, de peur d'être surpris en train de lorgner l'étoffe tendue du pantalon ou la courte blouse de nylon blanc sous laquelle s'esquissaient ses seins. Il s'éclaircit le gosier.

— Ce n'est pas uniquement une affaire commerciale pour moi, mademoiselle Chernow. Je veux avant tout que mes clients soient satisfaits. Je veux que, des semaines après, ils ferment les yeux pour rêver qu'ils goûtent à nouveau aux délices des knishes * et des boulettes de viande.

Il plissa les yeux et fit claquer les lèvres.

— Cela étant dit, vous pouvez avoir soit du bœuf grillé soit du poulet grillé, pour le même prix. Notre clientèle se divise en deux groupes : ceux qui jurent que la meilleure chose à laquelle ils aient jamais goûté c'est le bœuf grillé et ceux qui déclarent que c'est le poulet grillé.

Il eut un sourire épanoui indiquant que c'était sa petite plaisanterie.

— Maintenant, s'écria-t-il en plongeant dans sa mallette posée à même le sol, pour en resurgir avec une petite carte, voici quelque chose qui a fait fureur parmi nos clients ces dernières années. Vous la joignez à l'invitation et vous permettez ainsi à votre invité de décider à l'avance ce qu'il préfère, le plat au poulet ou le bœuf grillé. Comme cela, tout le monde est content. Tenez, voici une photo d'une splendide tablée, apprêtée par nos soins voilà quelques mois.

Edie parvint finalement à se débarrasser de lui, en promettant d'étudier les quelques modèles de menu qu'il lui laissa. Elle le raccompagnait à la porte qu'il farfouillait encore dans sa mallette, en quête de photographies ou de lettres, provenant de clients satisfaits, et s'arrêtant à maintes reprises :

— Cela me rappelle, la semaine dernière encore...

L'homme de *Stillman's de Boston. Maison créée en 1890* était radicalement différent. En premier lieu, il était jeune, pas plus de la trentaine, et habillé à la mode, d'un pantalon de flanelle grise légèrement évasé sous une veste à carreaux. Et il n'était pas insistant ; à vrai dire, il était tout le contraire, il semblait réservé et quelque peu hésitant :

— Nous ne faisons pas dans la cuisine ethnique, mademoiselle Chernow. Ces knishes* et cette peau farcie sont savoureuses, quoique un peu indigestes à mon goût ; d'ailleurs, je crois que nous ne les proposons pas. Mais par contre, nous préconisons les hors-d'œuvre fins : canapés aux concombres, saumon, salade de crabe avec peut-être des crevettes pour agrémenter les boissons. A notre avis, l'entrée doit stimuler l'appétit et non le tuer. Vous ne voudriez pas que le repas gâche l'ambiance, n'est-ce pas ?

Edie l'approuva.

— En ce qui concerne le plat de résistance, je pense que nous offrons plus de choix que la plupart des maisons. Outre les sempiternels poulet et bœuf grillés, nous faisons beaucoup de homards et de poissons, mais ces temps-ci, le marché est si incertain que nous nous sommes vus contraints de retirer le homard de la vente. Puis, nous avons le bœuf Stroganoff

Edie aimait justement le bœuf Stroganoff.

— Nous en avons servi à un mariage à la grande synagogue réformée de Boston, B'nai Jacob. Ils ont récolté une foule de compliments.

Or, plus que tout, Edie adorait les compliments.

Le rabbin Small ouvrit la porte et s'effaça pour laisser le passage à Mme Chernow et à Edie. Bien que les Chernow fussent domiciliés à Barnard's Crossing depuis plusieurs années, c'était la première fois qu'Edie se trouvait face à face avec le rabbin. Les rares fois où elle s'était rendue à la synagogue, pour une petite demi-heure durant les grandes fêtes, il était soit affalé sur son fauteuil en forme de trône flanquant l'arche sainte, soit en train de faire une courte annonce du haut de la chaire ; elle n'était jamais restée jusqu'au sermon et était dépourvue de toute impression. Maintenant, elle ne voyait aucune raison pour changer d'avis. De taille moyenne, il était maigre et pâle. Il avançait la tête démesurément en se penchant, à la manière de l'érudit, et promenait son regard de myope à travers d'épais verres de lunettes. A leur entrée, elle avait également remarqué, car elle avait l'œil à tout, ses chaussures poussiéreuses, sa cravate maladroitement nouée et mise de biais.

— Le fiancé ne vient-il pas ? interrogea le rabbin.

— Oh ! Roger n'a pas pu se libérer, dit Edie.

— Il est professeur d'université à Boston, expliqua la mère. Il a cours.

— Ah bon ; ce n'est pas très important, les rassura le rabbin. Une fois que tout le monde sera réuni sous la 'Houpa *, le dais nuptial, je donnerai les instructions nécessaires.

— Existe-t-il une règle spéciale pour déterminer qui doit y accéder en premier ? demanda Mme Chernow.

— Non, madame Chernow, vous pouvez arranger cela à votre convenance, à condition que la fiancée arrive la dernière, le plus souvent au bras de son père. Quelquefois, le fiancé entre par le côté, soit seul, soit en compagnie de ses parents. Cependant, si vous le préférez il peut venir par la nef centrale. Vous pouvez organiser un cortège formé du fiancé, de ses parents, du garçon d'honneur avec éventuellement la fille d'honneur, puis la mère de la fiancée et enfin la fiancée au bras de son père. La tendance générale consiste à séparer la famille de la fiancée de celle du fiancé jusqu'à ce qu'elles se retrouvent sous le dais, et là encore, d'habitude, on sépare les familles, celle de la fiancée derrière celle-ci, celle du fiancé derrière celui-là.

Il sourit.

— La façon d'accéder a beaucoup moins d'importance que ce qui survient après votre arrivée. Je lis la Ketoubah *, c'est-à-dire le contrat de mariage, signé préalablement par le fiancé, et naturellement aussi la publication des bans. Je récite les bénédictions ou, si vous le désirez, le ministre-officiant les chantera. Ensuite, les fiancés trempent leurs lèvres dans la même coupe de vin. Au cas où vous auriez un long voile, mademoiselle Chernow, votre fille d'honneur le soulèvera afin que vous puissiez boire. Ensuite, le fiancé répétera après moi, mot pour mot, une brève déclaration en hébreu, en vertu de laquelle vous le consacrez à vous, par l'alliance qu'il vous glisse au doigt, conformément à la loi de Moïse et d'Israël. On reboit du vin, puis le fiancé casse un verre déposé sous son pied.

— Est-il nécessaire de casser un verre ? demanda Edie.

Le rabbin marqua sa surprise.

— Y voyez-vous un inconvénient ?

— Oh ! cela semble tellement sot, tellement... primitif !

Il hocha la tête.

— C'est une tradition qui pourrait effectivement remonter aux temps primitifs, une ancienne tradition, si lointaine que sa raison d'être s'est perdue dans la nuit des temps. Il y a, bien entendu, des hypothèses ; la plus répandue identifie cette coutume à la destruction du Temple de Salomon ; il faut se souvenir que nul bonheur ici-bas n'est parfait. A vrai dire, je ne trouve aucune explication particulièrement convaincante. En ce qui me concerne, je préfère voir un symbole dans le fait qu'après que les fiancés ont bu, le verre soit brisé, de sorte que nul ne pourra jamais venir interférer dans leur union nouvellement scellée. Disons qu'il s'agit d'une tradition, tout aussi justifiée que celle qui consiste à porter l'alliance à la main gauche plutôt qu'à la main droite. Quoi qu'il en soit, c'est une tradition caractéristique des mariages juifs depuis des siècles, de sorte que nous devons la maintenir.

Il se tourna vers Mme Chernow :

— Je puis vous assurer qu'elle est très agréablement utile, car elle sert à marquer le point culminant de la cérémonie. Aussitôt que le marié a brisé le verre, tous les assistants crient Mazal tow * ! bonne chance ! les mariés sont unis.

— C'est que le garçon est boiteux, risqua Mme Chernow.

— Oh ? fit le rabbin. Vous pensez qu'il ne pourra pas casser le verre du pied ?

— Oh ! M'man ! Bien sûr qu'il pourra, intervint Edie d'un ton cassant.

— Bien, dit promptement le rabbin, dans ce cas il n'y a pas de problème.

Il poursuivit d'une traite :

— Ensuite, tout le monde descend l'escalier pour se rendre à la salle des banquets, les mariés cette fois-ci en tête, suivi par le reste du groupe de la 'Houpah *. Je suppose que vous prévoyez des amuse-gueule et des apéritifs avant le dîner, et vous pouvez organiser une réception dans la petite salle. Le temps que les invités aient fini de défiler, les gens de Lubovnik auront tout mis en place avant d'ouvrir les portes de la grande salle des banquets pour indiquer que le dîner est servi. Vous pouvez leur faire confiance pour la coordination dans le temps. Ils ont beaucoup d'expérience en la matière.

— Oh ! mais nous n'avons pas choisi les Lubovnik comme traiteurs ! fit Edie.

— Non ?

— Nous prenons *Stillman's de Boston*.

— Je ne me rappelle pas en avoir entendu parler. Est-ce des nouveaux ?

Edie rit de bon cœur.

— On peut difficilement les traiter de nouveaux, monsieur le rabbin. Leur affaire est très ancienne. Vous connaissez certainement le restaurant *Stillman's* à Boston ?

— Oui, j'en ai entendu parler. Mais j'avais l'impression que ce n'était pas un restaurant juif, certainement pas un restaurant cachère *.

— Effectivement, il n'est pas cachère *, monsieur le rabbin...

— Alors, ils ne peuvent pas servir de banquet dans notre synagogue, mademoiselle Chernow. Notre cuisine est cachère.

— Mais c'est ridicule, s'écria Edie. J'ai déjà tout commandé.

— Alors il ne vous reste qu'à tout décommander, dit calmement le rabbin.

— Et perdre les arrhes que nous avons versées ? demanda Mme Chernow d'une voix tremblante d'indignation.

Les doigts du rabbin pianotaient tranquillement sur la table. Finalement, il dit :

— Cela ne peut pas être pire que tout l'argent que vous avez perdu ces dernières années en versant des cotisations à la synagogue.

— Les cotisations à la synagogue ? Que voulez-vous dire ?

— Simplement que si, pendant toutes ces années où vous avez habité ici, vous avez été incapables de découvrir les principes sur lesquels repose notre synagogue, je dis que tout l'argent que vous avez versé en cotisations est de l'argent gaspillé.

Roger Fine, mince et bronzé, était assis, ses longues jambes étendues, dans le living-room des Chernow, à écouter le récit d'Edie relatant sa rencontre avec le rabbin, en tapotant, maussade, le côté de sa chaussure avec sa canne. La voix vibrante d'indignation, elle dit :

— ... et cet homme a eu le toupet, l'incroyable aplomb de nous dire en pleine figure que l'argent, dépensé en droit d'adhésion et en cotisations annuelles à la communauté, avait été gaspillé. Tout l'après-midi, j'étais pendue au téléphone, j'ai appelé partout dans un rayon d'une trentaine de kilomètres pour demander un local à louer pour la soirée, mais ils étaient tous retenus. Et quand bien même ce n'était pas le cas, ils demandaient à faire la restauration. Et puis il y a le problème de l'envoi des faire-part indiquant le nouveau local ; puis, il faut trouver un autre rabbin. J'ai même songé que nous pourrions échapper à tout cela en nous contentant d'un mariage civil célébré par un quelconque juge de paix. Oh ! Roger, je suis si énervée !

Roger Fine savait qu'il lui appartenait de la calmer en la serrant dans ses bras, pourtant il demeura silencieux et continua à regarder fixement sa chaussure. Finalement, il dit :

— Je suis certain que pour mes parents nous ne serons pas vraiment mariés si nous nous contentons d'un juge de paix.

Sa canne traçait des circonvolutions sur le tapis.

— Ils se déplacent d'Akron pour la noce. J'espère que lors de votre rencontre tu sauras les aimer et qu'ils t'aimeront. Je souhaite également que la glace soit rapidement brisée entre eux et tes parents. Bien sûr, ils sont un peu plus âgés que tes parents et un tantinet vieux jeu. Ils fréquentent une synagogue orthodoxe et ma mère tient le ménage cachère*. Je ne pense pas qu'ils auraient mangé de ce bœuf Stroganoff que tu voulais mettre au menu ; il est possible qu'ils auraient fait semblant, car installés à la table d'honneur ils ne voudraient pas gâcher le mariage de leur fils. Plus probablement, ils se seraient contentés de petits pains au beurre, de la salade et de la coupe de fruits. Ils n'auraient pas fait d'esclandre, ce n'est pas leur genre. Mais comment crois-tu que je me serais senti ?

Comme de bien entendu, l'affaire s'ébruita. Le dimanche, alors que les membres du Conseil d'administration se tenaient dans le hall de la synagogue en attendant l'ouverture de la séance, ils en discutèrent. La réaction de Norman Phillips était caractéristique :

— Tout à fait notre rabbin. (Il s'appliqua l'index contre la tempe.) Rien dans le crâne. Il est censé être un homme instruit et je suppose qu'il l'est puisqu'il est rabbin, mais assurément, il n'a pas de cervelle.

— Mais pour l'amour de Dieu, Norm, que pouvait-il faire d'autre ? Vous savez que les statuts de notre communauté prescrivent une cuisine strictement cachère * à la synagogue. Or, si j'ai bien compris, dès lors que l'on utilise une nourriture non cachère, plats, pots et marmites deviennent automatiquement non cachères. Vous voudriez donc qu'à la prochaine noce ou bar-mitzwa *, nous soyons obligés de renouveler entièrement la batterie de cuisine ? Il ne saurait être question de faire une exception pour cette fois. Utilisez des aliments non cachères, une seule fois, et zou, c'est arrivé ! Derechef, la cuisine n'est plus cachère. Et même si l'on pouvait faire une exception, pour une fois, pourquoi la ferions-nous pour Chernow ?

— Qui a dit que nous devrions faire des exceptions ? Je parle simplement de la façon dont le rabbin s'y est pris pour traiter cette affaire. Nous avons une commission de location, n'est-ce pas ? Nate Marcus en est le président, non ?

— Ouais. Et après ?

— Après, si notre rabbin avait de la matière grise, voilà ce qu'il aurait dit (il se mit à imiter la voix du rabbin) : « Comprenez, mademoiselle Chernow, pour utiliser l'office, il faut l'autorisation du comité de location du centre communautaire, dirigé par Nathaniel Marcus, je crois. Cela s'applique à tous les traiteurs qui n'ont pas utilisé notre cuisine jusqu'à présent. Le règlement de notre centre requiert l'approbation préalable dudit comité. Si vous le désirez, je téléphone à M. Marcus aux fins de convenir d'un rendez-vous pour vous. »

— Donc, il aurait fallu que Nate l'envoie promener, n'est-ce pas ?

— Voilà justement l'astuce. Nate n'est pas un fonctionnaire rémunéré par la communauté, qui, un jour, peut avoir besoin du vote d'un membre. De la façon dont le rabbin a agi, il s'est fait des ennemis des Chernow ; or, la dernière chose dont il ait besoin, dans cette communauté, c'est d'ennemis supplémentaires.

Comme le temps était doux, le frêle et vieux Jacob Wasserman, qui avait été le premier président de la communauté, avait pris le risque de s'aventurer à la réunion du Conseil d'administration, dont il était resté membre de droit. Son excellent ami, Al Becker, l'avait amené, et bien qu'ils soient restés à l'écart, ils avaient entendu la conversation.

— Je ne donne pas beaucoup d'importance aux dires de cette grande gueule de Norm Phillips, commenta Becker dans un sourd grondement, mais je pense qu'il n'a pas tort en l'occurrence. Pourquoi faut-il que le rabbin se mette toujours en première ligne ?

Wasserman sourit.

— Qu'est-ce qu'un rabbin, Becker ? Un rabbin est un maître. Au vieux pays, quand j'allais à l'école, le maître était le patron, pas comme ici. Parfois, si on se montrait un tant soit peu insolent ou que l'on disait une sottise, le maître nous envoyait une baffe. Croyez-moi, quand j'étais gamin, j'ai été giflé maintes fois.

Son sourire s'élargit à cette réminiscence.

— Mais les fautes pour lesquelles on a été giflé, Becker, on ne les refait pas.

— Peut-être. Mais savez-vous ce que je pense ? Je pense qu'à l'heure qu'il est le rabbin s'en fiche complètement.

Wasserman hocha tristement la tête.

— Peut-être y a-t-il aussi de cela.

2.

Le coup de fil retentit, tout à fait inattendu, à la mi-septembre, tout de suite après les grandes fêtes. Lorsque la voix au bout du fil se présenta comme celle de Bertram Lamden, le rabbin Small ne fit pas tout de suite le rapport avec le rabbin Lamden, ce jeune homme basané et moustachu, directeur du Hillel * à l'université du Massachusetts, qu'il avait rencontré pour la première fois, quelques semaines auparavant, au Grand Conseil rabbinique à Boston.

— Depuis quelques années, je suis chargé d'un cours de pensée et de philosophie juives à l'université Windemere de Boston, expliqua Lamden, mais n'étant pas en mesure de le reprendre cette année universitaire, j'ai pris la liberté de vous recommander comme remplaçant.

— Comment se fait-il que vous ayez pensé à moi ? interrogea le rabbin Small.

Un bref rire.

— A dire la vérité, cher confrère, c'est parce que la doyenne de l'université habite votre ville. La connaissez-vous par hasard ? Millicent Hanbury ?

— C'est un nom de la région, si je ne m'abuse. Il y a une rue Hanbury dans le bas de la ville.

— Bon. Voyons, le cours comprend trois heures par

semaine ; l'université est dans le quartier du Fenway à Boston, vous avez moins d'une heure de trajet en voiture et cela rapporte trois mille cinq cents dollars. Pourquoi ne donneriez-vous pas un coup de fil à la doyenne ?

Le rabbin Small demanda ce qui les avait amenés à proposer un cours de philosophie juive.

Lamden rit.

— Oh ! il y a toute une ribambelle de jeunes juifs des alentours et de la région New York-New Jersey ! Windemere est une université de second rang, cependant les responsables tiennent à maintenir un honnête niveau académique.

— La doyenne de l'université est une femme ?

— Exact. Au début, c'était une université pour étudiantes. Vous savez, un de ces séminaires pour femmes qui prospéraient en Nouvelle-Angleterre dans le tournant du siècle. Depuis une dizaine d'années, elle est devenue mixte, mais il y a toujours deux tiers de femmes. Ecoutez, pourquoi ne la contactez-vous pas ? De toute façon, ce serait sans engagement de votre part.

« Séminaire pour femmes », « Nouvelle-Angleterre », « doyenne », « tournant du siècle », autant d'expressions qui avaient forgé dans son esprit une image de Millicent Hanbury représentant celle-ci sous l'aspect d'une vieille fille, grande et sèche, les cheveux gris soigneusement peignés et affublée d'un pince-nez retenu par une chaîne en or. Après qu'il eut entendu au téléphone sa voix basse de contralto lorsqu'il appela pour convenir d'un rendez-vous, il rectifia son estimation, la rajeunissant de quelques années et se la dépeignit comme une femme cadre b.c. b.g.

Il faisait beau, de sorte qu'il résolut d'aller à pied, bien que l'adresse qu'elle lui avait indiquée se trouvât assez loin de chez lui. Au fur et à mesure qu'il s'approchait de la vieille et vaste maison pleine de coins et de recoins, avec ses tourelles, ses pignons et ses marquises surannés, tout cela décoré par des colombages d'il y a cent ans et qu'il vit les feuillages foisonnant de toutes parts et découvrit le chemin bétonné entravé de branchages menant à la lourde porte d'entrée en chêne, laquelle aurait bien supporté une nouvelle couche de vernis, il réajusta à nouveau vers le haut l'âge de la doyenne. Aussi se trouva-t-il complètement interdit devant la jeune femme très attrayante, ayant à peine dépassé la trentaine, qui lui ouvrit la porte et lui serra vigoureusement la main.

Elle était grande et mince, ses courts cheveux noirs soigneusement ébouriffés auraient pu avoir été coiffés par un styliste. Ses beaux yeux gris prirent une expression candide tandis qu'elle expliquait :

— Franchement, monsieur le rabbin, nous sommes dans l'embarras. Le rabbin Lamden s'était chargé de cet enseignement durant les trois dernières années sur la base d'un contrat annuel. Nous pensions qu'il reviendrait cette année ; mais il nous a indiqué qu'il prenait la tête d'un groupe partant pour Israël. Oh ! je ne lui en veux pas ! se hâta-t-elle d'ajouter. Nous aurions dû le contacter plus tôt. J'admets que c'est ma faute.

Elle lui désigna un siège. Il aperçut sur un autre fauteuil un tricot qu'elle avait délaissé en allant lui ouvrir. Elle s'apprêta à le ranger quand il l'arrêta :

— Ne vous dérangez pas pour moi. J'aime voir les femmes tricoter. Ma mère est une grande tricoteuse devant l'Eternel.

— C'est beaucoup moins répandu que dans le temps, sauf erreur de ma part.

Elle prit place, son tricot posé sur les genoux, sa voix agrémentée par l'agréable cliquetis des aiguilles. Elle expliqua :

— Des cadeaux de Noël pour mes neveux et nièces. Je commence longtemps à l'avance ; n'empêche qu'à la fin je suis toujours à court de temps. Je mène toujours trois ou quatre ouvrages de front. J'ai un sac avec un tricot à chacun des endroits où je suis censée m'asseoir et je travaille sur celui qui se trouve à portée de main dès que je dispose d'un moment. Un cadeau est bien plus apprécié s'il est votre propre œuvre. N'êtes-vous pas de cet avis ?

Tout en tricotant, elle lui parlait de l'université. Il y avait un peu moins de deux mille étudiants avec un rapport professeurs-étudiants d'un sur douze.

— Cela ne signifie pas qu'il y ait une moyenne de douze étudiants par cours, car plusieurs de nos professeurs s'absentent chaque année et certains d'entre eux n'enseignent qu'une seule matière. Le cours de philosophie juive attire habituellement entre vingt-cinq et trente étudiants. Trouvez-vous que c'est beaucoup ? Quelques-uns des jeunes professeurs parlent de surcharge dès qu'il y a plus de vingt étudiants. Par ailleurs, il arrive que des cours se chevauchent, de sorte qu'on ne rassemble pratiquement jamais l'effectif complet d'un cours.

— Il s'agit bien de trois heures par semaine ?

— C'est exact, monsieur Small. Les lundi et mercredi à partir de neuf heures, le vendredi de une à deux. Je suis désolée pour l'heure du vendredi. Nous ne prévoyons qu'un minimum de cours pour le vendredi après-midi, mais nous sommes terriblement à l'étroit pour les salles et je ne vois guère la possibilité de vous éviter cette heure du vendredi.

— Qu'y a-t-il de si déplorable, le vendredi après-midi ?

Elle leva la tête de son tricot.

— Voyez-vous, les gens aiment partir à l'avance pour

le week-end. Il est certain que le vendredi les étudiants ont davantage tendance à sécher les cours.

— Pour ma part, je n'ai rien contre le vendredi après-midi dès lors que je suis libre à deux heures, la rassura-t-il. Un horaire plus tardif poserait problème, car en hiver le sabbat commence de bonne heure.

— Bien sûr.

Elle hocha la tête pour montrer qu'elle avait compris.

— Alors, pouvons-nous compter sur vous pour cette année, monsieur le rabbin ?

— Eh bien, il faut que j'avise le conseil d'administration de ma communauté.

Il vit qu'elle avait l'air un peu désappointée et il sourit.

— Ce n'est qu'une simple formalité, mais je dois leur en parler. Bien entendu, s'ils soulèvent de sérieuses objections...

— Dans combien de temps serez-vous en mesure de me donner une réponse définitive ?

— Le Conseil se réunit dimanche matin. Je peux vous faire connaître la réponse le même soir.

— Bon. Donc, si tout se passe bien, vous pourriez venir dès lundi matin à l'assemblée des professeurs pour rencontrer le président Macomber ; par la même occasion, je vous donnerai tous les formulaires administratifs que vous devrez remplir.

Ce ne fut qu'une heure après l'avoir quittée qu'il réalisa qu'elle ne l'avait pas interrogé sur ses titres universitaires, encore que le rabbin Lamden lui eût probablement donné quelques idées sur le cursus nécessaire pour devenir rabbin. Elle n'avait pas non plus débattu avec lui du contenu de son cours, ni de la façon dont il entendait l'organiser ; probablement ne se sentait-elle pas qualifiée pour le faire. D'un autre côté, il ne lui avait pas posé beaucoup de questions. Il se sourit à lui-même. Sans doute tenait-il autant à s'emparer de cette chaire qu'eux à la lui confier.

Une voiture de police déboucha en faisant hurler sa sirène avant de s'arrêter à sa hauteur. La figure rougeaude et carrée de Hugh Lanigan, le commissaire de police de Barnard's Crossing, se pencha par-dessus la portière pour le héler.

— On peut vous ramener chez vous, monsieur le rabbin ?

Lorsque le rabbin eut pris place dans la voiture, le commissaire expliqua :

— Je vous ai vu sortir de l'immeuble Hanbury. Essayez-vous de convertir Millie ?

— Ah, vous la connaissez ?

— Combien de fois faut-il encore que je vous répète que je connais à peu près tout et tout le monde dans cette ville ? répondit le commissaire. Cela fait partie de mon travail. En outre, les Hanbury sont une vieille souche de Barnard's Crossing et je me rappelle Millie depuis le jour de sa naissance.

— C'est une jeune femme séduisante. Je m'étonne qu'elle accepte de vivre toute seule dans une vieille et vaste bâtisse.

— Alors vous êtes venu lui en demander la raison ?

Le rabbin sourit.

— Non. C'était juste une petite réflexion personnelle.

— Eh bien, peut-être puis-je vous éclairer à ce sujet. Elle y vit parce qu'elle y est née. C'est l'immeuble Hanbury et elle est une Hanbury. C'est, comment dirais-je, une question d'orgueil.

— Qu'est-ce que l'orgueil vient faire là-dedans ?

— C'est une question d'éducation, exposa le commissaire, tout en ralentissant pour éviter un jeune cycliste.

Les Hanbury ont été des notables de cette région depuis l'époque coloniale. En effet, Josiah Hanbury était capitaine de la compagnie des gardes nationaux de la ville. Son nom est inscrit sur une plaque en bronze à l'hôtel de ville. Il possédait son propre bateau et était corsaire durant la guerre d'Indépendance. (Lanigan se mit à rire.) Si vous remplacez corsaire par pirate, je pense que vous ne serez pas loin de la réalité. En tout cas, il y avait de l'argent à gagner. Par la suite, les Hanbury se sont mis à la chasse à la baleine et après au trafic mélasse-rhum-esclaves. Pendant la guerre de 14-18, la Compagnie de navigation Hanbury Shipping Lines a fait d'excellentes affaires. Actuellement, la société s'appelle toujours Hanbury Shipping, bien qu'elle n'ait plus de bateaux. C'est une société d'assurances et de courtage dont les actions sont toujours cotées à la Bourse de New York. Naturellement, le siège social se trouve à Boston, Barnard's Crossing n'étant pas assez important pour l'abriter. Tous les Hanbury avaient, et ont toujours, beaucoup d'argent. Tous, à une exception près, Arnold Hanbury, le père de Millie. Cette branche de la famille n'a jamais été très riche, ni particulièrement chanceuse. Cependant, Arnold n'en restait pas moins un Hanbury et nul n'avait le droit de l'ignorer.

» Cette maison dont vous venez, monsieur le rabbin, il s'est pratiquement ruiné pour la construire, car, comme de bien entendu, étant un Hanbury, il se devait d'avoir une vaste maison. Quant à Millie, elle ne pouvait pas jouer avec ses riches cousins et leurs copains, eux avaient des poneys et des voiliers et quand ils furent plus grands, on leur offrit des voyages en Europe et des voitures, toutes choses auxquelles elle ne pouvait pas accéder. Mais malgré cela, elle n'avait pas la permission de jouer avec le tout-venant des autres gamins de la ville. Parce qu'elle faisait partie du clan Hanbury.

— Mais à l'école, elle a certainement rencontré...

Lanigan secoua vigoureusement la tête.

— Vous n'avez toujours rien compris aux Hanbury. Tous ses cousins fréquentaient des écoles privées, tandis qu'elle devait aller à l'école publique parce que Arnold Hanbury ne pouvait rien lui payer de mieux. Cependant, elle ne devait pas se mélanger au commun du peuple. Ils avaient chez eux cette vieille femme qui travaillait pour à peine plus que le couvert et le logis, Nancy, Nancy quelque chose, son nom de famille me reviendra. Quoi qu'il en soit, une de ses tâches consistait à attendre Millie à la porte de l'école pour la ramener dare-dare à la maison, aussitôt les cours terminés.

— Et à l'université ?

— Même pas là. Elle suivait des cours à Boston et faisait tous les jours la navette. C'était un institut réservé exclusivement aux jeunes filles se destinant à la carrière de prof de gym. Bon, si une fille veut mettre la corde au cou à un gars, elle doit commencer par aller là où il s'en trouve, non ? Et si possible beaucoup. Par ailleurs, je ne crois pas que le fait d'être diplômée d'études supérieures d'éducation physique soit d'un grand secours en l'occurrence. Cela pourrait même avoir un effet contraire. Vous savez, lorsqu'un garçon entreprend une fille, il a l'impression que le pire qui puisse lui arriver c'est de ramasser une paire de baffes. Mais s'il a affaire à une prof de gym, ça peut se solder par une fracture de la mâchoire. (Il eut un rire rauque.) Même moi, j'en aurais peur. Au demeurant, les deux profs féminins d'éducation physique du collège ne sont pas mariées non plus...

— Il est surprenant qu'elle soit devenue doyenne

avec pour tout bagage un diplôme d'éducation physique, s'étonna le rabbin.

— Pourquoi ? En quoi consiste à votre avis le rôle d'un doyen ?

— Eh bien, le doyen est à la tête de l'université et d'ordinaire, c'est un érudit jouissant d'une certaine réputation, répondit le rabbin.

— Est-il possible que vous ayez tellement de retard, monsieur le rabbin ? Je connais le doyen de l'université de Lynn. Dans le temps, il était prof d'éducation manuelle et entraîneur de l'équipe de foot au collège de notre ville. Ce que l'on cherche actuellement pour ce poste, c'est une personne à poigne qui saura faire marcher les jeunes à la baguette.

Alors qu'ils roulaient toujours, le rabbin fit part au commissaire de l'offre de la doyenne Hanbury.

— Allez-vous l'accepter ?

— Je pense que oui. Ce sera un changement intéressant.

— Qu'en pense Myriam ?

— Je ne lui en ai pas encore parlé.

Le rabbin n'eut que peu de difficultés à affronter lorsqu'il indiqua son projet. Bien entendu, ça n'aurait pas été un conseil d'administration de la synagogue s'il n'y avait pas eu quelques accrochages.

— Et s'il devait y avoir, ce qu'à Dieu ne plaise, un enterrement un jour où vous avez cours, monsieur le rabbin ?

— Je ferais simplement connaître à ma classe que je suis empêché de venir.

— Qu'en est-il de l'office, monsieur le rabbin ? Cela signifie-t-il que vous n'y assisterez pas les jours où vous enseignerez à Boston ?

— Je ne crois pas. Cela étant dit, mon rôle n'est pas

d'être constamment le dixième homme du mynian* quotidien. D'ailleurs, vous semblez y parvenir très bien sans moi lorsqu'il m'arrive de m'absenter.

Après qu'il fut parti, ils se communiquèrent leurs impressions tout en se dirigeant vers leurs voitures au parking.

— J'ai noté que le rabbin n'a cessé de parler de l'université Windemere ; mais le nom complet de l'établissement est Université chrétienne Windemere. Peut-être suis-je un peu vieux jeu, mais je trouve plutôt bizarre qu'un rabbin aille enseigner dans une université chrétienne.

— De nos jours, cela ne signifie plus rien. Il y a des garçons qui fréquentent des écoles de filles et des filles des écoles de garçons. Et même des gosses juifs dans des établissements catholiques.

— Ouais, mais il ne faudrait quand même pas que « chrétienne » figure dans le nom ! S'il y avait quelque chose comme par exemple « Notre Dame », cela ne me gênerait pas.

— Notre Dame ! Sais-tu à quelle dame cela fait référence ?

— Et après ? Cela ne découle tout de même pas directement du nom. D'ailleurs, Marie était juive, non ?

Ils rirent. Puis, quelqu'un souleva une nouvelle objection.

— Ce qui me turlupine, c'est la façon dont il nous a annoncé cela. Il s'est contenté de nous dire qu'il prenait une place de prof. Il n'a pas pris la peine de nous demander ; il nous l'a simplement notifié.

— Penses-tu qu'il se fasse payer pour cela ?

— Tu veux rire ? As-tu déjà entendu parler d'un rabbin qui accepte un boulot pour rien ?

— En ce qui me concerne, tout ce que je puis dire, c'est qu'il est censé travailler ici à temps complet. Donc, s'il se fait payer, il devrait, pour être réglo, reverser à la trésorerie l'argent qu'il touche, de la même façon qu'un ingénieur de la General Electric, auteur d'une invention dans le cadre de son travail, reverse à la General Electric les royalties encaissés pour cette invention.

— Ce jour-là, il fera chaud.

— Je pense que quelqu'un devrait le lui demander.

— Très bien, je te constitue en comité d'une personne.

— Je ne pensais pas à moi. Ce serait le rôle du président ou du trésorier.

— Mince, tu oublies qu'ils procèdent toujours de cette manière. Quand ils font une conférence quelque part, est-ce qu'ils nous retournent l'argent ? Certains de ces rabbins modernes s'expriment plus souvent à l'extérieur de la synagogue qu'en son sein.

— A parler vrai, je ne serais pas fâché si le rabbin prononçait quelques-uns de ses sermons ailleurs.

Ils pouffèrent de rire.

— Si encore il s'agissait de Harvard ou du Massachusetts Institute of Technology, fit Norman Phillips, qui s'occupait de publicité. Cela conférerait quelque prestige à la communauté. Mais Windemere ?

Il accentua ses paroles de dénigrement en faisant tourner un club de golf imaginaire en l'air. Bien qu'ayant nettement dépassé la quarantaine, Norm était dans le vent pour ce qui est des habits : il portait des chaussures fantaisie de deux couleurs ; le pantalon large et évasé, à taille basse, était retenu par une grosse ceinture en cuir fermée par une boucle massive en cuivre. Ses longs cheveux n'étaient pas coupés par le premier coiffeur venu, mais taillés par un styliste de haute coiffure. Ses prises de position avaient un certain poids auprès des autres membres du Conseil d'administration qui supposaient que lui savait ce que pensaient les jeunes gens de la communauté.

— Qu'y a-t-il à reprocher à Windemere ? intervint belliqueusement Malcolm Selzer. Mon Abner y étudie et d'après ses dires, c'est une très bonne université. Il doit savoir ce dont il parle, car il a fait sa première année à Harvard et il préfère Windemere.

Malcolm Selzer n'était certainement pas un Brummel. Quand on est dans les appareils ménagers, il faut pousser de lourds modèles dans la salle d'exposition et parfois donner un coup de main aux garçons pour charger le camion, de sorte qu'on a déjà du mérite à garder un complet propre et repassé.

— N'était-il pas question de ton Abner dans le journal lorsqu'il y a eu cet attentat à la bombe là-bas ? Je crois me rappeler que c'est lui qui avait exposé le point de vue de l'association des étudiants.

Malcolm Selzer acquiesça fièrement.

— C'est exact. Bien entendu, il n'était pour rien dans l'attentat, mais il est une huile du mouvement étudiant et fait partie des délégations qui rencontrent les professeurs et l'Administration. Ce n'est pas comme de notre temps ; actuellement, les jeunes s'impliquent.

Myriam, la femme du rabbin, avait également des questions à poser. Elle était menue et avait une chevelure blonde d'une telle ampleur qu'on pouvait avoir l'impression qu'elle risquait d'en être déséquilibrée. Elle avait de grands yeux bleus qui conféraient à son visage une candeur d'écolière, mais le dessin de sa bouche et le galbe de son menton étaient là pour témoigner de sa détermination.

— Auras-tu des histoires à ce sujet avec le Conseil d'administration, David ?

— Non, je ne pense pas. Rien que je ne puisse surmonter.

— Mais est-ce que cela ne te causera pas un gros surcroît de travail ?

— Pas vraiment. Peut-être des copies à corriger de temps à autre. La préparation des cours ne me prendra pas trop de temps.

Elle demanda s'il y tenait vraiment, ou si c'était simplement une question d'argent.

— Eh bien, l'argent supplémentaire nous fera du bien. Cela nous permet d'envisager un second voyage en Israël.

— Et l'achat d'un nouveau tapis pour le salon ? ajouta-t-elle perfidement.

Il rit.

— Un nouveau tapis pour le salon, confirma-t-il.

— Eh bien, voilà qui changera les choses pour toi. Cependant, c'est que...

Elle hésita.

— Quoi ?

— Eh bien, tel que je te connais, il ne s'agit pas du tout de l'argent. Ce qui t'intéresse, c'est d'enseigner, n'est-ce pas ?

— Et après ?

— Après, j'espère simplement que tu ne seras pas déçu. Sais-tu, les universités et les étudiants ont beaucoup changé depuis la fin de tes études.

— Oh ! je ne pense pas ! dit-il d'un ton convaincu. Pas réellement.

3.

La doyenne Hanbury, prenant son virage sur les chapeaux de roues, bifurqua dans une voie étroite et boueuse située entre deux rangées de maisons d'habitation, prit un autre tournant en épingle à cheveux et vint arrêter sa voiture devant un grillage protégeant une rangée de soupiraux.

— Est-ce là le parking de l'université ? demanda le rabbin surpris. (La doyenne Hanbury avait proposé de l'emmener pour lui montrer le chemin.)

— Ceci est *ma* place de parking, dit-elle en désignant un petit écriteau en bois sur lequel étaient tracés les mots « DOYENNE HANBURY ». C'est du moins ma place depuis que nous avons acheté cette maison d'habitation, il y a quelques années. Je l'apprécie, car les jours de pluie, il suffit que je traverse la rue après avoir quitté le bâtiment administratif pour retrouver ma voiture.

Ils gravirent les marches de granit du bâtiment administratif, auquel le grès et les briques rouges dont il était composé conféraient un aspect très officiel. Tous les autres bâtiments semblaient avoir été conçus pour l'habitation.

— C'est le seul et unique bâtiment ayant appartenu dès l'origine à l'université, expliqua-t-elle. Au fur et à mesure que nous nous sommes agrandis, nous avons acheté des terrains libres pour y construire, puis, dans le cours des années, nous avons acquis un certain nombre de maisons d'habitation avoisinantes.

— Ces bâtiments sont-ils tous destinés à l'hébergement des étudiants ? demanda-t-il.

— Que non ! Nous les avons transformés comme nous allons le faire pour la maison qui se trouve juste de l'autre côté de l'allée. A l'étage supérieur, il y a encore des locataires qui, bien qu'ayant déménagé, ont encore laissé des meubles. Ah oui, le professeur Hendryx y occupe un appartement au premier étage. Il s'est installé là, car en arrivant chez nous de l'extrême Sud, il n'a pas trouvé autre chose.

Elle lui fit monter un large escalier blanc, flanqué d'une balustrade en acajou.

— A propos, vous allez partager un bureau avec lui. Le pauvre homme ne le sait pas encore, mais je ne vois pas où je pourrais vous installer ailleurs. Le professeur Hendryx fait fonction de chef du département d'anglais. Je pense que vous vous entendrez bien avec lui. Il est également originaire de Barnard's Crossing, de sorte que vous avez un point commun.

Elle fit tourner la clé dans la serrure de son bureau.

— Ma secrétaire a une semaine de congé entre deux trimestres, expliqua-t-elle. Actuellement, il n'y a pas âme qui vive, mais dès que commencent les cours, ce bâtiment et le voisinage grouillent de monde. Vous vous estimerez heureux si vous trouvez une place de stationnement. Il est utile que vous vous en souveniez, car les étudiants sont censés vous attendre jusqu'à huit minutes après l'heure où votre cours doit commencer. Croyez-m'en, si vous venez après les huit minutes, tout le monde sera parti. (Elle secoua la tête.) Je n'arrive pas à comprendre. Ils ne vont nulle part ailleurs, mais quitte à aller s'asseoir sur les marches à l'avant du bâtiment, ils ne resteraient pas dans la salle de cours, même s'ils vous voient déboucher au bout de la rue. De nos jours, les jeunes témoignent de beaucoup d'impatience, même si cela s'est quelque peu tassé ces dernières années. La modification de la loi sur le service militaire y est pour beaucoup. Bien entendu, il arrive que de temps à autre il y ait de l'agitation parmi les étudiants, mais cela n'est rien à côté de 1968-69 ; même si une bombe a explosé dans notre établissement l'année dernière. Je suis certaine que vous avez lu cela dans les journaux[1].

— Oui, je me rappelle.

— Je suis sûre que nos étudiants n'étaient pas responsables, dit-elle rapidement. Pour la police, il est évident que l'attentat a été commis par des éléments extérieurs, probablement le groupe Weathervane. Naturellement, il se peut que certains de nos étudiants en soient membres. Bon, si vous me le permettez, je vais jeter un coup d'œil sur le courrier. Mais voyons d'abord si le président Macomber est libre.

Elle décrocha le téléphone.

— Ella ? Doyenne Hanbury. Le président Macomber est-il déjà là ? Oh ! je vois ! Bon, je suis dans mon bureau avec le rabbin Small. Vous me ferez signe, s'il vous plaît.

Elle raccrocha.

— Il est occupé pour le moment, dit-elle.

On frappa à la porte entrouverte et un ouvrier muni d'une boîte à outils passa la tête dans l'entrebâillement.

— Est-ce le bureau du professeur Hendryx ?

— Non, répondit la doyenne. C'est le bureau adjacent. Mais je suis certaine qu'il n'est pas là.

1. Le livre a paru en 1973 aux Etats-Unis. (*N.d.T.*)

— Cela ne fait rien, madame. Je peux commencer ici. Je dois raccorder sa ligne à la vôtre.

L'homme regarda d'un œil d'expert le fil téléphonique prenant naissance sur la table pour monter le long du mur, contournant l'armoire et un tableau.

— Vous dites que son bureau se trouve exactement derrière ce mur ?

— Oui...

On entendit un claquement de l'autre côté du mur.

— Il vient sans doute d'arriver, ponctua-t-elle. Venez, monsieur le rabbin, je vais vous présenter.

Ils parcoururent un corridor, puis un second, et s'arrêtèrent devant une porte dont le panneau supérieur en verre translucide était fendu en diagonale.

— Il faudra remplacer ce carreau, fit machinalement la doyenne, comme si elle l'avait déjà dit un certain nombre de fois.

Elle frappa et le professeur Hendryx les fit entrer. De taille moyenne, il portait une barbe à la Van Dyck faisant ressortir une lèvre inférieure sensuelle ; il avait une pipe au coin de la bouche. Ses yeux, foncés de nature, paraissaient plus foncés derrière les verres teintés, enchâssés dans une monture en écaille. Il portait un pantalon et une veste de tweed avec des coudes en cuir. Le col de chemise était ouvert et il y avait noué avec une négligence calculée un foulard de soie. A l'estimation du rabbin, il était un peu plus âgé que lui, trente-huit ans, peut-être quarante.

La doyenne fit les présentations entre les deux hommes, puis enchaîna :

— Je regrette, John, il va falloir que vous partagiez ce bureau avec le rabbin. Il n'y a pas de place ailleurs. M. Raferty va mettre une seconde table.

— Où ? demanda Hendryx d'un ton surpris et ennuyé. Déjà comme ça, on a peine à bouger dans ce trou. Si vous y mettez une seconde table, il n'y aura même plus de passage. Devrons-nous les enjamber pour nous asseoir ?

— Je pensais à une table plus petite, John.

— Je n'ai pas vraiment besoin d'une table, se hâta de dire le rabbin. Pourvu que je dispose d'un endroit pour me débarrasser de mon chapeau et de mon manteau et peut-être aussi pour ranger un ou deux textes.

— Voilà qui est parfait, jugea-t-elle gaiement. Je vous laisse afin que vous puissiez mieux faire connaissance.

Hendryx fit le tour de la table et ramena la chaise pivotante en arrière avec une telle violence qu'elle frappa contre le mur derrière, ce qui apprit incidemment au rabbin comment la doyenne avait pu savoir que Hendryx était dans son bureau. Gêné par la mauvaise humeur de son interlocuteur, dont il était la cause involontaire, David Small regarda le rayonnage adossé au mur dont le bas renfermait des piles de revues jaunies.

— C'est plutôt exigu, remarqua-t-il.

— A peine plus grand qu'une fichue armoire, monsieur le rabbin ; néanmoins, il y a un mieux considérable par rapport au vacarme intolérable que j'ai subi durant deux ans au bureau du département d'anglais au premier étage. En réalité, cette pièce était destinée à la conservation de copies d'examens et de vieux livres de bibliothèque. Elle est plutôt lugubre, mais j'ai l'intention de l'aménager dès que j'aurai le temps. Cette reproduction, dit-il en désignant un cadre renfermant une vue de Londres au Moyen Age, m'appartient, ainsi que ce buste d'Homère.

Il indiqua du regard un moulage en plâtre sur le rayonnage supérieur, immédiatement au-dessus de sa tête. Se renversant dans son fauteuil, il étendit les jambes, de sorte qu'il était presque allongé, prenant là une de ses poses favorites comme le rabbin n'allait pas tarder à l'apprendre.

Fouillant dans sa poche, il en extirpa une minuscule figurine en bronze dont il se servit pour tasser le tabac dans sa pipe. Ce faisant, il tirait de petites bouffées, puis une fois que le tirage lui donnait satisfaction, il remettait la figurine dans la poche.

— Ainsi, c'est vous le nouveau chargé de cours de pensée et de philosophie juives, dit-il. Je connaissais votre prédécesseur, le rabbin Lamden. D'après l'un de mes étudiants qui suivait son cours, celui-ci était essentiellement consacré à des dissertations de morale. Croyez-m'en, l'arrangement était profitable à tout le monde. Les étudiants récoltaient facilement trois points pour une unité de valeur. Quant à Lamden, il passait chaque semaine quelques heures agréables avec, de surcroît, un paiement à la clé. En outre, je suppose qu'il apaisait ses troubles de conscience en se disant qu'il ramenait les étudiants à la religion de leurs ancêtres.

— Je vois.

— Bien entendu, l'Administration tirait également profit de ce cours, ajouta Hendryx. Comme vous le savez, la dénomination officielle de l'établissement est « Université chrétienne Windemere ». Le dépliant et le bulletin que nous adressons aux étudiants potentiels insistent sur le fait que, malgré sa dénomination, l'établissement n'a rien de confessionnel, ce qui est rigoureusement exact. Je suis sûr que nos administrateurs, dont l'un est le grand P.-D.G. de compagnies d'assurances Marcus Levine, l'un des vôtres à en juger par son patronyme, seraient heureux de faire sauter le terme « chrétien », mais cela soulèverait une foule de complications sur le plan légal. Or, nous avons un certain nombre d'étudiants juifs, non seulement du coin mais également de la région New York-New Jersey.

C'est une université de second rang, que l'on choisit dans la mesure où on ne peut pas accéder à un établissement plus prestigieux, et certains parents peuvent hésiter à y envoyer leur progéniture dès lors que le terme « chrétien » figure dans sa dénomination. Par conséquent, il est utile qu'il y ait un cours de pensée et de philosophie juives, dispensé par un authentique rabbin. (Il eut un large sourire.) A leur avis, vous constituez en quelque sorte un label judaïque, je suppose.

— Vous n'aimez pas beaucoup les Juifs, est-ce que je me trompe ? demanda le rabbin.

— Comment pouvez-vous dire cela, monsieur le rabbin ? Quelques-uns de mes meilleurs amis sont juifs. (Il eut un sourire sardonique.) Je sais que vous êtes nombreux à considérer que chaque antisémite a ses bons Juifs et j'estime que dans une certaine mesure c'est vrai. A cet égard, vous autres juifs êtes juste le contraire des Irlandais. Les Juifs, pris individuellement, sont francs, idéalistes, désintéressés ; cependant, il y a des gens qui sont convaincus que tous ceux qu'ils ne connaissent pas sont sournois, cupides et bassement matérialistes. De leur côté, les Irlandais ont la réputation d'être gais, courageux jusqu'à la témérité, détachés des biens de ce monde, même si ceux que l'on connaît sont des goujats querelleurs et ivrognes, avec lesquels nulle personne douée de bon sens ne voudrait avoir des rapports. (Il sourit découvrant une belle denture blanche.) Non, je ne me considère pas le moins du monde antisémite, mais n'hésitant jamais à dire ce que je pense, il arrive que je me fasse, en quelque sorte, l'avocat du diable.

— Certains parmi mes meilleurs amis se font les avocats du diable, rétorqua le rabbin.

On frappa à la porte. Hendryx se redressa sur son fauteuil de façon à être normalement assis et fit entrer un homme portant une petite échelle en aluminium. C'était un agent des télécommunications.

— Je suis venu vous installer le téléphone. Où le voulez-vous ? Sur la table ?

— Oui.

Plaçant son échelle contre le rayonnage, l'homme mesura le mur avec un mètre pliant. Il transporta son échelle derrière le fauteuil pivotant et y monta à hauteur du rayonnage supérieur. Il attrapa le buste en plâtre des deux mains pour le déplacer et ne réussissant pas à le soulever, il le fit glisser le long du mur.

— Dites donc, qu'est-ce que vous fabriquez avec cette statue ? demanda Hendryx. Je voudrais qu'elle ne bouge pas.

— Ne vous en faites pas, répondit l'homme, je la remettrai en place. Il faut que je fasse passer le fil derrière elle par le mur, pour l'amener à votre table.

— Bon, je compte sur vous.

L'homme fora son trou dans le mur, puis s'en retourna au bureau de la doyenne. Hendryx crut nécessaire de justifier son mouvement d'humeur :

— Ce buste m'a été offert par la toute première classe à avoir bénéficié de mon enseignement. C'est un objet qui n'est pas facile à manipuler, il pèse bien une trentaine de kilos ; cependant, je le trimbale depuis une douzaine d'années à chacun des postes que j'ai occupés successivement.

Le rabbin hocha la tête en signe de compréhension, bien qu'il soupçonnât que l'agent des télécom ait servi d'exutoire à la colère engendrée par le déplaisir de Hendryx à devoir partager son bureau.

On frappa à nouveau à la porte. Cette fois-ci, c'était la doyenne.

— Nous pouvons nous rendre maintenant chez le président Macomber, annonça-t-elle.

Le président Macomber était un homme élancé, aux cheveux gris, portant un pantalon de flanelle, une chemisette et un blouson. Un sac renfermant des clubs de golf traînait par terre dans un coin du bureau.

— Je viens de jouer neuf trous, dit-il pour expliquer sa tenue. Etes-vous golfeur, monsieur le rabbin ?

— Non.

— Dommage. Etes-vous chargé d'une paroisse ou...

— Je suis responsable d'une communauté à Barnard's Crossing.

— Bien entendu, enchaîna-t-il avec vivacité. Vous êtes de la même ville que la doyenne Hanbury. Eh bien, je pense que c'est comme pour un curé ou un pasteur. Vous avez probablement un conseil de fabrique avec lequel vous devez vous débrouiller.

— Nous avons un conseil d'administration.

— C'est ce que je veux dire. Je suis persuadé que si vous étiez golfeur, vous travailleriez en bien meilleure harmonie avec votre conseil. Sur un terrain de golf, on s'accorde beaucoup plus facilement qu'assis en complet veston autour d'une table. Actuellement, le président d'une université est en même temps un vendeur et un responsable de relations publiques ; et croyez-en mon expérience, rien ne vaut un terrain de golf pour conclure des affaires. Pensez-y. Cela étant dit, je suis heureux, monsieur le rabbin, que vous puissiez vous joindre à nous.

Il tendit la main pour signifier que l'entretien était terminé.

— Quelles nouvelles avez-vous de Betty ? demanda la doyenne.

Le président Macomber sourit.

— Elle a presque atteint la durée de résidence requise. (Il hocha la tête avec amusement.) Excusez-moi, monsieur le rabbin, il est difficile de se défaire du jargon administratif. Ma fille est à Reno, expliqua-t-il au rabbin, pour obtenir un divorce.

— Oh ! j'en suis navré ! fit le rabbin.

— Il n'y a pas de quoi. Ce sont des choses qui arrivent. Chez vous, le divorce existe, non ?

— Oui, si le maintien du mariage s'avère impossible, précisa le rabbin.

— C'était exactement cela.

Puis s'adressant à la doyenne Hanbury :

— Si tout marche conformément aux prévisions de Hoyle, elle sera de retour ici, dès la semaine prochaine, en tant que Betty Macomber.

— Voilà qui est parfait, dit Millicent Hanbury.

— Bon, monsieur le rabbin, je vous répète que nous sommes heureux de vous savoir des nôtres ; si vous avez un quelconque problème, n'hésitez pas à venir me voir.

Le rabbin Small retourna à son bureau pour récupérer son chapeau et son manteau ; trouvant Hendryx occupé à remplir des bulletins et peu communicatif, il descendit au premier étage, où était prévue une réunion des professeurs. La réunion était programmée pour onze heures et dès dix heures et demie, les professeurs commencèrent à arriver. Pour tuer le temps, le rabbin fit errer son regard sur les plaques commémoratives, les peintures à l'huile défraîchies et des photos jaunies représentant d'anciens présidents et doyens, les dames avec des cols amidonnés en dentelle et des pince-nez ovales — exactement comme il s'était représenté la doyenne Hanbury avant de la voir —, décorant le mur du foyer en forme de rotonde. Les professeurs se saluaient entre eux, certains le dévisageaient avec curiosité, mais aucun ne s'approcha de lui.

S'entendant appeler par son nom, il tourna la tête et vit la longue silhouette de Roger Fine s'avancer vers lui.

— Je pensais que c'était vous, dit Fine, mais je ne voyais pas ce que vous viendriez faire ici.

— Je vais y enseigner, expliqua le rabbin, enchanté de voir une figure connue. Je suis chargé du cours de pensée et de philosophie juives.

— Moi-même, je ne suis là que depuis février, reprit Fine, mais n'y avait-il pas un autre rabbin sur la liste des professeurs ?

— Oui, le rabbin Lamden.

— Vous vous relayez pour ce cours ?

Le rabbin Small rit.

— Non, il ne pouvait pas continuer cette année, alors il m'a demandé de le remplacer.

— C'est formidable, dit le jeune professeur. Dans la mesure où nos emplois du temps sont compatibles, nous pourrions venir dans une voiture. Avez-vous déjà un bureau ?

— La doyenne me fait partager le bureau du professeur Hendryx.

— Sans blague ?

Il éclata de rire.

— Ai-je dit quelque chose de drôle ?

En guise de réponse, Fine héla un jeune prof grassouillet qui passait.

— Hé, Slim, viens là, une minute. Je veux te présenter le rabbin Small, l'homme qui m'a marié.

Le jeune homme tendit la main.

— Vous venez contrôler s'il est sérieux, monsieur le rabbin ?

— Slim Marantz appartient également au département d'anglais, expliqua Fine à David Small. Le rabbin va enseigner la philosophie juive, Slim, et Millie lui fait partager le bureau de Hendryx.

— Tu plaisantes !

Marantz se mit à rire.

— Et toi qui pensais que Millie était dépourvue du sens de l'humour, fit Fine.

Le rabbin regarda alternativement ses deux interlocuteurs hilares. Fine daigna finalement expliquer :

— Depuis son arrivée à Windemere, il y a quelques années, John Hendryx réclamait à cor et à cri un bureau personnel.

— Il disait ne pas supporter l'aimable brouhaha régnant au bureau du département d'anglais, enchaîna Marantz.

— Impossible de se concentrer dans un tel milieu, imita Fine.

— Totalement imperméable à ses fines analyses d'ordre philosophique, psychologique, sociologique...

— Et raciste, essentiellement, en ce qui concerne les Juifs, compléta Fine.

— Exact. Alors quand, l'année dernière, il fut désigné comme chef intérimaire du département d'anglais, il redemanda un bureau personnel et Millie Hanbury finit par lui dégoter un réduit au deuxième étage. Très exigu, mais pour lui tout seul.

— Ses propres paroles, expliqua Fine avec ravissement. Inutile de préciser qu'on ne prit pas le deuil au département d'anglais, lorsqu'il déménagea. Nul ne rédigea de pétition pour lui demander de reconsidérer sa décision ; aucune résolution exprimant un quelconque regret ne fut votée.

— A vrai dire, enchaîna Marantz, si on n'a pas dansé sur ou entre les tables, on s'est tout de même bien réjoui, avec la retenue académique qui s'imposait.

— Et maintenant que vous m'apprenez que Millie vous a mis avec lui, vous étonnez-vous que nous trouvions cela amusant ?

— Un rabbin, par-dessus le marché, insista Marantz en hochant la tête d'étonnement.

— Qu'est-ce que le rabbin vient faire là-dedans ? demanda David Small.

— C'est que c'est un salopard d'antisémite, exposa Fine. Oh ! pas le genre « Protocoles des Sages de Sion [1] », mais plutôt : « Quelques-uns de mes meilleurs amis sont juifs. »

— C'est ce qu'il m'a dit ce matin, admit le rabbin.

— Ha, ha !

— Cependant, je ne l'ai pas trouvé agressif. En outre, je ne compte pas me servir souvent du bureau. Je doute que nous ayons l'occasion de nous voir beaucoup.

— Ne vous méprenez pas sur mes dires, monsieur le rabbin, reprit Marantz, il est assez poli. Au bureau du département d'anglais, ma table était à côté de la sienne durant plusieurs années et nous n'avons jamais eu de dispute. D'autre part, Fine, ici présent, est assez soupe au lait. Je parie, Roger, que c'est en grande partie à cause de toi qu'il a tenu à quitter le bureau du département d'anglais. A moins qu'il ait voulu disposer d'une pièce à lui pour recevoir des nanas.

— Pour leur donner des cours particuliers sur la versification de Chaucer ? plaisanta Fine.

— Il est difficile de s'en apercevoir avec ces verres teintés qu'il porte en permanence, mais j'ai cru déceler une lueur d'intérêt dans ses yeux chaque fois qu'une étudiante bien roulée passait. (Sa figure s'illumina d'un large sourire.) A propos, il a peut-être des visées sur Millie, ce qui expliquerait pourquoi il s'est transporté au second étage ?

---

1. Les « Protocoles des Sages de Sion » sont un grossier assemblage d'élucubrations antisémites concocté à la fin du XIXe siècle par la police tsariste et repris depuis par les nazis, puis, actuellement, par les nostalgiques du IIIe Reich. (*N.d.T.*)

— Voilà qui ne serait pas mal, ricana Fine pour s'arrêter net. Attention, la voici qui arrive.

La doyenne vint droit sur eux.

— Vous êtes là, monsieur le rabbin. Je voulais m'assurer que vous saviez où se tient l'assemblée des professeurs. Je suis heureuse de vous revoir, monsieur Marantz, monsieur Fine.

4.

La figure ordinairement épanouie du président Macomber s'assombrit tandis qu'il écoutait.

— Il ne saurait y avoir le moindre doute, indiqua la doyenne. Deux interrogations ont eu lieu dans la section de Mlle Dunlop, et elle a lamentablement échoué aux deux. L'examen final était similaire pour les sept sections du département ; il comprenait cent questions...

Cent ?

— Exactement. Il s'agissait d'un test objectif, demandant pour chaque question une réponse comprenant deux ou trois mots. Chacun des professeurs des sept sections a rédigé dix questions et le professeur Hendryx en a ajouté trente de son cru. Nul n'a eu connaissance de ces trente questions, sauf le professeur Fine qui avait été chargé de les polycopier.

— Et la secrétaire du professeur Hendryx ? s'enquit le président.

— Il n'en a pas. En outre, le professeur Hendryx m'a assuré avoir tapé lui-même le stencil.

— Bon.

— Kathy Dunlop a eu la mention très bien à l'examen, de sorte qu'en y ajoutant les deux interrogations que j'ai mentionnées, elle passe avec un « passable » de moyenne.

— Il se peut qu'elle ait beaucoup travaillé de sorte qu'elle aurait comblé ses lacunes, remarqua le président.

— Le professeur Hendryx en a parlé à M. Bailen, son répétiteur. Cette fille a répondu correctement à chacune des cent questions. M. Bailen a reconnu que lui-même n'en serait pas capable. Quatre-vingt-cinq bonnes réponses suffisent pour une mention « très bien » ; il n'y a jamais eu précédemment cent bonnes réponses. De la façon dont les questions sont posées, il est pratiquement exclu que quiconque puisse faire un sans-faute.

— D'accord, admit Macomber. Mais pourquoi incriminer le professeur Fine ? L'étudiante a pu ramasser une feuille mal imprimée dans la corbeille à papier ou en récupérer une chez l'un des appariteurs.

La doyenne Hanbury secoua la tête.

— On avait demandé au professeur Fine de relever les chiffres sur le compteur automatique avant et après le tirage. Il en résulte que cent cinquante-trois copies ont été tirées, ce qui correspond exactement au nombre de feuilles remises au professeur Hendryx.

— Je vois. Avez-vous parlé au professeur Fine ?

— Non. J'ai estimé devoir en premier lieu en débattre avec vous. J'ajoute qu'au dire de M. Hendryx, M. Fine aurait déclaré à diverses reprises qu'à son avis les examens constituaient un non-sens.

— J'imagine qu'une telle attitude rend le professeur Fine très populaire auprès de ses étudiants, observa ironiquement Macomber.

— Je crois qu'il l'est, admit-elle, non seulement auprès des étudiants mais également parmi les jeunes professeurs. Il ne cache pas ses opinions et est très engagé pour employer un terme à la mode. Il était un des dirigeants du mouvement visant au recrutement d'étudiants noirs et il est allé jusqu'à organiser pour eux, avec le concours d'autres jeunes professeurs, des cours de rattrapage. C'est lui qui a écrit cet article dans *le Perce-Vent*, que je vous ai montré, si vous vous rappelez.

— Parfaitement. C'est ce rouquin ? S'appuyant sur une canne pour marcher ?

— C'est cela. Il a été engagé en milieu d'année par un contrat temporaire d'une durée de douze mois, de sorte que si nous le renvoyons, nous n'aurons aucun problème avec le syndicat des enseignants.

— Attention, objecta Macomber, ne nous précipitons pas. Même si légalement nous pouvons lui donner congé sans avoir à motiver cette décision, il n'est pas prouvé qu'une telle façon de procéder ne soulèverait pas de vagues. Vous venez de dire qu'il est populaire parmi les étudiants et les jeunes enseignants. Voilà précisément le genre d'affaire pouvant susciter un mouvement d'étudiants. Or, Millicent, vous serez d'accord avec moi pour estimer que c'est la dernière des choses dont nous ayons besoin à quelques jours du début de l'année universitaire.

— Un professeur complice de la tricherie d'une étudiante ? Vous rendez-vous compte de l'effet que cela produirait, si c'est découvert ?

— Oh ! ne me faites pas dire ce que je n'ai pas dit ! Il s'agit de présenter l'affaire à Fine de façon adéquate. Admettons que...

Rien ne trahissait une quelconque émotion chez Fine, engoncé dans un fauteuil, sinon la blancheur des doigts agrippés à sa canne.

— Etes-vous consciente, mademoiselle Hanbury, articula-t-il, que vous n'avez aucune preuve matérielle ?

— Contestez-vous la chose ?

— Je ne conteste ni ne confirme, fit-il négligemment. Je ne pense pas être tenu de vous donner une réponse.

La doyenne tambourinait sur son bureau avec les doigts tout en rassemblant ses pensées. Elle finit par énoncer :

— Je n'ai pas parlé à Mlle Dunlop, pas encore. Cependant, j'ai l'impression que si on lui demande de passer un nouvel examen pour confirmer ses phénoménales prouesses, elle reconnaîtra tout.

Elle détourna son regard avant d'ajouter :

— Si je suis bien informée, elle a une petite bourse qui lui est allouée par un groupe religieux du Kansas où son père est pasteur.

— Où voulez-vous en venir, madame la doyenne ?

— Eh bien, reprit-elle après avoir noté le changement de ton intervenu chez son interlocuteur, nous ne voulons ni scandale, ni confrontation avec les étudiants.

— En d'autres termes, vous aimeriez que je donne gentiment ma démission.

— Non.

— Non ?

— Etant donné que le trimestre est déjà entamé, précisa la doyenne, je présume que certains de vos amis parmi les étudiants et dans le corps professoral réaliseraient que votre démission a sans doute été provoquée ; ils pourraient procéder à des recherches, voire déclencher des mouvements. C'est ce que nous voulons éviter.

— Alors, que préconisez-vous, au juste, madame la doyenne ?

Millicent Hanbury, sentant que maintenant elle contrôlait la situation, s'était saisie de sa pelote pour recommencer à tricoter.

— Vous avez été engagé sur la base d'un contrat temporaire d'un an, expirant à la fin du semestre, exposa-t-elle. Nous serions heureux que vous remplissiez ce contrat, étant entendu que par consentement mutuel il ne sera pas renouvelé.

— Où est le piège ?

— Il n'y a aucun piège, monsieur Fine. Toutefois, pour nous assurer que vous partirez à la fin du semestre sans faire d'histoire, je vous demanderai de signer ce papier où vous reconnaissez avoir fourni à Mlle Dunlop les réponses aux questions posées à l'examen. Je mettrai cet écrit dans mon coffre-fort sous enveloppe scellée et cela n'ira pas plus loin.

Seul le cliquetis des aiguilles à tricoter rompait le silence dans la pièce.

— Qu'entendez-vous par « cela n'ira pas plus loin » ?

— Exactement ce que cela signifie, répondit-elle. Nous sommes disposés à en rester là, à condition que vous le soyez également. Lorsque vous aurez rempli votre contrat, vous quitterez Windemere et l'enveloppe vous sera remise ou détruite.

— Et qu'est-ce qui se passera lorsque je me mettrai en quête d'un autre emploi ?

— Nous n'interviendrons en aucune façon, assura-t-elle.

— Parlons clairement, mademoiselle Hanbury, dit-il. Si je signe ce papier, vous le mettez de côté et ne dites rien. Vous n'en faites pas état, si, suite à ma candidature pour un autre poste, on vous écrit pour vous demander des références ?

— Nous ne ferons aucune allusion au contenu de ce papier. Nous traiterons l'affaire de façon administrative et transmettrons, sans commentaire, les notations que vous aurez obtenues. Je crois que le professeur Bowdoin vous en a donné une avant de partir à la retraite ?

— Il m'a donné un « très bien ».

— Et quelle est la notation que vous ont accordée les étudiants ?

— « Très bien » également. Qu'en est-il de Hendryx ?

— Comme il n'est que directeur intérimaire de votre département, on ne lui demandera pas de vous noter, le tranquillisa-t-elle.

— Très bien. Donnez-moi ce papier. Je vais le signer.

Faisant glisser sa canne vers la main gauche, il sortit un stylo de la poche intérieure de son veston. Il relut le paragraphe dactylographié et s'apprêtait à signer quand une pensée lui vint à l'esprit.

— Que va-t-il se passer pour Mlle Dunlop ?

La doyenne eut un bref rire.

— Oh ! elle ne nous pose pas un gros problème ! Malgré son « très bien » à l'examen final, elle est tout juste reçue. A en juger par ses résultats dans les autres matières, je doute fort qu'elle puisse faire une carrière universitaire.

5.

Depuis le décès de son épouse, survenu il y a trois ans, le président Macomber était un homme solitaire, errant comme une âme en peine dans sa vaste maison de maître, bien tenue par sa gouvernante, Mme Childs, aussi efficace que terne. Extérieurement, il menait toujours une vie sociale fort active, sortant deux ou trois soirées par semaine pour assister à des réunions, des conférences ou des dîners officiels. Une fois par année, il recevait les professeurs chez lui, leur servant des alcools, des petits fours, des gâteaux et du café, sous la houlette de Mme Childs, assistée pour la circonstance par une équipe de la cantine universitaire. Une fois par année également, il recevait le Conseil d'administration auquel il faisait servir un dîner préparé par des traiteurs au grand désappointement de la bonne Mme Childs qui considérait cela comme une rebuffade.

Lorsqu'il restait à la maison, il passait les soirées après dîner à lire des journaux ou un livre, ou à regarder la télé. A dix heures, Mme Childs apparaissait avec une tasse de thé qu'elle posait sur la table à côté de son fauteuil, lui souhaitait une bonne nuit, puis s'en allait regagner ses quartiers derrière la cuisine. Habituellement, il lambinait jusqu'aux informations de onze heures, puis allait se coucher.

Juste avant la rentrée, Betty, sa fille, lui téléphona de Reno pour lui annoncer l'heureuse nouvelle que son divorce avait été prononcé et qu'elle allait venir par le premier avion. Dès lors, il se complut à rêver que dorénavant les choses seraient différentes. Il aurait quelqu'un pour bavarder avec lui aux repas. Peut-être même pourrait-il s'octroyer quelque après-midi pour jouer au hockey ou faire une partie de golf. Ils étaient tous les deux des golfeurs acharnés.

Elle lui servirait d'hôtesse officielle et il pourrait de nouveau organiser ces réceptions, sans rapport avec ses activités professionnelles, qui lui manquaient tellement depuis la mort de son épouse. Bien sûr, Betty était encore jeune, trente-cinq ans, et au bout d'un certain temps elle se créerait son propre cercle d'amis, des gens de son âge n'ayant pas les mêmes centres d'intérêt que lui. Mais cela ne se ferait pas du jour au lendemain. Dans un premier temps, elle aspirerait à un peu de tranquillité après son mariage raté.

Les choses ne se passèrent pas de cette façon. Elle arriva en début de soirée. Son avion avait eu du retard au décollage, puis il avait dû tourner près d'une heure à l'arrivée avant de pouvoir atterrir. La tonalité joyeuse qu'elle avait dans la voix en téléphonant de Reno avait disparu ; elle était fatiguée et de mauvais poil.

— Saloperie d'avion ! s'exclama-t-elle en guise de salutation. Je pensais que j'aurais le temps de m'allonger un peu, et maintenant j'ai à peine le temps de prendre une douche et de me changer.

— Tu n'as pas besoin de te changer pour moi, ma chère, lui dit son père. Mme Childs a préparé un bon petit repas. Je ne saurais te dire avec quelle impatience j'ai attendu cette heure où enfin nous allons parler ensemble et évoquer une foule de choses.

Elle était désolée.

— Oh ! je suis navrée Papa, mais je dois aller dîner chez les Sorenson. Ils ont invité quelques personnes. Pour moi, c'est en quelque sorte une réception pour célébrer mon divorce, c'est-à-dire ma libération. Puis Gretchen a promis qu'elle me présenterait un homme fascinant qu'elle tient à me faire connaître.

Par la suite, ce ne fut guère différent. Il la vit aussi peu qu'après son mariage quand elle habitait en banlieue. Elle sortait presque tous les soirs et même lorsqu'ils dînaient ensemble, elle semblait toujours pressée.

— Ecoute Betty, lui reprocha-t-il timidement, faut-il que tu sortes de nouveau ce soir ?

— Vraiment Papa, je ne puis faire autrement. J'ai promis.

— Mais tu es sortie tous les soirs, cette semaine.

— Papa, j'ai trente-cinq piges...

— Je sais. Je n'essaie pas de jouer au *pater familias* rétrograde. Néanmoins....

— Tu es adorable, Papa, mais tu dois comprendre que je n'ai pas l'intention de demeurer solitaire le restant de ma vie. Je tiens à me marier et justement parce que j'ai trente-cinq ans, je n'ai pas de temps à perdre.

Il était vieux jeu et la façon crue dont elle lui exposa sa position le gêna quelque peu.

— Bien évidemment, j'aimerais te voir mariée, Betty. Je me rends compte que je suis peut-être un peu égoïste, continua-t-il, mais j'espérais que de temps à autre, nous aurions une soirée à nous deux. Tu sais, le président d'une université, comme n'importe quel autre P.-D.G., est plutôt un homme seul. Il doit prendre une foule de décisions, et presque chaque personne à laquelle il pourrait demander conseil, ou simplement exposer un problème, a ses propres chats à fouetter.

Elle se mit à rire.

— Pauvre Papa ! Bon, demain je resterai à la maison et... Oh ! non, demain, je ne peux pas, ni jeudi, peut-être vendredi ?

Bien entendu, il ne pouvait être question du week-end, puisque là, elle se rendait dans le New Hampshire où son fils, Billy, était élève pensionnaire.

6.

Lundi était le jour des inscriptions, les cours commençant mardi ; mercredi matin eut lieu le premier cours du cycle n° 268 « Pensée et philosophie juives » ; horaire : lundi et mercredi à 9 heures, vendredi à 13 heures ; bâtiment administratif salle 22 ; coefficient 3.

Ils commencèrent à arriver vers 9 heures moins le quart, les nouveaux contrôlant si le numéro de la salle correspondait bien à celui marqué sur leurs emplois du temps, les anciens faisant bande à part.

— Salut Harvey !

Un garçon grand et maigre, vêtu d'un pantalon jaune à carreaux, d'une chemise pourpre avec un foulard en soie jaune noué autour du cou, apparut dans l'encadrement de la porte et fut immédiatement assailli par le groupe des anciens.

— Comment ça va ?

— Prends-tu ce cours ?

Harvey balaya la salle du regard pour voir si parmi les nouveaux il y avait de belles filles, puis se dirigea d'un pas nonchalant vers l'intérieur de la salle.

— Bien sûr que je le prends. (Harvey Shacter porta son arrière-train, vêtu avec élégance, sur l'accoudoir du siège occupé par Lillian Dushkin.) Est-ce que vous imaginez le père Harvey renoncer à une matière qui peut lui rapporter des points supplémentaires? Vous connaissez Cy Berenson? L'année dernière, il s'est inscrit à ce cours et ne s'est même pas présenté à l'examen final. Il a rédigé un texte de quelque cinq cents mots pour lequel le rabbin l'a gratifié d'un 16 sur 20.

— Oui, mais Berenson portait en permanence une kippa *, observa Henry Luftig, un jeune homme petit, mince et nerveux, au front proéminent surmonté d'une chevelure d'un noir de jais. Probablement, le rabbin s'est dit qu'il connaissait de toute façon tout le saint-frusquin.

— Une kippa * ? Oh ! tu veux dire cette espèce de calotte noire ? Okay, si c'est une assurance de bonne note, je porterai une kippa *.

— Sensass, gloussa Lillian Dushkin. Tu seras mignon tout plein.

— Hey Lill, lança Aaron Mazonson. Je me suis laissé dire que ce rabbin Lamden est vraiment un joli cœur. Dès qu'une nana se met au premier rang et le gratifie d'une œillade, elle est pratiquement sûre d'avoir une mention « très bien ».

Un des nouveaux se mêla à la conversation.

— Cette année, ce n'est plus le rabbin Lamden, c'est un autre gars.

— D'où tiens-tu cela ?

— Lorsque je me suis inscrit au cours, le conseiller d'orientation me l'a dit en me remettant le programme.

— Mais l'organigramme mentionne le rabbin Lamden.

— Oui, parce qu'il s'agit d'un changement de dernière minute.

— Zut ! s'exclama Shacter d'un air dégoûté. Voilà justement ce qui me manquait. C'était mon seul cours pépère et voilà qu'on en charge un nouveau prof qui voudra probablement montrer qu'il ne se laisse pas marcher sur les pieds.

— Dans ce cas, on lui apprendra à vivre, intervint Luftig en se fendant d'un large sourire.

Shacter réfléchit puis sourit à son tour.

— Voilà une bonne idée. Ouais, on lui apprendra à vivre.

La rue était bordée de voitures en stationnement et les larges marches de granit menant au bâtiment administratif étaient à ce point encombrées d'étudiants que le rabbin Small dut zigzaguer pour se frayer un passage. A l'intérieur, la rotonde, entièrement construite en marbre, était également peuplée d'étudiants dont certains se tenaient derrière des tables servant de support à divers panneaux : « Supporte ton équipe, achète la carte de sportif, valable pour toutes les manifestations sportives » ; « Abonne-toi au *Perce-Vent,* ton magazine » ; « Devenez membre du Club théâtral » ; « Concerné ? Alors rejoins le Parti démocrate » ; « Les étudiants engagés adhèrent au SDS » ; « Pour connaître la vérité, viens au Cercle d'études socialistes. »

— Hé ! T'es nouveau ? Alors tu voudras suivre tous les matches. Signe là.

— Sandra ! Reviens-tu au Club théâtral cette année ?

— Prenez votre numéro gratuit du *Perce-Vent.*

Le rabbin arriva à accéder à l'escalier menant à son bureau sans avoir acheté, promis ou signé quoi que ce soit. Amusé et excité par cette activité inhabituelle, il s'arrêta pour reprendre sa respiration avant d'cntrer dans la salle de cours.

Vingt-huit étudiants étaient présents ; la liste qu'il avait reçue quelques jours auparavant en mentionnait trente. Il monta sur l'estrade et écrivit au tableau noir. « Rabbin David Small. Cours de pensée et de philosophie juives. » Puis, il annonça :

— Je suis le rabbin Small. Je donne le cours à la place du rabbin Lamden mentionné dans l'organigramme.

Harvey Shacter fit un signe à Lillian Dushkin et leva nonchalamment la main. Le rabbin acquiesça.

— Comment faut-il vous appeler ? Monsieur le professeur ou docteur ?

— Ou monsieur le rabbin ? compléta Luftig.

— Ou David ? risqua Lillian d'une voix suave.

— Je ne suis ni docteur, ni professeur. Rabbin fera parfaitement l'affaire. (Il jeta un regard acéré à Mlle Dushkin et continua.) Il s'agit d'un cours semestriel et le sujet est vaste. Le mieux que nous puissions espérer, c'est qu'à la fin vous compreniez les principes de base de notre religion et comment ils se sont constitués. Pour tirer profit de ce cours, il faut cependant que vous lisiez beaucoup. Je vous conseillerai certains livres de temps en temps ; d'ici quelques semaines, je vous distribuerai une liste polycopiée d'ouvrages recommandés.

— Cette lecture sera-t-elle obligatoire ? s'enquit Harvey Shacter, choqué.

— Pour certains livres oui, pour d'autres non. Nous commencerons par la lecture des cinq livres de Moïse ou Tora *, base de notre religion. Je pense que vous les aurez lus d'ici deux ou trois semaines et ensuite nous aurons une interrogation écrite d'une heure.

— Mais c'est affreusement abondant, protesta Shacter.

— Pas vraiment. Dans un premier temps, je ne vous demande pas de les étudier à fond. Lisez cela comme un roman. (Il brandit un exemplaire de l'Ancien Testament qu'il avait apporté.) Voyons, dans cette édition imprimée en gros caractères, cela fait à peu près deux cent cinquante pages. Cela correspond à un court roman. A mon avis, ce n'est pas trop demander à des étudiants du supérieur.

— Quelle édition devons-nous acheter ?

— Est-ce en vente à la librairie ?

— Faut-il une traduction spéciale ?

— Peut-on prendre le texte original ? (Cette dernière question était venue de Mazonson.)

— Absolument, si vous connaissez assez l'hébreu, dit le rabbin dans un sourire. Pour ceux dont ce n'est pas le cas, n'importe quelle édition en langue anglaise fera l'affaire. Si ce n'est pas en vente à la librairie de l'université, vous en trouverez facilement ailleurs. Je préférerais que vous n'attendiez pas les derniers jours avant l'interrogation. Si vous commencez la lecture sans tarder, vous comprendrez mieux ce que j'expose dans mon cours...

— S'agit-il d'un cours suivi ?

Henry Luftig semblait stupéfait.

— Quoi d'autre aviez-vous en tête ? demanda sèchement le rabbin.

— Eh bien, je pensais que ce serait plutôt une suite de débats.

— Mais comment pouvez-vous débattre d'un sujet que vous ignorez ?

— Oh ! De principes généraux. Je veux dire que tout le monde a quelques lumières sur la religion.

— En êtes-vous sûr, monsieur... ? interrogea doucement le rabbin.

— Luftig, Henry Luftig.

— En êtes-vous sûr, monsieur Luftig ? Je vous accorde que la plupart des gens ont quelques notions générales, mais souvent elles sont beaucoup trop générales. La religion peut être considérée comme une esquisse globale de notre façon de penser et de notre attitude en face de la vie. La religion juive diffère beaucoup de la religion dominante chrétienne, mais sur certains points, la dissemblance se réduit à de subtiles nuances.

— Par conséquent, il faut en discuter, monsieur le rabbin, proposa Shacter.

Le rabbin réfléchit et secoua la tête.

— Vous pensez que par l'addition de vos ignorances, vous arriverez à faire jaillir la lumière ?

— Eh bien...

— Non et non. Procédons selon la tradition. Lorsque vous aurez acquis un certain savoir, nous pourrons peut-être discuter sur son interprétation.

Les questions de procédure ayant été réglées, il énonça quelques remarques liminaires :

— La première différence entre le judaïsme et les autres religions réside dans le fait que nous ne sommes pas liés à un credo dogmatique. L'appartenance au judaïsme est essentiellement dû au hasard de la naissance. Du moment que vous êtes né juif, vous restez juif, au moins tant que vous ne vous êtes pas converti officiellement à une autre religion. De ce fait, un athée, né juif, demeure juif. Et inversement, quelqu'un qui n'est pas né juif, suivant toutes nos pratiques traditionnelles et partageant nos croyances, ne sera pas considéré comme juif aussi longtemps qu'il ne se sera pas converti officiellement au judaïsme. (Il sourit.) Pour le cas où il y aurait parmi vous quelque ardente féministe, j'ajoute que selon le droit rabbinique, seul l'enfant né d'une mère juive, j'insiste de mère, non de père, est juif.

— Vous nous prenez pour des enfants, monsieur le rabbin ?

Il sursauta suite à cette interruption provenant d'une belle fille assise au premier rang.

— Je ne comprends pas, mam...zelle...

— Goldstein. Et c'est mademoiselle Goldstein.

— Je vous demande pardon, mademoiselle Goldstein, dit gravement le rabbin, j'aurais dû savoir.

— Ne s'agit-il pas simplement d'un truc de machos juifs pour tenter de cacher aux femmes leur statut de second rang ? (Elle enchaîna :) On bourre le crâne aux femmes en leur faisant croire que c'est d'elles que dépend l'appartenance de l'enfant à la race ou la nation juive, à moins que vous appeliez cela autrement. Formidable ! Mais en réalité, n'était-ce pas simplement parce que les Juifs constituaient partout une minorité persécutée, de sorte que la détermination de l'origine fondée uniquement sur la maternité offrait bien plus de certitude ?

— Je vois où vous voulez en venir. Oui, je pense que votre explication est rationnelle, admit-il.

Un sourire furtif effleura le visage de la jeune fille.

— Et n'est-il pas vrai que jusqu'à ce jour, les femmes ne tiennent aucune place dans la religion juive ? Dans certaines synagogues, elles sont cachées derrière un rideau, à l'étage.

— Ce n'est que dans les communautés de stricte obédience orthodoxe.

— Dans notre synagogue, elles sont assises d'un côté de la salle, fit Lillian Dushkin.

— Et elles ne sont pas autorisées à participer à l'office, renchérit Mlle Goldstein.

— Ce n'est pas vrai, protesta le rabbin. L'office consiste à réciter une série de prières. Les femmes présentes à l'office récitent les prières de concert avec les hommes.

— Le beau cadeau que voilà ! enchaîna Lillian Dushkin. On ne leur propose jamais de lire quelque chose à voix haute.

— Si, dans les synagogues réformées, corrigea le rabbin.

— Je sais pertinemment qu'un mari peut obtenir le divorce par l'envoi d'une simple lettre à son épouse, intervint Mark Leventhal (non par sympathie pour les femmes, mais simplement parce qu'elles semblaient avoir mis leur professeur en difficulté). Tandis que l'épouse ne peut rien faire pour obtenir le divorce.

— Et si son mari meurt, elle doit épouser son beau-frère, dit Mazonson motivé par la même raison que son camarade.

Le rabbin leva les deux mains pour imposer le silence.

— Voilà un très bon exemple, commença-t-il, du danger de discussions fondées sur l'ignorance et des connaissances limitées.

Ils se turent.

— En premier lieu, continua-t-il, notre religion n'est pas formelle comme, par exemple, la religion catholique qui impose pour son exercice un lieu consacré : l'église. Le centre de notre pratique religieuse est davantage le foyer familial que la synagogue. Et à l'intérieur de ce foyer, la femme participe à toutes les cérémonies. Elle prépare le bercail familial pour le sabbat ; c'est elle qui allume et bénit les lumières sabbatiques.

Mlle Goldstein chuchota quelque chose à l'oreille de sa voisine, qui rit.

— Nous ne sommes pas à l'abri des influences de notre entourage, dit le rabbin, en élevant légèrement la voix. A travers toute l'histoire, les sociétés étaient patriarcales ; cependant, les Dix Commandements ordonnent d'honorer « tes père et mère », et généralement nous parlons de père et mère plutôt que d'employer le terme collectif et faible de parents. Même à l'époque biblique, une femme juive ne pouvait pas être mariée contre son gré. L'adultère était puni de mort mais les deux partenaires étaient passibles de la même peine. Lorsqu'une femme se mariait, elle gardait ses biens propres, et en cas de divorce, non seulement elle reprenait ceux-ci, mais elle recevait en outre une grosse somme dont le montant avait été stipulé à l'avance dans le contrat de mariage.

— Mais un homme pouvait répudier son épouse à tout moment, intervint Leventhal, tandis que celle-ci ne peut jamais divorcer sans le consentement du mari.

— Non. La procédure prévoit effectivement que le mari doit délivrer le divorce à la femme qui le reçoit. Cependant, le mari doit s'adresser au tribunal rabbinique, y exposer ses motifs afin que ledit tribunal accepte de rédiger l'acte de répudiation, dénommé en hébreu le *guète*. L'épouse peut entreprendre la même démarche. Dans ce cas, le tribunal rabbinique sommera le mari de délivrer le divorce.

— Et s'il refuse ?

— Dans ce cas, le tribunal rabbinique peut prononcer toute une série de sanctions. En Israël, on met le mari récalcitrant en prison jusqu'au moment où il cède. Je pense pouvoir ajouter que même selon les critères modernes, la jurisprudence relative au divorce est très libérale, davantage que celle appliquée dans la plupart des Etats occidentaux. A titre d'exemple, le droit rabbinique prévoit le divorce par consentement mutuel. L'épouse peut également obtenir le divorce si elle éprouve une répulsion physique vis-à-vis de son mari ou si celui-ci ne remplit pas les obligations découlant du lien conjugal. « Un mari doit honorer son épouse davantage que lui-même et l'aimer autant qu'il s'aime. » Non, mademoiselle Goldstein, je ne vois rien dans la législation du divorce qui ferait de la femme une personne de seconde classe.

— Parlez-nous de cette disposition faisant obligation

à la veuve d'épouser son beau-frère, demanda Mazonson.

— Ou inversement? dit le rabbin en souriant. Ce n'est qu'une question de point de vue.

— Je ne vous comprends pas.

— A l'évidence, vous ignorez le sens de cette loi. Elle ordonnait à la veuve et au beau-frère de se marier uniquement lorsqu'elle n'avait pas d'enfants. L'obligation incombait aux deux et le propos de la loi, selon la Bible, était d'engendrer un enfant qui porterait le nom du mari décédé « afin que ce nom ne soit pas perdu en Israël ».

— Moi, j'ai entendu...

— Pourquoi...

— Il me semble que...

— Et Golda Meir?

Le rabbin frappa sur son pupitre pour obtenir le silence.

— Alors pourquoi sommes-nous assises séparément à la synagogue? demanda Mlle Dushkin.

— Certainement pas parce que les femmes sont considérées comme inférieures, répondit-il en souriant. Cela remonte aux temps primitifs où, dans beaucoup de religions, les offices incluant les deux sexes se terminaient en orgies, ce qui était effectivement prévu, en liaison avec les rites de fertilité. Dans les temps modernes, on a estimé que l'attirance naturelle des sexes pouvait nuire à la concentration de la prière. (Il écarta les mains et ajouta mi-figue mi-raisin :) Il y a peu, on ne voulait pas d'écoles mixtes, car on estimait que le fait que garçons et filles se trouvent dans une même classe les empêcherait d'étudier normalement. Mais, continua-t-il, vous êtes tous là à vous former une opinion sur des parcelles isolées de faits connus ou méconnus plutôt que de vous référer à votre propre expérience. Pensez à ce qui se passe dans vos propres familles et demandez-vous si les femmes, vos mères et grand-mères, vos tantes, sont traitées en inférieures par leurs maris ou les autres membres de la famille.

Lorsqu'ils se retrouvèrent après la fin du cours, Harvey Shacter s'adressa à Henry Luftig :

— Je croyais que tu voulais lui apprendre à vivre.

Luftig secoua la tête.

— Je ne sais pas au juste ce qui s'est passé. Je pensais que nous l'avions acculé dans les cordes dès les premiers échanges, mais il s'est bien repris. Il pourrait se révéler comme un dur à cuire.

7.

— Alors, comment cela s'est passé? questionna Myriam à son retour mercredi matin.

— C'était bien, dit-il dans un sourire. J'y ai pris plaisir. Enormément plaisir. J'y ai pensé durant tout le trajet de retour, Myriam, et j'en ai conclu qu'il y a ici-bas peu de satisfactions comparables à celle consistant à transmettre un savoir à un auditoire réceptif. Je m'en étais rendu compte dernièrement lorsque nous avions un problème de chaufferie : le plombier était vraiment heureux de pouvoir m'expliquer le fonctionnement du système et ce qui en l'occurrence était défectueux.

— Pourquoi pas ? Pendant ce temps-là, il gagnait une douzaine de dollars à l'heure, insinua Myriam.

Le rabbin ne se laissa pas doucher.

— Je suis sûr que ce n'est pas cela. C'est plutôt un sentiment de supériorité. Il est évident que l'on remonte dans sa propre estime dès lors que l'on peut exposer quelque chose que l'on connaît mieux que les autres. Et si le savoir communiqué peut transformer la vie ou le style de vie d'une personne, la satisfaction n'en est que plus grande. On se sent littéralement planer pour reprendre une expression employée par les étudiants.

— Je ne suis pas certaine, David, que ce terme soit flatteur. A mon avis, il est plutôt péjoratif.

— Réellement ? Cela ne fait que démontrer leur ignorance. Je pense que cela fait partie de l'éthique anglo-saxonne. Ainsi, on enseignera par exemple, en matière de sport, que le champion doit attribuer le mérite de son succès à son entraîneur, à ses coéquipiers, à la chance ou à n'importe qui ou quoi, sauf à sa supériorité. Cela est faux, à l'évidence. Nul n'y croit, néanmoins la tradition est respectée. Pour ma part, je ne puis que répéter que j'ai franchement pris plaisir à ce premier cours.

— Je vois, dit-elle, et c'est fou ce que cela t'a rendu modeste.

— Je me suis borné à répondre à ta question, dit-il sèchement, puis ils se regardèrent et sourirent.

Cependant, Myriam s'entêta.

— Mais ce n'est pas nouveau pour toi. Les sermons sont aussi des sortes de cours et tu en prononces un tous les vendredis soir et à chaque fête.

— Non, répliqua-t-il. Les sermons, c'est différent. Ils contiennent une intention moralisatrice ; c'est ce qu'il y avait, maintenant que j'y pense, dans le cours du rabbin Lamden. Par ailleurs, les gens qui entendent mes sermons cotisent afin que je perçoive mon traitement et j'ai toujours l'impression qu'ils se demandent s'ils en ont pour leur argent.

Elle était amusée.

— Oh ! David, je ne sais pas où tu as été chercher cela.

— D'autre part, ils ont l'esprit figé, leur tête est pleine d'idées reçues. Rien de ce que je dis ne peut les influencer. Tandis que ces jeunes étudiants sont ouverts et n'ont pas peur d'exprimer ce qu'ils pensent. Bien entendu, ils ont très souvent tort, mais cela ne les empêche pas de défendre bec et ongles leurs convictions. Ainsi, il y avait aujourd'hui une fille, visiblement féministe, qui a essayé de me mettre en difficulté...

— J'aurais aimé être là, fit Myriam en riant.

Le rabbin rit également.

— Elle ne s'en est pas si mal tirée que cela.

Il attendait avec impatience le second cours fixé à vendredi. La rue était pratiquement vide lorsqu'il s'arrêta devant le bâtiment administratif et il se demanda durant un moment si sa montre ne retardait pas ; cependant, alors qu'il enfilait le couloir, il entendit des voix provenant de sa salle. Quand il eut poussé la porte, il se demanda s'il ne s'était pas trompé. Il n'y avait qu'une poignée d'étudiants. Puis, il éprouva la sensation désagréable de s'être mépris sur la réaction des étudiants à son premier cours. Il se força à sourire.

— La classe semble s'être rétrécie.

Plusieurs élèves lui rendirent son sourire et l'un d'eux avança :

— La plupart des gars sèchent le vendredi pour prendre un meilleur départ.

— Un meilleur départ ? Un meilleur départ pour où ?

— Pour le week-end.

— Je vois.

Du coup, il comprit pourquoi la doyenne s'était excusée d'avoir fixé un de ses cours un vendredi après-midi. Il était embarrassé, ne sachant comment procéder. Devait-il aller de l'avant à partir de ce qu'il avait préparé ou se contenter de revenir sur son dernier cours, de façon à ne pas léser les absents ? Il se décida à faire son cours, mais le cœur n'y était pas. Il ne pouvait pas s'empêcher d'être vexé et il était certain que les étudiants s'en rendaient compte et prenaient un malin plaisir à sa déconfiture.

Finalement, l'heure se termina, mais sa mauvaise

humeur persista sur tout le chemin du retour. Heureusement, Myriam était occupée aux préparatifs du sabbat, de sorte qu'ils n'eurent pas le temps d'en discuter.

Le lundi suivant, il eut de nouveau une assistance plénière : vingt-huit étudiants. Le mercredi, *idem ;* mais vendredi, ils étaient encore moins nombreux que la fois précédente, à peine dix. Et cela continuait : bonne assistance les lundi et mercredi, une assistance en peau de chagrin le vendredi.

Lorsque au bout d'un mois ils eurent terminé le Pentateuque, il annonça une interrogation pour... vendredi. C'était une sorte de déclaration de guerre de sa part.

— Devrons-nous connaître toute la généalogie ? Vous savez, un tel engendra un tel ?

— Non, mais j'aimerais quand même que vous ayez quelques lumières à ce sujet. Ainsi, vous êtes censés connaître le nom des enfants d'Adam et de ceux d'Abraham.

— Ne pourrions-nous avoir cette interrogation lundi ?

— Pensez-vous avoir plus de chances lundi ?

— Non, mais nous aurions le week-end pour préparer l'interrogation.

— Eh bien, comme cela vous aurez tout le week-end pour vous reposer.

Il vint à son bureau vendredi et le professeur Hendryx semblait surpris de voir des feuilles de composition.

— Vous aimez faire des interrogations, monsieur le rabbin ?

— Pas particulièrement. Pourquoi ?

— Parce que quiconque fait passer une interrogation un vendredi se fait un double travail.

— Je ne vous comprends pas.

— Simplement, parce que vous devrez vous y prendre à deux fois pour l'interrogation, le corrigé, la notation, les commentaires. Vous ne pouvez pas compter réunir plus que la moitié d'une classe, un vendredi.

— Oh ! je pense que tout le monde sera là, aujourd'hui ! dit le rabbin, plein de confiance. Je leur ai bien fait valoir que l'examen durera une heure et qu'il comptera pour la notation en fin d'année.

Cependant, quand il arriva dans la classe il n'y trouva que quinze étudiants. Il passa l'heure à marcher de long en large tandis que les étudiants composaient. Aussitôt fini, chacun se hâta de lui remettre sa copie pour se précipiter hors de la salle ; le rabbin se retrouva tout seul bien avant la sonnerie.

Il nota les copies durant le week-end pour les rendre lundi. Il y eut immédiatement une réaction.

— Vous nous aviez dit que nous ne serions pas interrogés sur des questions de généalogie.

— Vous ne pouvez pas classer la question sur Benjamin dans cette catégorie. Benjamin tient une place importante dans l'histoire de Joseph.

— Dans quelle mesure le résultat de cette interrogation interviendra-t-il pour la note annuelle ?

— Cela dépend du nombre d'interrogations auxquelles je vous soumettrai d'ici la fin de l'année.

— Auront-elles toutes lieu le vendredi ?

— Je ne sais pas. Probablement oui.

— Mince alors, ce n'est pas juste.

— Pourquoi pas ?

— Eh bien..., parce que beaucoup d'entre nous, moi le premier, ne peuvent pas être présents le vendredi.

C'était donc cela. Il dit froidement :

— Je ne comprends pas bien. Le cours de vendredi n'est pas facultatif. S'il y a chevauchement à la même heure avec d'autres cours, vous auriez dû choisir d'autres options.

— Il n'y a pas de chevauchement...
— Alors ?
— Eh bien, je rentre dans le New Jersey pour les week-ends et il faut que je parte de bonne heure.
Le rabbin haussa les épaules.
— Je n'ai pas de réponse à cela.
Il commença son cours pour indiquer que la discussion était close ; toutefois, l'atmosphère restait chargée. Les étudiants, y compris ceux qui avaient été là à l'interrogation, étaient maussades. Son cours en souffrit et pour la première fois il les renvoya avant l'heure.
Quand il revint au bureau qu'il partageait avec Hendryx, il y trouva celui-ci, allongé dans sa position favorite, en train de tirer sur sa pipe.
— Cela va-t-il, monsieur le rabbin ?
— Pas tellement. (Depuis les quelques semaines qu'il enseignait, il avait vu Hendryx moins d'une demi-douzaine de fois, et durant quelques minutes seulement avant ou après un cours.) J'ai à peu près vingt-six étudiants à mon cours. En fait, la liste contient trente noms, mais je n'en ai jamais compté plus de vingt-huit à un cours.
— Ce n'est pas mal du tout, apprécia Hendryx. En réalité, c'est même très bien, si l'on pense que nul ne les force à venir.
— Je ne suis pas mécontent de l'assistance des lundi et mercredi, mais le vendredi après-midi, je m'estime satisfait si j'arrive à en réunir une douzaine.
— A treize heures ? Le vendredi ? Je suis surpris que vous en ayez autant.
— Mais pourquoi ? insista le rabbin. Je comprends qu'un ou deux étudiants puissent avoir des plans pour le week-end et tiennent à partir plus tôt...
— Tous ont prévu quelque chose pour le week-end, monsieur le rabbin. Si c'est une fille, elle est invitée dans

une autre université à l'occasion d'un match de foot fixé au samedi. Si elle assiste à votre cours, elle en a jusqu'à deux heures, de sorte qu'elle ne pourra guère démarrer avant trois heures, ce qui lui fera louper tout le programme des amusements du vendredi. Or actuellement, les jeunes ne veulent renoncer à aucune distraction. C'est une sorte d'obligation, je dirais presque un genre de religion.

— Vous voulez dire que tous ceux qui sont absents ont des rendez-vous pour le week-end ?

— Pas du tout, répliqua Hendryx. Certains partent pour faire croire à leurs camarades qu'ils ont un rendez-vous. D'autres estiment pouvoir s'octroyer un week-end prolongé. Quelques-uns, personnellement je suis sceptique, prétendent consacrer les week-ends à d'autres études ; voilà les explications logiques de ces absences ; en tout cas, ils sont censés être assez mûrs pour organiser leur emploi du temps.

— Et moi, que suis-je censé faire le vendredi après-midi, si moins de la moitié de mes étudiants daignent venir au cours ?

— Voilà une bonne question, dit Hendryx en tirant sur sa pipe. Il n'y a pas beaucoup de cours le vendredi après-midi. Joe Browder donne un cours de géologie à une heure dans l'immeuble Blythe. A priori, je n'en vois pas d'autre. A midi, les lieux sont désertés. Même la cafétéria est fermée. Ne l'avez-vous pas remarqué ?

— Mais que suis-je censé faire ? persista le rabbin. Ne pas donner mon cours ?

— J'ai connu des enseignants qui agissaient de cette manière. Non pas qu'ils y aient ouvertement renoncé, mais ils annonçaient régulièrement qu'ils ne pouvaient pas venir. (Il regarda le rabbin avec un petit sourire ironique.) Mais je ne vous vois pas procéder de cette façon ; ai-je tort ?

— Non, je ne m'en sens pas capable, opina-t-il.

— Alors comment avez-vous agi ?

— Jusqu'à présent, j'ai considéré que c'était une heure comme les autres et ai donné mon cours. La semaine dernière, comme vous le savez, je les ai soumis à une interrogation écrite.

— Je voulais justement vous questionner à ce sujet, dit Hendryx. Combien sont venus plancher ?

— Quinze seulement.

Hendryx éclata de rire.

— Eh bien, quinze seulement ? Pour une interrogation écrite d'une heure ? Vous avez rendu les copies aujourd'hui ? Dites-moi, comment la classe a-t-elle réagi ?

— C'est ce qui m'embête, confessa le rabbin. Beaucoup d'entre eux semblaient pleins de rancune et quelques-uns paraissaient vraiment indignés, comme si j'avais été incorrect.

Hendryx acquiesça.

— Savez-vous pourquoi ils paraissaient indignés, monsieur le rabbin ? Parce qu'ils *étaient* indignés. Et ils étaient indignés parce que vous *étiez* incorrect, du moins à leur aune. Voyez-vous, votre cours est traditionnellement considéré comme un cours bidon. Voilà pourquoi ils ont été si nombreux à le choisir. Alors pourquoi, monsieur le rabbin, vouloir vous mettre martel en tête pour changer cela ? Pourquoi ne pas faire comme les autres professeurs et laisser les choses en l'état ?

— Parce que je suis rabbin, trancha-t-il en ajoutant sur un ton nettement méprisant : et non professeur.

Hendryx répliqua par un gros rire à cette pierre dans son jardin.

— Mais je pensais justement qu'un rabbin était un professeur. La vraie signification du terme n'est-elle pas « maître » ?

— Pas au sens où vous l'entendez. Le rabbin est quelqu'un qui a étudié la Loi en fonction de laquelle nous devons ordonner notre vie. Traditionnellement, sa principale fonction consiste à être un juge, mais à l'occasion il lui arrive également d'expliquer la Loi à sa communauté. Le genre de maître auquel vous pensez, encourageant les enfants à étudier, c'est autre chose. Nous appelons cela un melamed*, terme qui a une connotation plutôt péjorative.

— Péjorative ?

— Exactement. Voyez-vous, du fait que cela fait de longs siècles que les Juifs sont alphabétisés à cent pour cent, expliqua le rabbin avec un plaisir visible, n'importe qui est capable d'enseigner. A l'évidence, la considération sociale et la rémunération liées à une activité que tout un chacun est capable d'exercer ne sont pas grandes. Par conséquent, le melamed* était en général quelqu'un qui, ayant échoué partout, se contentait d'enseigner le b.a.-ba aux enfants pour gagner sa vie.

— Et vous estimez qu'en vous montrant compréhensif vis-à-vis de vos étudiants, vous deviendriez un melamed ? demanda Hendryx intéressé malgré lui. Est-ce cela ?

— Oh ! je suis moins préoccupé par mon standing que par leur attitude. Nous autres juifs commençons à inciter les jeunes enfants à l'étude par des jeux et des cajoleries. Ainsi, lorsqu'un enfant est amené pour la première fois à l'école, on lui donne du gâteau et du miel, afin d'associer dans son esprit l'étude à quelque chose d'agréable. Cependant, je n'estime pas devoir agir de cette façon avec des adultes. Bien entendu, tous les adultes ne tiennent pas à devenir des érudits, mais ceux qui viennent à l'université sont censés adopter une attitude d'adulte vis-à-vis de l'instruction. Ma tâche ne consiste pas à jouer avec eux et à les cajoler afin qu'ils daignent étudier.

— Ce n'est pas là votre tâche, concéda Hendryx, pas plus que celle des autres professeurs. Nous faisons nos cours. Ceux qui veulent venir, viennent ; et les autres s'abstiennent.

— Et ceux qui s'abstiennent, sont-ils reçus à leurs examens ?

— Eh bien, naturellement...

— Mais c'est de la tricherie ! s'exclama le rabbin.

— Je ne peux pas vous suivre, monsieur le rabbin.

— Laissez-moi vous expliquer, dit David Small, à la recherche d'une analogie. Selon la tradition, il faut pour devenir rabbin se présenter à un examen devant un rabbin. Si vous êtes reçu, on vous délivre ce que l'on appelle en hébreu la Smikha *, un sceau d'agrément, une ordination. Bien entendu, certains rabbins sont plus durs, plus pointilleux, lors du passage de cet examen, que d'autres, peut-être plus subtils, voire plus érudits. Cependant, je veux croire que tous sont honnêtes dans leur verdict, car en accordant à un candidat le titre de rabbin, l'auteur de la décision certifie que celui-ci est habilité à dire le droit dans le monde juif.

» Or, un titre qui est décerné par cette université a également une certaine valeur et une signification du fait que, sauf erreur de ma part, il y a une délégation d'autorité à cet effet de la part de l'Etat. Le système universitaire exige que l'étudiant acquière un certain nombre d'unités de valeur en participant à un nombre donné de cours, puis en passant des examens. Je suis payé pour apporter une petite contribution à cet édifice. Par conséquent, si je n'accomplis pas à fond mon travail, j'agis malhonnêtement. Je triche.

— Contre qui trichez-vous ?

— Contre tout un chacun qui admet que la délivrance

d'un diplôme signifie que le récipiendaire a assimilé avec succès un certain nombre de connaissances.

— Vous voulez dire que vous avez l'intention de recaler les étudiants qui sèchent les cours du vendredi ?

— Ceux qui ne se présentent pas aux interrogations ou ne les réussissent pas.

— Très intéressant. Très très intéressant, formula Hendryx. D'ici quelque temps, nous devons soumettre au bureau de la doyenne la liste des étudiants dont les notes sont jugées insuffisantes à la fin du trimestre. Avez-vous l'intention de présenter une telle liste ?

— Si c'est la règle, il est évident que je m'y conformerai. Pas vous ?

— Eh bien, ces dernières années, je ne me suis guère occupé de cette liste. En fait, l'année dernière je n'ai recalé aucun étudiant, dans aucun de mes cours. Mais, je pense que vous n'allez pas vous en priver.

— Ceux qui ne sont pas capables de passer leurs examens, je les noterai, bien entendu, en conséquence.

— Eh bien, tout ce que je puis vous dire, monsieur le rabbin, c'est que vous allez passer une année très intéressante.

8.

Le bulletin de l'université paraissait à la fin octobre après la réunion semestrielle du conseil d'administration de l'Université chrétienne Windemere. On le lisait non seulement pour son contenu mais également pour ses omissions. Ainsi, l'annonce indiquant que M. Clyde, de professeur associé, devenait professeur titulaire, n'éveillait que peu d'attention ; il était de notoriété publique que le président Macomber tenait à cette promotion et les administrateurs entérinaient toujours les recommandations du président.

En revanche, le fait que personne n'avait été nommé à la tête du département d'anglais éveillait beaucoup d'attention. Cela laissait clairement sous-entendre que le professeur Hendryx, qui faisait fonction de chef de ce département, ne le dirigeait qu'à titre intérimaire, en attendant que l'Administration ait trouvé un candidat lui convenant mieux.

Cela enchantait un nombre considérable des anciens membres de ce département ainsi que la plupart des jeunes membres, à l'opposé d'une autre omission du bulletin : le renouvellement de la fonction de Roger Fine en qualité de chargé de cours. Fine jouissait de la sympathie de la majorité du corps professoral, mais même ceux qui ne le portaient pas en haute estime étaient contrariés, car on considérait que la raison de ce limogeage était purement politique.

Albert Herzog, jeune assistant d'anthropologie, qui était également un responsable du syndicat des enseignants, vint trouver Roger Fine.

— Dis Rog, si j'ai bien compris tu te fais éjecter au milieu de l'année universitaire ?

— Je ne me fais pas éjecter. C'est là le terme prévu à mon contrat.

— Je ne vois pas le rapport. Le poste doit être pourvu. Il leur faudra trouver quelqu'un pour te remplacer. Mieux, selon les rumeurs ils s'apprêteraient à engager deux bonshommes, assistants ou chargés de cours, dès que tu seras parti.

— C'est possible, admit Fine, il n'en reste pas moins que j'ai été engagé en février pour une année, soit deux semestres. On m'a également laissé enseigner durant la session d'été, de sorte que j'aurai totalisé trois semestres. Par conséquent, je ne pense pas être victime d'un coup de pied en vache.

— Ecoute, normalement un contrat régulier se renouvelle d'année en année. Macomber aurait-il quelque chose à te reprocher ?

— Ah non, dit Fine rapidement.

— Donc, il apparaît clairement que tu es fichu à la porte uniquement à cause de ton activité politique. C'est une chose que le syndicat ne peut pas laisser passer. Nous allons demander une audience.

— Allons Al, arrête ton char, répondit Fine. La convention collective autorise expressément le président à licencier un collaborateur, sans audience, dès lors que celui-ci n'est pas titularisé.

— Seulement si ce n'est pas pour des raisons politiques ! trancha Herzog en brandissant un doigt long et osseux pour appuyer son affirmation. Il a le droit de te licencier parce qu'il n'apprécie pas la façon dont tu te peignes, mais il ne peut pas te liquider simplement pour avoir écrit cet article dans *le Perce-Vent* ou pour ton soutien à la cause des Noirs. C'est une affaire politique et un tel motif de licenciement est formellement exclu par la convention collective. Le cas est tout à fait clair et nous allons nous en occuper.

— S'il te plaît, Al, rends-moi un service. Occupe-toi de tes affaires. Je ne veux pas me lancer dans une bagarre avec l'Administration.

Il lui mit la main sur l'épaule.

Herzog retira l'épaule.

— Je ne te comprends pas. S'il y a un gars dans cet établissement sur lequel je pensais pouvoir compter pour qu'il défende ses droits, c'était toi. L'ennui avec les enseignants, c'est qu'ils pensent mieux s'en sortir en se mettant à plat ventre pour que l'Administration puisse leur marcher dessus. Mais tu verras, pratiquement à chaque fois que le syndicat mène une lutte de ce genre, il la gagne. Je vais organiser une réunion du comité directeur...

— Non.

— Ecoute Fine, tu n'es pas seul en cause. Si l'Administration peut licencier un gars pleinement qualifié et engager quelqu'un d'autre à sa place, que devient le bénéfice de l'ancienneté ? Peux-tu me répondre à cela ?

— Je me fiche du bénéfice de l'ancienneté. Je te demande un service personnel, Al. A l'heure qu'il est, je ne veux d'histoires avec personne. (Il baissa la voix.) Vois-tu, Edie est enceinte. Je ne veux pas qu'elle ait des énervements.

— Ah, mais c'est magnifique ! s'exclama Herzog. Félicitations ! Très bien Rog, j'ai pigé. J'en parlerai aux gars et leur répéterai ce que tu as dit. Nous ferons au mieux.

Néanmoins, le lendemain il y avait une table dans le hall surmontée d'un grand poster présentant une immense batte de base-ball avec pour légende : « SIGNEZ POUR FINE ! IL S'EST BATTU POUR VOUS — A VOTRE TOUR, BATTEZ-VOUS POUR LUI ! »

Assis derrière la table et exhortant les gens à signer se trouvait Nicholas Ekkedaminopoulos, appelé Ekko par tous ceux qui le connaissaient, professeurs inclus. Ayant déjà accompli son service militaire, il était plus âgé que ses compagnons d'études ; il se distinguait également de ces derniers par le fait qu'on ne voyait pas l'ombre d'un poil, non seulement sur sa figure basanée, mais également sur son crâne. Il expliquait : « Mon père est chauve, mon oncle est chauve ; je me déplume également. C'est dans la famille. Mon père peigne les quelques cheveux qui lui restent de façon à recouvrir le sommet du crâne. Mon oncle, qui aime porter beau et est doté d'une jolie femme, dépense une fortune en huiles et onguents divers, ce qui ne l'empêche pas de demeurer chauve. Quant à moi, je me dis à quoi bon engager une bataille perdue d'avance ? Alors, je me rase la boule à zéro. »

Roger Fine le connaissait bien ; ils avaient le même âge et tous deux avaient servi au Vietnam. Ils étaient devenus proches amis. Ils avaient recruté ensemble des étudiants noirs et Fine l'avait invité à Barnard's Crossing durant l'été.

Traversant le hall, Fine vit le poster et se précipita vers la table.

— Qu'est-ce que c'est que ce bordel, Ekko ? demanda-t-il. Qui a organisé cela ?

— Ecoute Rog, cette action a été officiellement décidée par les Etudiants activistes.

— Arrête tes conneries, Ekko. Tu sais parfaitement que l'effectif des Etudiants activistes se résume à un comité comptant deux pelés et trois tondus. Je veux savoir qui t'a manipulé en vue de cette action. Etait-ce Al Herzog ?

— Ce moulin à paroles ? Ciel non ! (Ekko baissa la voix.) La situation se dégrade, Rog. Il y a trois ans, quand j'étais un bleu, il suffisait de rédiger une pétition, quel qu'en soit l'objet, pour récolter dans une matinée cinq cents signatures. Les gars ne regardaient même pas ce qu'ils signaient. Actuellement, nous cherchons depuis le début de l'année universitaire un soutien pour notre programme et nous serions heureux d'avoir cinquante signatures. Ils trouvent toutes sortes de raisons pour se défiler. La mixité dans les foyers d'étudiants ? Les nanas refusent de signer de peur de passer pour des marie-couche-toi-là. Tiens, même en ce qui concerne la non-obligation de passer des examens. On pourrait penser que tout le monde est d'accord là-dessus : eh bien, non, ils te répondent que du moment qu'ils doivent passer des examens, ils ne voient pas pourquoi les autres seraient mieux lotis ! Alors nous nous sommes dit qu'avec ton histoire, nous avons enfin trouvé un bon cheval de bataille. Tu comptes de nombreux amis à l'université et nous pourrions ramasser beaucoup de signatures. Et puis, nous pensions que signant la pétition en ta faveur, ils signeraient également, dans la foulée, la résolution des Etudiants activistes. Notre calcul n'a pas été faux ! ajouta-t-il triomphalement. En quelques heures, j'ai recueilli à cette table trente signatures au bas de la pétition pour toi et six signatures pour la résolution.

Fine secoua la tête avec exaspération.

— As-tu jamais été traversé par l'idée de me consulter avant de rédiger cette pétition ? T'es-tu jamais demandé si cela ne risquait pas de déranger mes propres plans ?

— Ça va, Roger ; on pensait que tu serais content. D'ailleurs, si nous n'avions pas entrepris cette action, elle aurait été menée par les Etudiants socialistes, voire même par ces excités du Weathervane. Après tout, ne vaut-il pas mieux pour toi que ce soit nous ?

— Eh bien, Ekko, je n'en veux pas. Arrête cela !

— Okay, si c'est là ce que tu désires. Excuse-moi une minute...

Il harponna un étudiant passant en compagnie d'une fille.

— Hé, Bongo, viens signer la pétition pour le professeur Fine !

Roger Fine se hâta de disparaître.

9.

— Qu'as-tu contre John Hendryx, Papa ? demanda Betty Macomber.

C'était le jour de sortie de Mme Childs et Betty rinçait les assiettes tandis que son père parcourait le journal du soir.

— Hendryx ? Ah oui, le nouveau du département d'anglais.

— Le nouveau ! Il est là depuis deux ans et demi.

— Vraiment ? Comme le temps passe vite ! Pourquoi ? Je n'ai rien contre lui.

— Alors pourquoi n'a-t-il pas été nommé directeur de son département ? Pourquoi n'est-il que directeur intérimaire ?

Le président Macomber posa son journal et regarda sa fille. Elle était grande et blonde ; quand elle était petite fille, il aimait l'appeler « ma princesse viking ». Bien que des traces de maturité apparaissaient sur son visage, celui-ci était sans rides et toujours attrayant.

— C'est le règlement, commença-t-il. Le directeur d'un département doit avoir un minimum de trois ans d'ancienneté. Hendryx n'est pas chez nous depuis assez longtemps. Par conséquent, il ne peut être que directeur intérimaire.

— Mais par le passé, des gens ont été nommés directeurs de leur département sans ancienneté, insista-t-elle. Toi-même, tu m'as raconté que le professeur Malkowitz a été nommé directeur du département de math le jour où il a été engagé.

— Malkowitz était un cas spécial. Il ne serait pas venu à Windemere autrement et nous tenions absolument à l'avoir. Les administrateurs ont adopté une résolution spéciale pour le dispenser de l'ancienneté.

Elle mit de côté la corbeille de pain et le saladier qu'elle portait et s'assit sur le coussin à ses pieds.

— Bon, pourquoi ne pourrais-tu pas faire la même chose pour le professeur Hendryx ?

Il s'adossa dans son fauteuil et sourit.

— Le professeur Malkowitz est réputé sur le plan national. C'est un homme infiniment capable.

— As-tu des doutes quant aux aptitudes du professeur Hendryx ?

Il y avait incontestablement un ton de défi dans sa voix. Macomber tenta de s'en tirer par une pirouette :

— Il y a une chose dont je suis sûr à son sujet : il sait s'y prendre pour gagner des soutiens féminins à sa cause. (Il sourit.) Voilà des mois que Millicent Hanbury m'enquiquine à son sujet, maintenant c'est toi. Je comprends l'attitude de la doyenne. Je crois savoir qu'ils sont de vieux amis ou que, du moins, ils sont originaires de la même localité. Mais toi, je ne pensais même pas que tu puisses le connaître.

— Je l'ai rencontré le jour de mon retour. Il était invité à la réception des Sorenson.

— Oh ?

— Et depuis je l'ai beaucoup vu, ajouta-t-elle tout à trac.

Cependant, il ne semblait pas comprendre.

— S'est-il plaint de la façon dont on le traitait ici ?

— Ce n'est pas de cela qu'il s'agit, dit-elle. Lorsqu'il m'arrive de mentionner qu'il est directeur du département d'anglais, il tient à préciser qu'il n'est que directeur intérimaire. (Elle fit une pause.) Si tu sais quelque chose qui soit en sa défaveur, Père, j'aimerais que tu m'en fasses part.

Réalisant qu'il y avait là bien plus qu'un intérêt impersonnel pour un professeur, il se fit prudent.

— Il sort de Harvard, je crois. Sauf erreur de ma part, il a fait quelques publications. Néanmoins, quand on occupe ma fonction depuis aussi longtemps que je le fais, on acquiert un genre de sixième sens pour les universitaires. Durant les dix dernières années, il a travaillé dans trois postes différents. D'ailleurs, pourquoi voulait-il venir là ? Nous ne sommes qu'une petite université. Avec son curriculum, il pouvait aspirer à un poste dans un établissement bien plus prestigieux.

— Ton fameux Malkowitz est bien venu là.

— Oui, mais nous avons insisté et lui avons fait un pont d'or. Tandis que Hendryx, lui, est venu frapper à notre porte en pleine année universitaire.

— Peut-être préfère-t-il être dans une petite université. Il ne serait pas le seul.

Il acquiesça.

— Mais le dernier poste qu'il a occupé se trouvait déjà dans une petite université, l'université Jeremiah Logan dans le Tennessee. Pourquoi n'y est-il pas resté ?

— Justement parce que c'était dans le Tennessee. Tout originaire de Nouvelle-Angleterre ne peut que se sentir comme un poisson hors de l'eau dans une petite ville du Sud.

— Exact, reconnut-il, et c'est ce que j'ai pensé jusqu'au moment où je suis tombé sur le chancelier de l'université Jeremiah Logan, l'année dernière, lors de la réunion de l'association des présidents d'université. J'ai évoqué Hendryx. Sais-tu qu'actuellement un administrateur ou un employeur doit être très prudent sur ce qu'il dit au sujet d'un ancien salarié ? On peut être poursuivi en justice, dès que l'on avance quelque chose dont on sait parfaitement que c'est véridique, mais qui ne peut pas être prouvé. C'est pourquoi nous ne prêtons guère attention aux certificats courants. Eh bien, cet homme de Jeremiah Logan était plus précautionneux que la plupart des gens ; néanmoins, j'ai pu déduire de ce qu'il m'a dit que Hendryx avait eu des histoires là-bas, à propos d'une fille, une de ses étudiantes.

— Je suis parfaitement au courant, dit-elle calmement. C'était une petite grue faisant les délices de Sigma Chi et ensuite des membres des autres associations d'étudiants.

— Il t'a raconté tout cela ? Pourquoi ?

— Parce que nous nous intéressons l'un à l'autre, rétorqua-t-elle en se remettant debout.

— Betty, mon interlocuteur l'a qualifié de sursexué...

— Eh bien, cela m'arrangerait après mon expérience avec Malcolm.

— Betty !

— Ecoute Papa, autant te le dire tout de suite, John et moi allons nous marier.

Il fixa son regard sur elle.

— Ne fais pas cette tête. Je ne vais pas m'effaroucher simplement parce qu'un homme de quarante ans n'a pas vécu en ermite. Bon, est-ce que tu ne m'exprimes pas tes souhaits ?

— Mais avec une étudiante !

— Majeure et vaccinée. Tu ne t'imagines quand même pas qu'ici à Windemere les étudiantes sont toutes des vierges immaculées ?

— Certainement pas, dit-il. Cependant, je ne puis admettre que des professeurs tirent avantage de leur position pour... avoir des relations..., disons le mot, séduire des étudiantes.

Il enchaîna :

— Ecoute Betty, j'ai à ce sujet des conceptions aussi modernes que tout homme de mon âge. Mais cela n'est pas correct de la part d'un membre du corps enseignant, je me place sur le plan de la loyauté, car il abuse de sa position. Cela revèle un trait de caractère, dont je te laisse juge.

— Loyauté ! Caractère !

Elle partit d'un gros éclat de rire.

— Papa, puis-je te dépeindre la vie telle qu'elle est à la fin de ce XXe siècle ? Le sexe, c'est une affaire de femmes ; c'est leur spécialité, leur domaine de concentration. Pour autant qu'à Windemere il y ait des relations entre professeurs et étudiantes, et je te fiche mon billet qu'il y en a, elles ont été suscitées par les filles, et ce sont elles qui y tiennent le rôle directeur. Habituellement, la chose se termine lorsqu'elle a découvert quelqu'un d'autre ou parce qu'elle a décidé qu'elle en a assez. Quant à cette affaire de John à Logan, de même que les histoires semblables qu'il a probablement vécues là où il a enseigné précédemment, on peut être certain, même si lui-même est d'un avis contraire, qu'à chaque fois la fille en était l'initiatrice.

— Betty, est-tu sa maîtresse ?

— Papa, tu es adorable. Non, je ne le suis pas, simplement parce que nos rapports n'ont pas évolué de cette façon, du moins jusqu'à présent. T'ai-je choqué ?

Elle le regarda d'un œil amusé.

— Aimes-tu cet homme, Betty ?

— Je n'ai rien d'une adolescente enamourée, si c'est de cela que tu parles. Je le trouve attirant. Il a de l'allure et est intelligent.

— Mais tu viens à peine de le rencontrer ! Tu ne le connais pas vraiment.

— Oui, tandis que j'ai pratiquement grandi avec Malcolm et vois ce que ça a donné, répliqua-t-elle. Je connais John depuis près de deux mois. C'est suffisant.

— Ce n'est pas parce que tu t'es trompée une fois...

— J'ai trente-cinq ans et John en a quarante. Nos origines sont similaires. Il descend d'une vieille famille de Nouvelle-Angleterre et il est libre de toute attache. C'est le parti le plus intéressant que je puisse trouver dans la région. Si j'attends, je finirai, avec de la chance, par épouser quelque veuf avec des enfants, cherchant une femme qui lui tienne le ménage sans bourse délier. Quant à ses amourettes avec quelques petites sottes d'étudiantes, c'est s'il n'en avait pas eu que j'aurais de quoi m'inquiéter. A quoi d'autre peut s'occuper un professeur dans une petite ville universitaire ? Aurais-tu préféré qu'il courtise les épouses de ses collègues ?

— La plupart des hommes se marient.

— S'il l'avait fait, il ne serait pas disponible pour moi. Ecoute Papa, je vais l'épouser. Pour le moment, nous gardons cela secret, car il y a des personnes stupides qui ne comprendraient pas, mais tu dois te familiariser avec cette idée. T'en fais pas, Papa, fit-elle en l'embrassant impulsivement, je sais que tu l'aimeras dès que tu le connaîtras mieux.

— Billy l'a-t-il déjà rencontré ? demanda-t-il.

— Nous allons justement le voir samedi matin. Je suis certaine que lui et Billy s'entendront bien.

— Et quels sont vos plans pour l'avenir ?

— Cela dépend de toi, répondit-elle. John aimerait rester ici, mais il considère son poste de directeur intérimaire comme dévalorisant. Lorsqu'il a constaté que son nom ne figurait pas dans le dernier bulletin, il voulait démissionner, mais je l'ai persuadé d'attendre. S'il décide de partir, nous pourrions vivre, en attendant qu'il trouve un autre poste, sur le petit pécule que Maman m'a laissé. Je lui ai suggéré cette solution, mais il est trop fier pour l'accepter. Toutefois, s'il est dispensé de l'ancienneté et nommé directeur titulaire, nous nous marierions sans retard et continuerions à vivre ici.

— Cela doit faire l'objet d'un vote des administrateurs.

— Ont-ils jamais refusé d'avaliser une seule de tes recommandations ?

— N... Non.

— S'il te plaît, Papa !

Elle avait l'air aussi anxieuse qu'un enfant. Et que savait-il réellement de défavorable sur Hendryx ? Toutefois, c'était contraire à ses principes de faire usage de son autorité pour une affaire strictement familiale. Par ailleurs, Betty n'était pas seule. La doyenne Hanbury avait également insisté pour cette promotion, donc il est probable que celle-ci constituerait un avantage pour le département et, partant, pour l'université.

— Eh bien, je vais peut-être en toucher un mot à la doyenne Hanbury, dit-il d'une voix hésitante.

Elle eut conscience d'avoir gagné.

— Oh ! merci, Papa !

Elle l'embrassa.

— Quand la verras-tu ?

Il feuilleta son agenda.

— Voyons, demain c'est vendredi. Je n'ai rien prévu pour le matin. (Il se fit une note.) Vendredi 13. Tu n'es pas superstitieuse ? (Il lui sourit.) Je la verrai demain matin.

Elle lui jeta un baiser de la main, puis dévala les escaliers.

— Il faut que j'aille me changer.

— J'ai cru que tu restais ce soir…

— Bien sûr, mais je tiens à annoncer la bonne nouvelle à John.

10.

Ils ne pouvaient pas se réunir chez Abner Selzer, car son compagnon de chambre avait la grippe ; Yance Allworth et Mike O'Brien habitaient tous les deux chez leurs parents. Ils décidèrent donc de tenir leur réunion dans la piaule de Judy Ballentine, bien que celle-ci se trouvât au diable vauvert à l'autre extrémité de la ville. Au moins, ils ne seraient pas dérangés. En outre, comme Judy vivait avec Ekko, deux des cinq membres de leur mouvement étaient sur place. Ils habitaient au troisième étage d'un vieil immeuble de rapport que des propriétaires avides avaient retapé en y installant des douches, des cuisinettes et quelques bouts de meubles pour louer le tout à prix d'or à des étudiants ou à des infirmières et internes de l'hôpital voisin, qui ne trouvaient pas à se loger ailleurs.

Ekko s'était attribué l'unique fauteuil. C'était un siège à ailerons arrière dont le revêtement en tissu était non seulement décoloré, mais également marqué par des brûlures de cigarettes dues à la négligence, sinon au vandalisme des locataires précédents, ayant exercé de cette façon leur vengeance pour le loyer abusif qu'on leur avait fait payer.

— Epinglez-y quelques napperons de dentelle et il aura l'air neuf, avait dit l'agent immobilier.

Bien que n'étant plus de prime jeunesse, Judy avait l'air d'une petite fille. Elle était menue et son visage, où apparaissaient une petite bouche rose et deux grands yeux noirs, avait une expression enfantine. Elle était assise par terre, la tête contre les genoux d'Ekko, et secouait sa cigarette approximativement en direction du cendrier posé à même le sol. De sa main libre, elle lui caressait le mollet sous le tissu du pantalon.

Le minable sofa, aux ressorts à bout de souffle, servait de siège à Mike O'Brien, lequel, travaillant à mi-temps dans une banque, portait un vrai complet, une chemise blanche et même, suprême sacrifice, une cravate ; il croisait ses petits doigts grassouillets sur les genoux.

Yance Allworth était étendu par terre, sa belle chevelure afro posée sur un coussin prélevé sur le sofa. Il portait un pantalon frangé en cuir bordeaux et une chemise en soie rouge contrastant avec sa peau noire. Ses yeux étaient clos et il avait l'air endormi quand Abner Selzer, barbu et muni d'une chevelure descendant presque jusqu'aux épaules, rendit compte de son entretien avec la doyenne.

— J'ai pris rendez-vous pour deux heures et demie aujourd'hui, parce que…

Il s'interrompit.

— Merde, Judy, est-il indispensable que tu le pelotes en pleine réunion ?

— Va te faire f…, lui répondit-elle, aimablement.

— Continue, intima Ekko, tout en caressant la tête de la fille, comme à un petit chien.

— … parce que c'est l'heure que Millie Hanbury a proposée, conclut-il.

— Qu'elle aille se faire f…, fit Allworth, les lèvres à demi closes.

— Je lui rendrais bien ce service, enchaîna Selzer. Elle a un beau châssis.

— Elle ne voudrait pas de toi, intervint Judy. C'est une gouine.

— Comment le sais-tu ? questionna O'Brien intéressé.

— Cela coule de source, rétorqua Judy. Elle était prof de gym à l'uni. Toutes les profs de gym sont comme ça. Moi, ce que j'aimerais savoir, c'est pourquoi nous devons la rencontrer un vendredi à deux heures et demie.

— Un vendredi 13, murmura Yance Allworth.

— Parce que vendredi, l'université est pratiquement déserte. Il n'y aura pour ainsi dire personne, sauf nous.

— Et quel genre de pression penses-tu pouvoir exercer alors qu'il n'y aura que nous cinq ?

— Bien plus que si nous la rencontrions lundi matin comme tu l'avais suggéré, Judy, répliqua Selzer. Nous aurions rassemblé peut-être une cinquantaine de gars, soixante quinze au maximum. Dès lors, il aurait suffi à Hanbury d'un coup d'œil pour qu'elle se rende compte que nous ne sommes qu'une poignée et elle aurait réalisé qu'elle avait tous les atouts dans son jeu.

— Comment sais-tu que nous ne serions qu'une cinquantaine ? interrogea O'Brien.

— Parce c'est comme cela actuellement, répondit Selzer. Sais-tu combien de signatures nous avons ramassées en nous servant du nom de Fine comme locomotive ? Cent dix-neuf. C'est tout ce que nous avons pu engranger en une semaine, cent dix-neuf fichues signatures. Aussi, dès que Hanbury a proposé vendredi après-midi, j'ai sauté sur l'occasion, car dans ces conditions nous arrivons à cacher notre faiblesse.

— Je parie que si nous nous étions alliés aux Weathervanes, nous aurions eu beaucoup plus de signatures, dit O'Brien.

— Que les Weathervanes aillent se faire f..., murmura Allworth.

— Tout à fait de ton avis, approuva Ekko. Ce n'est qu'un ramassis de drogués et de dingues en compagnie desquels je n'accepterais pas de voyager en car, même aux heures de pointe.

— Ce sont de vrais révolutionnaires, insista O'Brien.

— Ce ne sont que des zombis, c'est tout, dit Ekko. Tu as dit deux heures et demie, Abner ? Okay, va pour deux heures et demie. Lui as-tu précisé pourquoi nous voulions la voir ?

— Non, mais elle sait pertinemment que nous ramons pour Fine, à cause de la campagne de signatures.

— Je t'ai dit que Roger nous demande de laisser tomber, rappela Ekko.

— Roger Fine peut aller se faire f..., intervint Allworth.

— D'accord, admit Selzer. Nous ne faisons pas cela pour Fine. Son cas ne constitue qu'un exemple. Nous nous intéressons à lui pour le principe.

— C'est juste, Ekko, approuva Judy. S'ils liquident tout professeur qui marche avec nous, comment diable pourrons-nous trouver des appuis au niveau des enseignants ?

Ils discutèrent ainsi à tort et à travers, sans aboutir à quoi que ce soit, jusqu'au moment où le temps fut venu de lever la séance. Ekko les accompagna à la porte et retint Selzer.

— Je n'ai pas voulu le dire devant les autres, mais Roger s'est drôlement mis en rogne à cause de notre pétition et encore davantage au sujet de notre entretien avec Millie. Vois-tu, il a déjà démissionné.

— Démissionné ? Pourquoi diable...

— Il y a été contraint, l'interrompit Ekko. D'après ce qu'il m'a dit, ils le tenaient et lui ont fait signer une lettre de démission que Millie a enfermée sur-le-champ dans son coffre-fort. Je ne devais révéler cet élément à quiconque, mais après la réunion de ce soir, je pense que nous serions sans doute mieux inspirés de nous placer sur un plan général plutôt que de foncer dans une affaire où nous risquerions d'être éclaboussés.

— Ouais...

Selzer, remuant tout cela dans sa tête, commença à réviser sa stratégie. Il secoua la tête :

— Je ne sais pas. Peut-être devrions-nous la faire parler, pour lui faire connaître que nous sommes au courant et savons qu'on a forcé la main à Fine.

— Je continue à penser...

Selzer sentit que sa position de leader était mise en cause.

— Dis, Ekko, veux-tu prendre la responsabilité de l'action ?

— Non, mais je ne veux pas que Rog soit le dindon de la farce.

— T'excite pas. Depuis le début de cette histoire, je pense qu'au mieux nous nous en tirerons par un match nul.

— Que veux-tu dire ?

— Que nous perdrons en ce qui concerne Fine, mais que nous aurons des assurances pour quelqu'un d'autre.

— Bon. Tâche d'y penser.

Ekko se retourna, puis énonça :

— Dis, as-tu parlé à quelqu'un d'autre de ce rendez-vous ?

— Je n'en ai parlé à personne. Pourquoi ?

— Eh bien, je ne voudrais pas qu'un de ces enfoirés du Weathervane vienne mettre le nez dans notre affaire.

Cela pourrait servir de prétexte à la doyenne pour appliquer le couperet à Roger.

— Qui leur en parlerait ?

— Ben, Mike n'arrête pas de raconter que les Weathervanes font ceci et cela et je l'ai vu avec cette môme Aggie.

Selzer réfléchit un instant et secoua la tête.

— Bah, Mike est un gars bien. Il ne fait que du blablabla. C'est pour compenser les frusques bon chic bon genre qu'il doit porter à la banque.

Il rit et dévala les escaliers pour rattraper les autres.

Ils se séparèrent à la gare de Charles Street, Yance et Abner empruntant les escaliers tandis que O'Brien continua vers le centre de la ville. Au bout de quelques centaines de mètres, il entra dans une cabine téléphonique, puis ferma soigneusement la porte derrière lui avant de faire un numéro. Au bout d'une demi-douzaine de sonneries, on décrocha :

— Oui ?

— Aggie est-elle là ? demanda O'Brien.

— Aggie qui ?

— Aggie tout court. Regardez si Aggie est là.

Il attendit, et cette fois-ci une voix de femme répondit :

— Salut, chéri.

11.

Le rabbin Small était toujours perplexe avant le dernier cours de la semaine ; tous les vendredis, il espérait dans son for intérieur que cette fois-ci, il aurait une assistance normale. Et à chaque fois, il était déçu.

Il ne pouvait s'empêcher d'éprouver un sentiment de rancœur, bien qu'il sût que c'était irrationnel ; ce vendredi, 13, ce n'était guère différent : il n'y avait qu'une douzaine de présents et le rabbin était fâché. Il ferma la porte derrière lui et sans un mot s'installa sur sa chaire.

Après un bref signe de tête, il se retourna pour inscrire le plan du cours au tableau noir ; puis, lorsqu'il se retourna vers la classe, il eut un choc : la moitié des étudiants avait disparu. Après un court instant, il vit qu'ils n'étaient pas partis, mais s'étaient assis par terre sur les côtés.

Il n'était pas d'humeur à plaisanter ; jamais le vendredi.

— Je vous en prie ! cria-t-il.

Il n'obtint aucune réponse. Ceux qui étaient demeurés sur leurs chaises regardèrent fixement leurs cahiers, répugnant à le regarder dans les yeux.

— Veuillez regagner vos sièges.

Aucun résultat.

— Je ne puis pas faire mon cours tant que vous êtes assis par terre.

— Pourquoi pas ?

C'était Harry Luftig qui du plancher lui posa la question, sans impertinence, avec même une inflexion de politesse.

Le rabbin eut un moment d'hésitation. Puis, une idée lui surgit à l'esprit.

— Pour nous autres Juifs, s'asseoir par terre est un signe de deuil, exposa-t-il. Les fidèles très pratiquants s'assoient par terre durant la période de deuil de sept jours consécutive à un décès dans la proche famille. Il en est de même le 9 Ab, anniversaire de la destruction du Temple de Salomon ; ce jour-là, dans les synagogues, on s'assied sur des escabeaux, tandis qu'on récite les Lamentations de Jérémie. Nous sommes vendredi après-midi ; le sabbat approche et il est expressément défendu d'être affligé pendant le sabbat.

A vrai dire, on était encore à plusieurs heures du sabbat ; cependant, il les scruta à travers ses épais verres de lunettes pour voir s'ils acceptaient son stratagème destiné à les faire renoncer à leur petite plaisanterie sans perdre la face. Un court instant, il crut que l'un d'eux allait se lever, mais celui-ci se contenta de changer de position sur le plancher.

Du coup, il était en colère et vexé. Ce n'était pas des enfants. Pourquoi accepterait-il cela ? Sans prononcer une parole supplémentaire, il ramassa ses bouquins et quitta la salle.

Il enfila d'un pas résolu le couloir où ses pas résonnaient dans le bâtiment désert. C'est la mine assombrie qu'il fit tourner la clé dans la serrure de la porte de son bureau.

En entrant, il eut la surprise, pas trop plaisante, de

trouver le professeur Hendryx, allongé dans son fauteuil pivotant, en train de téléphoner.

De sa main libre il fit un signe au rabbin, avant de dire au revoir dans l'appareil et de reposer celui-ci, puis de reprendre une position assise.

Il jeta un coup d'œil sur sa montre.

— Une heure et quart. N'avez-vous pas un cours ?

Le rabbin prit un siège pour s'asseoir de l'autre côté de la table.

— C'est exact. Mais je les ai laissés tomber.

Hendryx sourit.

— Qu'est-il arrivé ? Ont-ils essayé de vous chahuter ?

— Je ne sais pas ce qu'ils essaient, dit le rabbin d'une voix pleine d'indignation, mais quoi qu'il en soit, j'estime que leur attitude est inadmissible pour quiconque doit dispenser un enseignement.

— Qu'ont-ils fait ?

Le rabbin lui raconta l'incident en concluant :

— ... du moment que je leur avais fait une concession en évoquant à propos de leur mouvement une signification religieuse, je ne pouvais pas agir différemment.

— Mais ils n'ont pas accepté votre interprétation.

— Je ne pense pas. Aucun de ceux qui étaient par terre n'a bougé.

— Par conséquent, vous êtes parti.

Le rabbin acquiesça.

— Je ne vois pas comment j'aurais pu faire autrement.

— Vous n'étiez pas là hier, monsieur le rabbin ? demanda Hendryx, changeant apparemment de sujet.

— Non, je ne viens que pour mes cours. Que s'est-il passé hier ?

Hendryx tira sa pipe de sa poche et se mit à la bourrer.

— En fait, cela a commencé mercredi.

Il frotta une allumette derrière son bureau, alluma sa pipe, puis tira quelques bouffées.

— Mercredi, les journaux ont fait état d'une visite effectuée par le Comité pour la réforme pénale à la maison de redressement pour garçons de Norfolk. Comme d'habitude, les conditions étaient déplorables : surpopulation, vitres cassées, toilettes sans eau courante, cafards dans la cuisine. Le directeur fit valoir les excuses traditionnelles : manque de fonds, manque de personnel spécialisé, administration hésitante. Cependant, un fait nouveau était intervenu depuis la dernière visite. Il n'y avait pas de chaises dans la salle de récréation et les pensionnaires y étaient assis par terre. Le directeur expliqua qu'il avait fait enlever les chaises, car celles-ci avaient servi de projectiles lors d'une bagarre la semaine précédente. La majorité du Comité se déclara en désaccord. On allégua l'absence de moquette et le fait que la pièce était froide et exposée aux courants d'air, que la santé des petits voyous était menacée, et patati et patata. N'avez-vous pas lu cela dans les journaux ?

— Si, mais quel est le rapport avec mon cours ?

— J'y viens. (Il tira sur sa pipe.) Le président Macomber fait partie de ce comité et il était un des rares membres qui non seulement n'ont pas protesté, mais ont approuvé le directeur. Alors le lendemain, nos étudiants, du moins ceux qui se sentent concernés, ont décidé de rester assis par terre durant toute une semaine en protestation contre l'attitude du président de l'université.

— Ils l'ont fait à vos cours ? Comment avez-vous réagi ?

— Oh ! je ne leur ai prêté aucune attention, dit Hendryx. J'ai fait mon cours comme si de rien n'était. Certains enseignants ont fait des remarques ironiques, mais il ne s'est pas passé grand-chose. (Il rit.) Ted Singer, vous savez le sociologue, a dit que du moment que nous étions dans un univers où tout est sens dessus dessous, ils devraient aller au bout de leur logique et se mettre sur la tête. Une des filles l'a pris au mot et est restée sur la tête jusqu'à la fin du cours. Une bonne dizaine de minutes, d'après lui. Sans doute, une adepte du yoga. (Il sourit, découvrant une belle denture blanche.) Bien entendu, sa jupe était complètement retournée, mais Singer a raconté qu'elle portait malheureusement un de ces collants actuellement à la mode, de sorte qu'il n'y avait rien à voir.

Le rabbin le soupçonnait d'avoir donné un tour égrillard à l'histoire pour le charrier. Il avait l'impression que son collègue faisait parfois des allusions suggestives pour le choquer en tant que rabbin.

— Etes-vous sûr que ce n'est que pour cette semaine ?

— C'est ce que j'ai compris. Pourquoi ?

— Car si cela continue, je ne l'admettrais pas.

Hendryx le regarda avec surprise.

— Pourquoi pas ? Pourquoi y prêteriez-vous attention ?

— Je suis comme ça.

Regardant sa montre, il dit :

— Je ferais mieux d'aller trouver la doyenne.

Hendryx était effaré.

— Pourquoi donc ?

— Eh bien, j'ai quitté mon cours.

— Ecoutez, monsieur le rabbin. Laissez-moi vous expliquer la vie universitaire. La doyenne se fiche royalement que vous ayez occasionnellement quitté un cours ou même que vous n'ayez pas daigné y venir. Ce que vous faites avec vos étudiants est votre affaire. L'année dernière, le professeur Tremayne, alors qu'il avait annoncé une série de cours s'étendant sur trois semaines à la mi-février, était parti en Floride. D'accord, Tremayne est le genre de professeur dont l'absence profite probablement davantage à ses étudiants que sa présence.

— Néanmoins, j'estime de mon devoir d'en parler à la doyenne. En outre, puisque nous sommes au milieu du semestre, je dois lui remettre la liste des étudiants dont les notes sont insuffisantes.

Hendryx émit un sifflement.

— Vous voulez dire que vous persévérez dans l'intention de remettre cette liste après ce que je vous ai dit ?

— Mais pas plus tard que la semaine dernière, j'ai reçu une note me réclamant cette liste pour le lundi 16.

— Mon cher rabbin, dit Hendryx, quand avez-vous été en rapport pour la dernière fois avec une administration universitaire ?

— J'ai donné des cours à des groupes Hillel *.

— Non, je veux parler de vrais rapports.

— Je n'en ai pas eu depuis la fin de mes études, il y a quinze ou seize ans. Pourquoi ?

— Eh bien, depuis seize ans, voire depuis six ans, les choses ont beaucoup changé. D'où sortez-vous ? Ne lisez-vous pas les journaux ?

— Mais les étudiants...

— Les étudiants ! dit Hendryx d'un ton dédaigneux. Qu'est-ce qui vous fait penser que l'université se soucie des étudiants ? Actuellement, le premier propos de l'université c'est d'assurer au corps professoral, présumé être un ensemble d'hommes érudits, un certain degré de confort et de sécurité. Il s'agit de la contribution qu'apporte la société à des activités méritantes telles que la recherche et l'accroissement des connaissances. La société éprouve le sentiment désagréable qu'il est important que quelqu'un s'occupe de futilités telles que le démontage des complots dont la trame a été tissée par Shakespeare ou d'enquêtes pour établir si ce monsieur-là (il désigna du regard le buste d'Homère présent sur un rayonnage au-dessus de sa tête) est le seul auteur des épopées homériques ou s'il n'était qu'un des coauteurs, ou de l'influence des tisserands flamands sur l'économie de l'Angleterre au Moyen Age, ou encore de l'influence des rayons gamma sur le développement des spirogyres.

» Nous sommes enfermés dans notre tour d'ivoire académique à y gaspiller nos vies, tandis que les autres gens s'occupent de leurs affaires consistant à gagner de l'argent, ou à faire la guerre ou des enfants ou des maladies ou de la pollution ou le diable sait quoi encore. Quant aux étudiants, ils peuvent, s'ils le désirent, regarder par-dessus nos épaules pour apprendre quelque chose. Ils peuvent également se contenter de payer les droits universitaires, qui nous aident à vivre, et passer ici quelques années à s'amuser. En ce qui me concerne, je me fiche éperdument de ce qu'ils font, pour autant qu'ils ne me gênent pas dans la vie assez confortable que je mène, merci.

Il tira profondément sur sa pipe, puis l'enlevant de la bouche, souffla la fumée en direction du rabbin.

— N'estimez-vous pas avoir une dette vis-à-vis des étudiants ? demanda tranquillement le rabbin.

— Pas le moins du monde. Ils sont juste là par le hasard du jeu, un peu comme un amas de sable sur un terrain de golf. En réalité, nous faisons quelque chose pour eux. Au bout de quatre ans, ils obtiennent ce diplôme dont vous avez parlé et qui leur permet de poser leur candidature à certains postes. Ou encore, de faire des études plus approfondies qu'ils convertissent en argent en devenant médecins, avocats, experts-comptables. Ce n'est pas idéal du point de vue de ceux qui ne peuvent pas se payer l'université, mais nous vivons dans un monde imparfait. Après tout, est-ce tellement différent de ce qui se pratique pour un certain nombre de métiers où il faut passer par un long apprentissage, pour être admis à bénéficier des avantages prévus par le Code du travail et les conventions collectives ? (Il secoua la tête, comme pour répondre à sa propre question.) Là où les choses commencent à se gâter, c'est quand les étudiants attigent, comme dans les récentes années, et se mettent à chahuter ou à manifester comme lors de votre cours aujourd'hui.

— Mais si l'université ne doit servir qu'aux professeurs, et que les étudiants ne sont là que pour passer le temps, pourquoi prêtez-vous attention à leurs faits et gestes ?

Hendryx sourit.

— En effet, cela m'est indifférent. Sauf s'il y a un risque qu'ils tuent la poule aux œufs d'or. C'est ce qui s'est produit ces dernières années. L'étudiant moyen avait le sentiment d'avoir été roulé. Bien entendu, il avait depuis toujours l'impression qu'on ne lui en donnait pas assez pour son argent. Je me suis amusé un jour à calculer qu'il paie une dizaine de dollars par cours[1]. En toute honnêteté, les miens ne valent pas un tel prix. Et les vôtres ? Quel doit être le degré d'intelligence d'un étudiant afin qu'il puisse lui-même refaire ce genre de calcul ? Cependant, il s'accommodait de cette situation aussi longtemps que l'université lui mettait le pied à l'étrier pour un emploi rémunérateur ou une profession libérale. Mais lorsqu'on lui demanda d'aller faire la guerre, il trouva la chose

---

1. Aux Etats-Unis, les universités sont privées et les droits universitaires fort élevés. (*N.d.T.*)

saumâtre ; la maîtrise lui donnait tout juste droit à un billet, parfois sans retour, pour le Vietnam. Alors, il se révolta.

— On lui a également accordé une bourse pour quatre ans, consécutivement à la guerre, observa le rabbin.

— Oui, mais il n'en était pas moins mécontent. Les choses se sont tassées du fait de la modification de la loi sur la conscription et les étudiants se sont calmés. Cependant, ils ont pris l'habitude de protester, parfois même avec violence, et nous ne pouvons pas le tolérer. Vous savez qu'il y a eu, ici, un attentat à la bombe.

— Bien entendu, je l'ai lu dans les journaux ; mais c'était l'année dernière.

— On ne sait jamais ce qui peut arriver, reprit Hendryx. Pas plus tard que cet après-midi, la doyenne a un rendez-vous avec une délégation au sujet de cette affaire Roger Fine. Il est probable qu'ils ne feront que parler. Néanmoins, elle a jugé préférable de me demander de rester sur place pour, le cas échéant, lui prêter main-forte.

— Parce que vous êtes le directeur du département d'anglais ?

— Je ne suis que le directeur intérimaire. Non, elle veut que je sois là si jamais il y a du grabuge.

— Du grabuge ?

Le rabbin réfléchit.

— Naturellement, j'ai vu leur affiche dans le hall. Le professeur Fine semble jouir d'une grande popularité auprès des étudiants, sinon ils n'auraient pas rédigé une pétition en sa faveur.

Hendryx haussa les épaules.

— Peut-être. Par ailleurs, certains étudiants saisissent n'importe quelle occasion pour déclencher une bagarre. J'ignore quel est le degré de popularité de

Roger Fine. Il n'est pas mal de sa personne, de sorte que les filles prennent sans doute son parti. Les cheveux roux... (Il s'interrompit.) Je n'arrive pas à comprendre qu'il y ait des rouquins parmi vous. Pensez-vous qu'il y ait eu du fricotage entre sa mère ou sa grand-mère et quelque soldat russe ou polonais ?

— Si tel était le cas, rétorqua calmement le rabbin, c'était probablement involontaire, lors d'un pogrom. Toutefois, il existe chez nous un facteur génétique donnant naissance à des rouquins. Il paraît que le roi David était rouquin.

— Vraiment ? En tout cas, un professeur jeune et beau a toujours du succès auprès des femmes. Même si c'est un infirme.

— Est-ce que cela change quelque chose ? demanda le rabbin.

— Oh ! je ne dis pas que son infirmité le rend repoussant ! Il marche avec une canne et d'une drôle de façon, qui peut même lui donner un certain attrait. Il serait en quelque sorte le nouveau Byron. Maintenant que j'y pense, il lui ressemble un peu, avec cette boucle de cheveux lui balayant le front. (Il eut un rire étouffé.) Un Byron rouquin. Une petite infirmité peut servir à mettre une personne en valeur. Regardez ce gars qu'on voit dans la publicité pour les chemises Hathaway ou le général Dayan.

— Pourquoi ne le reprennent-ils pas ? demanda le rabbin, revenant ainsi à la question évoquée.

— Eh bien, c'est comme ça. Ils n'ont pas besoin d'indiquer une quelconque raison. Peut-être le président ou la doyenne l'ont-ils vu dans un couloir la braguette ouverte ou en train de conter fleurette à une de ses étudiantes. Comment le saurais-je ? Cela pouvait être n'importe quoi.

Le rabbin emprunta le corridor menant au bureau de la doyenne, mais en y arrivant il vit la porte se fermer. Il hésita un moment, puis se rappelant qu'elle devait avoir une entrevue, il décida de ne pas la déranger.

Alors qu'il s'apprêtait à quitter le bâtiment désert, il remarqua que la lumière était allumée dans le grand bureau du département d'anglais. Il y jeta un coup d'œil et vit que le professeur Fine était assis, seul, à sa table, l'air pensif.

Il l'interpella.

— Puis-je vous ramener à Barnard's Crossing ?

Fine leva la tête en sursaut.

— Bonjour, monsieur le rabbin. Non, je suis en voiture. Merci quand même. Je... j'attends un coup de fil.

Alors qu'il franchissait la porte du bâtiment, le rabbin se demanda si le pauvre gars attendait vraiment un coup de fil ou le résultat de l'entretien qui devait décider de son sort.

Bien que ce fût l'automne, le temps était doux et agréable et le rabbin roulait les glaces descendues. Il commençait à se relaxer et à apprécier le voyage, lorsqu'il passa devant quelques étudiants assis sur le trottoir ; cela lui rappela ce qui s'était passé tantôt à son cours. Il essaya de chasser cette pensée de son esprit en se concentrant sur le proche sabbat, jour où il faut faire la paix en soi et avec le monde. Il imagina Myriam en train de dresser la table du sabbat avec les pains et le vin du Kiddouch *.

Il se vit arriver l'entendant dire : « Shabbat Chalom, David », puis inévitablement : « Comment cela s'est-il passé aujourd'hui ? » Il répondrait : « Eh bien, c'était... Ecoute, l'autre jour, le président Macomber a visité la maison de redressement pour garçons en sa qualité de membre de je ne sais quel comité et... » Cela ne passerait pas. Il ne pourrait pas minimiser son échec. S'il essayait, elle sentirait aussitôt qu'il lui cachait quelque chose et cela ne ferait qu'empirer son embarras.

Voyant un bistrot sur le bord de la route, il décida de s'y arrêter. Il avait grand besoin d'un café.

12.

— Pourquoi ce porte-documents ? demanda Abner à Ekko alors qu'ils se rencontrèrent devant l'immeuble administratif. Qu'y a-t-il à l'intérieur ?

— Rien, répondit Ekko, mais j'estime que cela fait plus sérieux. Après tout, nous allons à une sorte de conférence.

Abner le regarda d'un air interrogateur et dit :

— Bon, si nous restons plantés là, il n'y aura pas de conférence. Allons-y.

La doyenne avait disposé quelques chaises devant sa table et fermé son coffre-fort. Après avoir descendu le store pour ne pas être éblouie, elle s'installa à sa table et se mit à tricoter placidement en attendant la délégation des étudiants. A deux heures et demie tapantes arrivèrent Judy Ballentine et Abner Selzer, suivis d'Ekko avec son porte-documents qu'il mit en évidence sur ses genoux.

La doyenne sourit gracieusement tout en continuant à tricoter, tandis que les étudiants se regardèrent les uns les autres, ne sachant par quel bout commencer. Ils avaient l'impression d'être acculés à la défensive avant même le début de l'entretien.

Ekko s'éclaircit la gorge :

— Ecoutez, mademoiselle Hanbury…
— Calme-toi, Ekko, lança Selzer. Puis, il enchaîna : Nous sommes ici pour une affaire à laquelle nous attachons beaucoup d'importance, madame la doyenne.
Elle inclina la tête pour marquer son accord.
— Or, vous êtes en train de tricoter, ce qui nous désarçonne si vous voyez ce que je veux dire ; comme si vous traitiez notre intervention par-dessous la jambe.
— Oh ! je m'excuse monsieur Selzer. Tricoter est pour moi une vieille habitude. Je crois que je tricote même aux réunions de professeurs.
Elle mit son tricot par terre dans un sac en plastique.
— Voilà, est-ce mieux comme cela ? Que puis-je pour vous ?
— Eh bien, nous aimerions évoquer en premier lieu l'affaire du professeur Roger Fine, dit Judy.
— Vous avez dit « en premier lieu ». Y a-t-il d'autres problèmes ?
— Il y a d'autres problèmes, fit Selzer.
— Bon, alors énoncez-les. Peut-être pourrions-nous régler tout de suite ceux au sujet desquels nous sommes à peu près d'accord.
— Nous aimerions les aborder un par un, mademoiselle Hanbury, rétorqua Abner.
Elle eut un haussement d'épaules.
— Nous voudrions commencer par le cas de Roger Fine.
— Très bien. Alors permettez-moi de vous demander d'abord quelle est votre position dans cette affaire. Vous a-t-il demandé de le représenter ?
— Nous le représentons.
— Mais vous a-t-il mandaté à cette fin ? Dans le cas affirmatif, vous êtes ses représentants officiels et devez avoir une autorisation écrite de sa part.
— Nous n'avons nulle autorisation écrite, répliqua

Selzer sur un ton calme, cependant il connaît l'intérêt que nous portons à cette affaire. C'est de notoriété publique du fait que nous avons fait circuler une pétition en sa faveur.

— Etait-il d'accord ? Combien de signatures avez-vous recueillies, monsieur Selzer ?

— Nous en avons recueilli un grand nombre, mademoiselle.

— Puis-je voir la pétition ?

Elle regarda le porte-documents sur les genoux d'Ekko.

— Est-elle là-dedans ?

— Nous ne l'avons pas apportée, dit Abner.

— Mais pourquoi pas ? Vous faites circuler une pétition pour obtenir des signatures. Je suppose que cette pétition était destinée à l'Administration ; je ne comprends donc pas que vous ne l'ayez pas apportée. N'était-ce pas le propos, ou du moins un des propos de cette réunion, que vous soumettiez officiellement la pétition de façon que l'Administration puisse en prendre connaissance et décider de sa position ?

— Disons que ce n'était pas vraiment une pétition. C'était plutôt une résolution. Une pétition signifierait que nous demandons quelque chose. Nous ne faisons pas de demande.

— Alors quoi ?

— Nous sollicitons.

Il y eut des signes d'acquiescement.

La doyenne réfléchit. Puis elle enchaîna.

— Très bien, alors que sollicitez-vous ? Et au nom de qui ? S'agit-il d'une sollicitation de votre délégation ou de l'ensemble des étudiants ?

— Vous avez diantrement raison, nous représentons l'ensemble des étudiants, explosa O'Brien.

Selzer le foudroya du regard.

— Si vous représentez l'ensemble des étudiants, monsieur Selzer, continua-t-elle, alors, plus que jamais, il faut que je voie la pétition ou la résolution, peu importe le nom que vous lui donnez. Il me faut la preuve que vous représentez la majorité, c'est-à-dire plus de cinquante pour cent des étudiants. Si vous présentez une requête, la procédure normale exige qu'en l'absence d'un vote nous puissions faire le décompte des signatures et vérifier si nul n'a signé plusieurs fois et si tous les signataires sont bien des étudiants régulièrement inscrits à l'université.

— Ecoutez, mademoiselle, dit Selzer, vous êtes en train de jouer au plus fin. Exprimons la chose autrement : nous représentons les étudiants *concernés* de Windemere. Peu importe que nous soyons ou non les mandataires autorisés de Roger Fine. Car il s'agit d'une affaire qui dépasse le cas d'une personne en particulier. La question en jeu est : l'Administration a-t-elle le droit de licencier un professeur parce qu'elle n'apprécie pas ses opinions politiques ? Voilà le seul et unique objet de notre démarche.

— Oh ! je croyais que vous aviez plusieurs questions !

— Je veux dire que c'est la seule question qui se pose dans ce cas particulier.

— Votre question est légitime et je dois admettre qu'elle est assez importante pour justifier que n'importe quel membre de l'université la soulevât, si les choses étaient telles que vous les présentez. Cependant, je crois que vous faites erreur. D'abord le professeur Fine n'a pas été licencié. Il avait été engagé pour une période définie et son contrat arrive à expiration à la fin de ce semestre. C'est tout. Si vous engagez un électricien pour faire une installation, vous le payez lorsqu'il a terminé ; puis, il s'en va. Je suis sûre que vous seriez fort surpris s'il estimait qu'ayant procédé à l'installation, il était commis *ipso facto* à se charger de tous les travaux d'électricité de la maison. Je suis certaine que le professeur Fine est conscient des conditions auxquelles sa collaboration est subordonnée, totalement indépendante de ses opinions politiques. S'il avait été vidé avant la fin de son contrat, cela aurait soulevé un problème, mais il enseigne et, j'en suis persuadée, continuera à enseigner jusqu'au terme prévu par son contrat.

— Alors, pourquoi n'a-t-il pas été réembauché ? demanda Selzer.

— Parce qu'il n'a pas été engagé dans cette perspective. Il a été engagé pour satisfaire un besoin temporaire. Et pour une période limitée.

— Mais vous allez engager un autre professeur pour le département d'anglais. En fait, nous croyons savoir que vous avez l'intention de recruter deux personnes.

— Cela se peut, dit la doyenne Hanbury. C'est au président à décider et je ne puis pas me prononcer pour lui. Au demeurant, je doute qu'il ait d'ores et déjà tranché. Cependant, cela n'affecte en rien la situation du professeur Fine. Rien ne l'empêche de postuler officiellement pour l'emploi offert et, dans ce cas, sa candidature serait examinée de la même façon que toutes les autres, avec la différence que l'on tiendrait sans doute compte de son année d'enseignement ici.

— Et qu'en est-il de ses positions gauchistes ? explosa Judy Ballentine.

— J'ignore tout de ses opinions politiques, répliqua la doyenne. Il n'en a jamais discuté avec moi, ni, à ma connaissance, avec le président.

— Et son article dans *le Perce-Vent* sur le Vietnam et l'armée ?

— Cela ne me dit rien, mademoiselle Ballentine. Je ne pense pas l'avoir lu.

Elle fit pivoter son fauteuil et regarda dans la rue par la fenêtre.

Ce fut plus que Judy ne put supporter. Elle bondit :

— C'est un tas de merde et vous le savez. Tout un chacun à l'université a lu cet article et tout le monde en a parlé.

La doyenne ne répondit pas. Elle se leva pour se diriger vers la porte.

— Il faudra que vous m'excusiez, formula-t-elle, puis sortit et ferma la porte derrière elle.

Ils se regardèrent, perplexes. Selzer se tourna vers Judy.

— Espèce de conne, maugréa-t-il.

— Ecoute, Abner, Judy n'avait aucune mauvaise intention, dit Ekko. La Hanbury est probablement sortie pour aller aux chiottes.

— Ou peut-être est-elle allée consulter le président, suggéra O'Brien. Elle reviendra.

— Peut-être tenait-elle à nous montrer qu'elle était fâchée, afin qu'à son retour nous fassions amende honorable et adoptions un langage plus châtié.

Ils en discutaient, se promenant dans la pièce, regardant les tableaux au mur, tripotant les touches de la machine à écrire, tout en attendant son retour.

Au bout d'un laps de temps, Judy risqua :

— Si elle ne voulait plus nous parler, pourquoi ne nous a-t-elle pas dit de partir ?

Ekko pensait toujours qu'elle était aux chiottes.

— Peut-être bien, fit Selzer, mais si c'est cela, c'est plutôt long. Il y a bien dix à quinze minutes qu'elle est partie.

— C'est comme ça les femmes, opina Ekko.

— Tu peux parler, observa Judy. Tu t'y enfermes durant des heures.

Ekko ricana.

Finalement, Selzer prit une décision.

— Judy, tu vas descendre aux toilettes pour femmes pour voir si elle y est. Yance, tu montes au bureau du président. Moi et Mike, nous faisons le tour des autres pièces.

— Et moi ? demanda Ekko.

— Quelqu'un doit rester ici pour le cas où elle reviendrait.

Seul dans le bureau, Ekko s'installa dans le fauteuil pivotant de la doyenne, se balança en avant et en arrière, puis allongea les jambes sur la table. Bien qu'il eût préféré que l'entretien fût rompu par quelqu'un d'autre que Judy, il n'était pas fâché qu'il soit terminé. A l'évidence, Selzer avait oublié qu'il fallait jouer la pédale douce pour le cas Fine. La doyenne est une fine mouche et il était certain que si l'entretien s'était poursuivi, elle aurait attendu qu'ils s'enfoncent pour leur montrer, à la fin, la lettre de Fine. Cela aurait fait le tour de l'université et, du coup, leur ami Fine aurait vraiment été humilié.

Les autres revinrent au bureau, un à un. Selzer fut le dernier.

— J'ai regardé dans chaque pièce, couloir, cabine téléphonique de la cave au grenier. Elle a bel et bien fichu le camp.

Ils se regardèrent.

— Que nous reste-t-il à faire maintenant ?

13.

La doyenne Hanbury, apparemment calme et sereine, souleva le loquet de la porte d'entrée du bâtiment administratif et sortit. Une fois dehors, elle hésita, jeta un regard sur la fenêtre de son bureau, puis traversa en courant la rue déserte pour retrouver sa voiture sur le parking.

Arrivée devant sa maison, elle regarda sa montre et se rendit compte à quelle vitesse elle avait conduit ; il lui avait fallu trente-cinq minutes de l'université jusqu'à chez elle, c'était son record.

Fermant la porte derrière elle, elle s'appuya contre celle-ci pour s'assurer qu'elle était bien à l'intérieur du sanctuaire constitué par les quatre murs de sa maison. Cela pour un court instant. Puis, elle se dirigea vers le téléphone.

La réponse lui parvint :

— Commissariat de police de Barnard's Crossing, sergent Leffler à l'appareil.

— Bonjour sergent. Ici Millicent Hanbury, 48 Oak Street.

— Je connais votre adresse, mademoiselle Hanbury.

— Je viens de rentrer et ai trouvé une fenêtre ouverte

au salon. Or, je suis certaine de l'avoir fermée en partant.

— Est-ce que quelque chose a disparu, mademoiselle Hanbury ? La maison semble-t-elle avoir été dévalisée ?

— Non, dit-elle. Tout a l'air d'être en ordre, mais je n'ai pas encore été dans les autres pièces.

— N'en faites rien. Je vous envoie quelqu'un tout de suite. Attendez là où vous vous trouvez. Ou mieux, attendez dehors. La voiture de patrouille sera chez vous d'une minute à l'autre.

Dès que la voiture fut arrivée, le brigadier Keenan l'accompagna d'une pièce à l'autre, tandis que le second brigadier restait au volant.

— Tout vous semble-t-il normal, mademoiselle Hanbury ? Rien ne manque ?

Il examina la fenêtre ouverte de l'intérieur et de l'extérieur.

— Il n'y a aucune trace d'effraction sur le cadre, constata-t-il, et bien entendu on ne peut pas trouver des empreintes sur le sentier en dur. La fenêtre était-elle bien fermée, mademoiselle Hanbury ?

— J'en suis sûre et certaine.

— Bon, il n'est pas sorcier d'ouvrir une fenêtre pourvue d'une de ces vieilles clenches. Il suffit d'une tige de plastique ou d'une mince règle métallique. Vous devriez munir vos fenêtres du rez-de-chaussée de nouvelles crémones, mademoiselle Hanbury.

Il y eut des coups de klaxon répétés et insistants en provenance du véhicule de police. Keenan se précipita dehors pour revenir aussitôt.

— Dites, mademoiselle Hanbury, nous venons de recevoir un appel au commissariat. Une explosion s'est produite dans votre université. On pense qu'il s'agit d'une bombe. On vous demande d'urgence à Boston. Si vous le désirez, nous pouvons vous y amener sur-le-champ.

— Oh ! David ! Je voulais téléphoner, mais je ne savais pas où. J'étais tellement inquiète ! Dieu merci, tu es sain et sauf !

Fondant en larmes, Myriam se jeta dans ses bras.

— Qu'y a-t-il ?

La maintenant à distance, il la regarda.

— Reprends tes esprits, Myriam. D'accord, je suis en retard, mais je me suis simplement arrêté pour boire un café.

— Alors, tu ne sais pas ? cria-t-elle. Tu n'as pas été là-bas quand cela s'est produit ?

— Je ne sais pas quoi ?

Il était en train de s'exaspérer.

— Qu'est-ce qui s'est produit ?

— L'explosion ! Une explosion s'est produite dans ton université, dans le bâtiment administratif.

— Quel genre d'explosion ? Quand ? Parle clairement, Myriam.

— Un attentat à la bombe ! Ils sont sûrs qu'il s'agit d'une bombe, précisa-t-elle en sortant un mouchoir pour se sécher les yeux. Je regardai une émission à la télé, il y a juste un quart d'heure, quand le programme a été interrompu pour un flash d'information annonçant l'explosion. Apparemment, on n'a pas découvert de blessés, mais comme tu n'étais pas rentré...

Il la serra dans ses bras pour la tranquilliser.

— Tu rentres toujours vers trois heures, dit-elle en se pressant contre lui, et il était presque trois heures et demie. J'ai bien essayé de me dire que tu perds toute notion du temps dès lors que tu es accaparé par quelque chose.

— C'est à peu près ce qui s'est passé, admit-il d'un air penaud. Au café, je me suis plongé dans la lecture d'un bouquin et n'ai pas fait attention à l'heure.

— Evidemment, dit-elle. Cela n'a aucune espèce d'importance. Rien n'a de l'importance, du moment que tu es sain et sauf.

— Je suis très bien, reprit-il. Je suis désolé de ce que tu te sois fait du mauvais sang. Mais je ne comprends toujours pas. Un attentat à la bombe ? Es-tu sûre qu'ils n'ont rien dit de plus ?

— Parfaitement. Ce n'était qu'un flash d'information. Mais peut-être pourrais-tu appeler quelqu'un. Le commissaire Lanigan ? Ne penses-tu pas qu'il sache ce qui s'est passé ?

— Non, c'est l'affaire de la police de Boston.

Il était évidemment très remué, mais il ne voulait pas le montrer de peur d'inquiéter davantage Myriam.

— Nous aurons certainement plus de détails aux informations de ce soir. Puis, le sabbat approche.

Tandis qu'elle était affairée aux préparatifs, il prit une douche, se changea, puis joua avec ses enfants Jonathan et Hepzibah. Ne voulant pas laisser Myriam seule, il décida, en conséquence, de ne pas se rendre à la synagogue pour l'office de l'après-midi. Entre-temps, ce fut l'heure des informations.

Ils étaient assis côte à côte sur le sofa, à regarder la télé.

— Principale nouvelle de ce soir, annonça l'éditorialiste. Aujourd'hui à quinze heures cinq, une bombe a explosé dans l'immeuble administratif de l'université Windemere à Boston-Fenway. La police du 15e arrondissement fut promptement sur les lieux de même que les pompiers de Boylston Street. La bombe, qui a explosé dans le bureau de la doyenne, n'a causé que peu de dégâts selon l'inspecteur Franck Laplace de la brigade des incendies.

» En principe, le bâtiment devait être vide, car il n'y a pas de cours à cette heure-là le vendredi après-midi.

Toutefois, procédant à une fouille intensive des lieux, le lieutenant de police Hawkins trouva dans un bureau fermé à clé le corps d'un homme. Celui-ci fut identifié par le gardien du bâtiment ; il s'agit du professeur John Hendryx. Vous allez entendre une déclaration en direct du lieutenant Hawkins...

14.

Assise sur le lit, elle l'observait, tandis qu'il rassemblait le peu de choses qu'il possédait pour les entasser dans un sac en toile. Ils ne s'étaient pas disputé ; il n'avait pas l'air fâché. D'ailleurs, il ne s'énervait jamais ; c'est ce qu'elle appréciait chez lui. Il lui avait simplement annoncé qu'il devait se tirer avant d'extraire le sac en toile des profondeurs de l'armoire.

Ils avaient une règle qu'ils s'étaient fixée tacitement : chacun était libre d'aller et de venir comme bon lui semblait ; si l'un des deux décidait de partir définitivement pour quelque raison que ce soit, il ne devait y avoir nulle récrimination. Cependant, elle estimait avoir droit, non elle n'avait aucun droit, si, au diable les convenances, elle avait droit à une explication. Toutefois, elle modula sa voix afin que nulle trace de blessure n'y apparût, seulement une curiosité normale :

— Y a-t-il eu quelque chose, Ekko ?

— Cette fichue université explose et elle demande s'il y a eu quelque chose ! Tout est aussi calme que dans un cimetière. Soudain boum ! Un vrai festival de fête nationale, feux d'artifice, flics et pompiers, jusqu'au marchand de pop-corn.

— Oh cela ! Je voulais dire entre nous. Es-tu en

colère contre moi parce que je suis devenue agressive lors de cet entretien ?

— Mais non. Elle ne cherchait qu'un prétexte. S'il n'y avait pas eu cela, elle aurait trouvé autre chose.

— Alors, pourquoi te tires-tu ?

Il jeta d'autres objets dans le sac.

— Parce que, chérie, je vais les avoir à mes trousses. Ils vont entendre la Hanbury qui leur parlera de l'entretien en précisant qu'elle était partie en nous laissant derrière elle. Elle leur indiquera nos noms et ils nous coffreront. Puis, ils nous questionneront et auront vite fait de trouver que j'ai fait la guerre du Vietnam dans une unité du génie, de sorte que je serai immédiatement dans le collimateur.

— Mais ils n'ont aucune preuve contre toi.

— Ils n'ont pas besoin de preuve pour te coincer, bébé. Quand j'ai quitté l'armée, je me suis juré que, dans la mesure du possible, je ne me laisserai plus jamais coincer.

— Mais si tu te tires maintenant, ne te rends-tu pas suspect ? argumenta-t-elle. A ce moment, ils seront sûrs que tu as fait le coup.

— Ils peuvent penser tout ce qu'ils veulent, dès lors que je ne suis pas dans les parages.

Elle gardait le silence, essayant de comprendre pourquoi il attirerait les soupçons sur lui, par sa fuite. Avec hésitation, elle finit par demander :

— As-tu... l'as-tu fait, Ekko ?

Il renifla.

— Pourquoi aurais-je fait sauter cette foutue université ? Pour Roger Fine ?

— Alors, qui l'a fait ?

— Probablement ces dingues du Weathervane. Tout comme la dernière fois. Ils sont dépourvus de cervelle. Ils ont dû apprendre d'une quelconque façon que nous avions ce rendez-vous. Ils ont vu partir Hanbury. Un quart d'heure plus tard, ils nous ont vus partir. La route était ouverte, et en avant le feu d'artifice !

Elle le regarda.

— Comment sais-tu que la dernière fois c'était eux ?

— Tout simplement, je le sais.

Il continua son emballage.

— Ils peuvent te prendre demain, observa-t-elle.

— C'est évident, il se peut que demain je sois renversé par une voiture et tué. Mais jusque-là, je serai libre.

Elle demanda d'une voix calme :

— Reviendras-tu ?

— Certainement, dès que les choses se seront tassées. L'université fera de son mieux pour étouffer l'affaire, à cause de la contre-publicité que cela lui fait. Regarde, la dernière fois, l'ordinateur était démoli et pourtant les journaux ont parlé de dommages mineurs. Cette fois-ci, ce sera la même chose. L'université n'insistera pas et au bout d'un certain temps, les flics laisseront tomber. A ce moment-là, je ferai mon retour.

— Mais tu as payé tes droits d'inscription.

— Pour un demi-semestre ; et j'ai suivi les cours durant un demi-semestre. La grosse affaire ! De toute façon, leur enseignement, c'est de la connerie. Il se peut que je laisse tout tomber pour me dégoter un travail de menuisier, comme mon vieux. Là au moins, si tu exécutes un travail, tu vois ce que c'est. Oui, c'est ce que je vais faire, de la menuiserie. On peut se faire dix dollars à l'heure.

Il tira les cordes pour fermer l'ouverture de son sac.

— Mais tu n'y arriveras pas, plaida-t-elle. Une fois

qu'ils auront commencé les recherches, ils ne lâcheront pas prise avant qu'ils t'aient retrouvé. Ils prendront tes photos dans les dossiers de l'université et avec ta calvitie, ils auront vite fait de mettre le grappin sur toi.

— Oui ? Retourne-toi voir une minute.

Elle obéit, perplexe.

— Bon, maintenant, tu peux regarder.

Elle avait peine à le reconnaître. Il portait une perruque consistant en une épaisse chevelure noire et son visage était transformé par l'apparition d'une grosse moustache à la mongole.

— Comment me trouves-tu ?

— C'est dingue !

Il se jeta le sac sur l'épaule.

— J'ai un ami dans l'ouest de l'Etat. Je peux me planquer chez lui durant quelques jours. Puis, j'irai chez un copain qui dirige un centre de cure pour drogués dans l'Ohio. Je parie que je puis y demeurer pendant un mois sans que nul ne me remarque. Ne t'en fais pas pour moi.

Il hésita et dit :

— Bon, salut. A bientôt.

— C'est comme ça que tu t'en vas, Ekko ?

Il la regarda dc près et dit :

— Okay, je pense que ça ne fera rien, si je pars un peu plus tard.

Après, alors qu'elle était couchée dans ses bras, elle murmura :

— J'ai peur, Ekko.

— De quoi ?

— De ce qu'ils feront quand ils m'auront arrêtée.

— Tu n'as aucune raison d'avoir peur, la tranquillisa-t-il. Ton vieux louera les services d'un avocat de renom et ils te manipuleront avec des gants de soie. Seuls, les pedzouilles de mon espèce doivent se méfier. Ils m'en voudront doublement, car tu es intouchable.

— J'ai peur pour toi.

— T'en fais pas. Ils ne m'auront pas dans un million d'années.

15.

— Du nouveau ?

Le sergent-détective Schroeder de la brigade des homicides était maigre et jeune d'apparence ; bien qu'il eût atteint la cinquantaine, on ne voyait pas un poil gris dans sa chevelure coupée court. On lui donnait la moitié de son âge, à moins d'être assez près de lui pour remarquer les ridules autour de ses yeux ainsi que les traits saillants de sa figure. Debout dans l'encadrement de la porte du bureau de la doyenne, il observait les deux hommes de la section des attentats, ramassant soigneusement les fragments sur le plancher.

Un des deux hommes leva la tête.

— Une bombe de faible puissance.

Puis se redressant pour désigner le coffre-fort :

— La bombe était placée là-dessous.

— Pensez-vous que l'explosion était destinée à l'ouvrir ?

— Jamais personne ne s'y est pris de cette façon. Cependant, la porte est pratiquement ouverte. Il suffirait d'un ouvre-boîtes pour la forcer.

— Comment se fait-il que la fenêtre de ce bureau soit intacte alors que celle d'à côté se soit fracassée ?

— C'est que, sergent, l'explosion n'était pas assez

forte pour faire sauter cette fenêtre, d'autant plus que le coffre-fort a pris la grosse partie du souffle. Cependant, la secousse était assez rude pour ébranler les fenêtres qui n'étaient pas bien fermées.

— Le concierge prétend que celle de l'autre bureau est drôlement amochée, intervint le lieutenant du commissariat.

— C'est très possible, répondit l'expert en bombes.

Le sergent Schroeder emprunta le couloir menant au bureau de Hendryx où les photographes de la police prenaient des clichés sous différents angles. Il s'arrêta pour regarder l'encoignure vide de la porte.

— Heureusement que la vitre a été fracassée, dit-il, sinon le cadavre n'aurait pas été découvert avant lundi.

— Exact, admit le lieutenant. J'ai demandé à mes hommes de faire le tour du bâtiment et, bien entendu, ils ne se sont pas occupés des bureaux fermés à clé. Mais comme ici la vitre était brisée, ils sont entrés et ont vu les pieds allongés, comme maintenant, sous la table. La façon dont les choses se sont passées est claire. Le prof était assis à sa table ; peut-être lisait-il. La bombe explose et le souffle lui fait dégringoler ce buste de plâtre, pesant bien une trentaine de kilos, du rayonnage sur la tête. Il a le crâne fracassé et glisse de sa chaise sous la table.

— Que faisait-il ici ? demanda le sergent. Je crois avoir entendu que tout le monde part le vendredi après-midi.

— Le concierge a déclaré qu'il habite, habitait, de l'autre côté de la rue, de sorte que de temps en temps il faisait des allées et venues de son appartement à son bureau.

Ils furent rejoints par un jeune homme se présentant sous le nom de docteur Lagrange.

— Vous êtes le médecin légiste ? Où est le docteur Slocumbe ?

— Il a eu un empêchement.

— Il ne me semble pas que nous ayons déjà travaillé ensemble, dit Schroeder soupçonneusement.

Le médecin sourit.

— Cela aurait été difficile. Je suis nouveau.

— Okay docteur ; mes hommes ont terminé. Il est tout à vous.

Ils retournèrent au bureau de la doyenne. La section des attentats avait terminé et était partie ; les photographes avaient également effectué leur travail. Schroeder s'installa à la table de la doyenne et demanda à voir le concierge.

Pat Laferty était un petit homme, d'une soixantaine d'années, propre et net, portant un vêtement de travail, une chemise grise et un nœud papillon noir. Il sourit d'un air engageant à l'homme derrière la table.

— A quelle heure fermez-vous le bâtiment ? interrogea le sergent.

— Eh bien, ça dépend. S'il n'y a rien de spécial, pas de réunion ou quelque chose d'analogue, vers cinq heures.

— Les vendredis également ?

— Les vendredis un peu plus tôt, autour de quatre heures.

— Et avant de fermer, faites-vous un tour pour vérifier si tout le monde a quitté le bâtiment ?

— Pas exactement. Je regarde si toutes les lumières sont éteintes et les robinets fermés. Les gaspillages en eau reviennent cher.

— Aujourd'hui, à quelle heure avez-vous fermé ?

— Eh bien, je n'ai pas fermé. La doyenne avait une réunion avec quelques étudiants à deux heures et demie. J'ai donc décidé d'en attendre la fin.

— Ainsi, tout un chacun pouvait entrer jusqu'à quatre heures.

— Certainement.

— Vous voulez dire que le bâtiment est accessible à n'importe qui ?

— Jusqu'à ce que je ferme... Mais que viendrait-on y chercher ? Les bureaux sont tous fermés à clé. Quant aux salles de cours, que viendrait-on y prendre ? De la craie ?

— Je pense que vous avez raison, reconnut Schroeder. Vous avez dit que le professeur Hendryx habitait de l'autre côté de la rue ?

— Exact, dit Laferty. Ce bâtiment juste en face. Il avait l'appartement du premier étage, là où il y a les rideaux. Vous pouvez le voir d'ici.

Schroeder fit pivoter son siège.

— Il semble qu'il n'y ait pas de rideaux aux autres étages. La maison semble inoccupée. Comment cela se fait ?

Laferty expliqua :

— C'était un arrangement qui convenait aux deux parties : il avait un appartement potable à deux pas, tandis que l'université avait en quelque sorte un gardien pour l'immeuble. Vous savez, lorsque les jeunes voient un immeuble vide, la première idée qui leur vient à l'esprit est de s'y introduire pour y foutre le bordel.

— Très bien. Avons-nous votre adresse ?

— Je l'ai donnée au lieutenant.

Un policier se présenta à la porte :

— Madame la doyenne est là, sergent.

16.

Il prit le bus en direction d'Albany, car c'était le premier qui quittait la gare. Ekko prit une place au quatrième rang, côté fenêtre, tout en gambergeant sur la personne qui s'assiérait à côté de lui. Une belle fille aux cheveux blonds monta ; il la dévisagea avec intérêt, mais elle passa devant lui. Se retournant, il vit qu'elle s'était placée à côté d'une autre femme.

Une grosse et vieille bonne femme, portant un filet à provisions, se fit aider par le chauffeur pour monter, puis avança en se dandinant vers lui. Heureusement, elle alla également plus loin. Peu après, il sentit par une petite secousse que quelqu'un s'était affalé à ses côtés.

C'était un homme entre deux âges, à la figure carrée, surmontée d'une épaisse chevelure noire. Il portait des lunettes avec une pesante monture en plastique noir, coiffée par des sourcils qui descendaient presque jusqu'à l'arête du nez. A la boutonnière de son complet anthracite, il portait l'insigne des Kiwanis. L'homme sourit et regarda sa montre, une petite montre carrée en or, bien trop menue pour son poignet, gros et velu.

— Il va bientôt démarrer, fit-il.

— Oui, je pense.

L'homme semblait être d'humeur causante.

— Je suis allé au bistrot pour prendre un café et un beignet, mais le service est tellement long, j'ai décidé de laisser tomber. Je ne voulais pas louper le bus.

— C'est quelquefois très lent.

— J'aime voyager en bus, continua l'autre. On peut voir le paysage.

— Cette fois-ci, vous ne verrez pas grand-chose, dit Ekko. Il fait nuit noire.

— Effectivement, mais même comme cela, je le préfère de loin à l'avion. Allez-vous jusqu'au bout, à Albany ?

— Je ne sais pas encore si je descends en route ou si je continue jusqu'au terminus.

L'homme leva ses sourcils noirs.

— Vous voulez dire que vous ne savez pas où vous allez ? Vous êtes venu en excursion ?

Ekko haussa les épaules.

— J'avais envie de prendre un bus. Celui-ci étant le premier à partir, j'ai acheté un billet et vogue la galère.

L'autre eut un rire qui lui raclait le fond de la gorge.

— Qu'y a-t-il de tellement drôle ?

— Vous les jeunes... Vous êtes formidables ! Vous êtes pris d'une soudaine envie de voyager en bus, alors vous...

Le restant de la phrase se perdit dans un gloussement.

Ekko eut un sourire satisfait. Cette admiration ouverte lui faisait chaud au cœur. L'homme était un type sans complication, le parfait métro-boulot-dodo, sans doute affligé d'une grosse épouse et d'une adolescente de fille présentant une acné juvénile, dont ils craignaient tous les deux qu'elle succombe aux charmes d'un garçon trop entreprenant. Il se laissait aller.

— C'est comme ça : vous vous promenez dans la rue (il se rappela son sac dans le porte-bagages), mettons que vous venez de reprendre votre linge à la blanchisserie, et d'un coup vous décidez que vous en avez ras le bol. Soudainement, vous vous dites que vous ne pouvez plus supporter cette vie de fou. Vous comprenez ?

L'homme acquiesça.

— Donc vous décidez qu'un changement de décor vous serait bénéfique.

— J'ai saisi. Et comme vous étiez Park Street, vous avez pris un bus.

— C'est cela, confirma Ekko en souriant.

— Et si vous vous étiez trouvé vers la gare du Midi, vous auriez pris un train ? Ou du côté de l'aéroport, un avion ?

Ekko le regarda avec suspicion, mais il avait l'air affable et si candide ! Il secoua la tête.

— Je n'aime pas beaucoup les trains ni les avions ; par contre, j'aime voyager en bus, particulièrement la nuit. Dans un bus, il fait noir la nuit. Le chauffeur éteint la lumière à l'intérieur pour mieux voir la route. Beaucoup de choses peuvent se passer dans le noir.

— Quel genre de choses ?

Ekko regarda le simplet.

— Oh ! toutes sortes de choses !

Il y avait quelque chose de pathétique dans sa quête.

— Tenez, la fois où j'ai pris le bus partant à onze heures de New York pour Boston. Je me suis assis côté fenêtre, comme aujourd'hui, et voilà qu'une nana monte et s'assied à côté de moi. J'étais mort de fatigue, je n'avais pas dormi depuis plusieurs jours. Vous savez ce que c'est ; une très grande ville.

— Bien sûr.

Ekko se sourit à lui-même.

— Regardant autour de moi, je vis qu'il y avait beaucoup de sièges libres et je me suis dit : « Elle est à la recherche de compagnie. » On voyait au premier coup d'œil qu'elle avait de la classe et que c'était un beau brin de fille. Elle portait un manteau qui lui descendait presque jusqu'aux chevilles, mais quand elle l'avait enlevé, je constatais qu'elle était vraiment bien faite. Une fois qu'elle était assise, je lui ai dit quelque chose dans le genre : « Quelle belle soirée pour faire cela ! » Vous savez, juste pour engager la conversation. Elle s'est contentée de répondre « Hm » avant d'ouvrir un livre de poésies. Alors, je me suis dit : « Okay, ma jolie, si c'est ça que tu veux », et j'ai fermé les yeux pour piquer un roupillon. Quelques minutes plus tard, les lumières se sont éteintes, le bus a démarré et je me suis endormi. Mais vous savez comment c'est dans un bus ; on ne dort pas vraiment, on sommeille.

— C'est sûr. Je n'arrive jamais à dormir vraiment dans un bus.

— Lorsque je me suis réveillé, la belle était endormie, la tête sur l'appui-tête et la bouche légèrement entrouverte. Elle avait une petite mèche de cheveux dans la figure et à chaque respiration, la mèche se soulevait pour retomber aussitôt. Je me suis tourné pour mieux jouir du spectacle, puis je me suis à nouveau endormi. Quand j'ai senti qu'on me touchait, j'étais à demi réveillé et j'ai réalisé que c'était la poulette. Dans son sommeil, elle s'était roulée en boule vers moi et elle me touchait, là où je veux dire.

Cette fois-ci, le simplet était franchement excité.

— Et alors, qu'avez-vous fait ?

— Je me suis glissé plus près d'elle et j'ai pris son long manteau qu'elle avait sur les genoux pour nous recouvrir.

— Et après ?

— Que pensez-vous ? Je lui ai caressé les nichons et comme elle ne se réveillait toujours pas, je me suis encore rapproché pour glisser mon autre main sous sa robe.

— Et ensuite, qu'avez-vous fait ?

— Que pouvais-je faire ? Nous étions dans un bus. Je ne pouvais guère aller jusqu'au bout. Nous nous sommes tenus de cette façon et je me suis endormi.

— Et le matin ?

Le gars en était malade.

Ekko ricana.

— Rien. Quand je me suis réveillé, le bus entrait dans Boston et la fille était partie. Elle a dû descendre à Newton. Quoi qu'il en soit, voilà pourquoi de temps en temps j'aime prendre un bus.

— Donc il ne s'est rien passé, dit l'homme visiblement déçu. Vous ne l'avez jamais revue ?

— Non.

— Je me demande si vous n'avez pas rêvé toute cette histoire.

Ekko rit dans le noir. « Faisons-le souffrir. »

— Non, ce n'était pas un rêve.

L'autre resta silencieux et ne fit aucun autre commentaire. Au bout d'un certain temps, Ekko s'assoupit. Il avait l'impression que quelques minutes seulement s'étaient écoulées, lorsque le chauffeur annonça que le car allait arriver à Springfield. L'homme prit un petit sac dans le filet à bagages pour le mettre sur ses genoux.

— Springfield, expliqua-t-il, c'est là que je descends.

— Oh ! déjà Springfield ?

— Oui. Vous savez, vous m'avez presque fait marcher.

— Que voulez-vous dire ?

— Oh ! vous m'avez raconté que vous preniez un bus par pure fantaisie, sans savoir où vous aviez l'intention d'aller ! (Il rit.) Vous, les jeunes, essayez toujours de faire croire que vous faites tout selon vos désirs, au gré de vos impulsions, mais ce n'est que du bla bla bla. Si vous vous rendez quelque part, c'est que vous voulez y aller, comme n'importe qui d'autre. Ainsi, vous êtes maintenant dans ce bus parce que vous aviez l'intention de le prendre.

Ekko se raidit.

— Comment le savez-vous ?

L'homme eut son rire de fond de gorge.

— Parce que je vous ai vu. Je vous ai vu monter dans le train à la gare de Charles Street. J'étais directement derrière vous et je vous ai bien vu. Vous portiez ce sac en toile d'avion qui est là-haut dans le filet à bagages. Je vous ai vu sortir Boylston Street et vous diriger tout droit vers la gare des bus. Vous n'avez pas flâné dans la rue avant de vous décider soudainement à prendre un bus, dans l'espoir qu'une fille viendrait s'installer à vos côtés afin que vous la tripotiez.

— M'avez-vous suivi ?

— Non, mais j'étais juste derrière vous. En arrivant vers la gare des bus, je suis allé à la buvette tandis que vous vous êtes dirigé vers le guichet des billets.

— Ce devait être un autre gars, marmonna Ekko.

— Non, c'était pas quelqu'un d'autre. C'était vous. Je vous ai spécialement repéré, du fait que j'ai remarqué que vous portiez une perruque. Et cette moustache est également fausse. Je m'en suis rendu compte tout de suite, car je suis coiffeur et le système pileux, c'est mon affaire. Etes-vous chauve ou quoi ?

— Ouais, je suis déplumé, reconnut-il tout penaud.

Le bus arriva à une station et l'homme se leva.

— Vous vous enrhumez facilement, n'est-ce pas ?

— Non, c'est simplement que les nanas n'apprécient pas les chauves.

L'homme rit.

— Ici, il y a toujours des passagers qui montent.

Peut-être aurez-vous plus de chance pour la suite de votre voyage.

Il lui fit un gentil geste d'adieu et s'avança vers la sortie.

17.

Comme tous les procureurs de district, Matthew Rogers du comté de Suffolk, dont fait partie toute la ville de Boston, était d'abord et avant tout un politicien[1] et bien loin après un juriste. Rogers était élancé, d'une beauté frappante, et un des plus jeunes titulaires jamais désignés à ce poste. Les notables de son parti lui prédisaient un brillant avenir : il deviendra certainement procureur général de l'Etat, puis, qui sait ? peut-être même gouverneur. Bien que d'origine irlandaise et catholique, il n'y avait rien de caractéristique dans son aspect physique, pas plus que dans son nom ou son prénom, de sorte que les électeurs appartenant à d'autres groupes ethniques l'adoptaient facilement.

Peu après qu'il eut terminé ses études de droit — il avait préféré les suivre à la faculté de droit de Harvard plutôt qu'à l'université catholique de Boston —, son beau-père, qui s'occupait de politique, avait indiqué à Rogers qu'il avait sondé « les gars » et que ceux-ci étaient disposés à le soutenir.

1. Aux Etats-Unis, les juges et les procureurs sont élus au suffrage universel sur des listes présentées par les partis politiques. (*N.d.T.)*

— Avec l'appui des gars, Matt, vous êtes pratiquement assuré d'avoir un siège à la chambre de l'Etat dans la prochaine législature.

— Je pensais poser ma candidature pour la commission de l'Education, dit Matthew Rogers.

— C'est de la folie, Matt. Ça paie trois fois rien. Vous devez penser à Kathleen et aux gamines. Et pour vous présenter à la commission de l'Education, vous devez faire campagne dans toute la ville.

— Mais il y a plusieurs centaines de postulants pour une place aux élections législatives, tandis que pour la commission de l'Education nous ne sommes qu'à cinq. En outre, grâce aux millions de dollars que la commission de l'Education dispense chaque année, je me ferai assez de clientèle à mon cabinet d'avocat pour avoir un revenu au moins égal à celui d'un membre de la chambre législative.

Matthew Rogers fit sa campagne en insistant sur sa qualité de père de famille dont les enfants fréquentaient l'école publique ; apparaissant sur les affiches et les tracts à côté de sa charmante épouse, leurs deux mignonnes petites filles assises à leurs pieds, il gagna haut la main.

A la commission de l'Education, il épousa la cause des enseignants. Son beau-père lui fit des remontrances.

— Pourquoi attachez-vous votre nom à une demande d'augmentation en faveur des profs ? Cela risque de se traduire par une augmentation des impôts, Matt, et vous n'en tirerez pas le moindre profit. Les profs ne sont pas comme les flics et les pompiers. Ce sont des trouillards, aimant leur confort. Ils n'iront pas se bagarrer pour vous lors des prochaines élections. Ils voteront pour vous, mais vous ne verrez aucun de ces pisse-froid aller tirer des sonnettes pour votre campagne.

— Oui, mais ils ont de meilleurs contacts avec les médias, se justifia Matthew Rogers.

Il y eut un compromis au sujet de l'augmentation des traitements, mais désormais il avait une réputation de libéral et dès que les reporters des journaux ou de la télé couvraient une réunion de la commission de l'Education, c'était lui qu'on interviewait.

Après plusieurs mandats de commissaire à l'Education, il présenta sa candidature à la place de procureur du comté, projetant de nouveau l'image du père de famille dans sa campagne, avec le slogan « Votez Matt Rogers, afin que le comté du Suffolk soit un endroit approprié pour élever des enfants ». Cette fois-ci, les affiches le montraient assis à côté de son épouse, dont les charmes étaient devenus plus opulents, les deux filles aînées, quasiment des demoiselles, se tenaient de part et d'autre de leurs parents, une troisième était assise à même le sol et la petite dernière sur les genoux de sa mère. Il gagna encore haut la main.

Son entrée en fonction avait coïncidé exactement avec le démarrage des émeutes d'étudiants. Lorsque les troubles éclatèrent à l'université de Hollings, il saisit l'occasion pour faire preuve de ses qualités d'homme à poigne. Contre l'avis de son principal collaborateur, le procureur adjoint Bradford Ames.

— Ne faites pas cela, Matt, argumentait Ames. Il ne s'agit pas de voyous, mais d'étudiants, des fils et des filles de bonnes familles, dont certaines ont beaucoup d'influence sur le plan politique. Et vous verrez, lors du procès, l'administration universitaire ne vous soutiendra pas. Tenez-vous éloigné de la ligne de feu, les flics n'ont qu'à s'occuper de cela, autrement vous risquez de vous faire ratatiner.

Rogers le regardait sans comprendre.

— Ils se sont emparés d'un bâtiment, oui ou non ? Ils ont commis des déprédations dans un autre bâtiment. Vous attendez-vous à ce que je reste les bras croisés tandis qu'on s'attaque à la propriété privée ? Il s'agit bien de propriété privée, oui ou non ?

Bradford Ames, la cinquantaine, était nettement plus âgé que son chef. Issu d'une ancienne et riche famille de Boston, il n'eut aucune difficulté à obtenir sa nomination de procureur adjoint dès qu'il fut reçu au certificat d'aptitude à la profession d'avocat. Célibataire, la place de procureur adjoint lui convenait et il ne demandait pas mieux que d'y rester. De taille moyenne, il avait plutôt l'air petit, car il était bien en chair. Son complet, bien que fait sur mesure, semblait fripé et mal coupé car, qu'il fût debout ou assis, il avait toujours l'air emprunté. Il portait des cols amidonnés qui le serraient et faisaient apparaître sa tête plus grosse qu'elle n'était. Habituellement, il avait la mine bonasse et souriante, de sorte que lorsqu'il se faisait grave ou sévère, ce qui lui arrivait quelquefois lors de ses réquisitoires, tout un chacun au tribunal avait l'impression qu'un crime horrible avait été commis. Il connaissait très bien tous les greffiers, avocats et juges, était au courant de leurs traits de caractère et de leurs manies, et il avait un sens instinctif des données politiques, de sorte qu'il avait constitué pour toute une série de procureurs successifs un atout inappréciable.

Il sautilla maladroitement d'un pied sur l'autre sous le regard insistant de Rogers, puis eut un petit rire embarrassé.

— Eh bien, c'est et ce n'est pas une propriété privée. En fait, une université est une communauté d'érudits transformée en entreprise commerciale avec des employés et des administrateurs qui désignent un

P.-D.G. Au Moyen Age, au contraire, beaucoup d'universités ont été créées par les étudiants, lesquels engageaient des professeurs qu'ils mettaient à l'amende lorsque ceux-ci venaient en retard aux cours. A mon avis, il n'est pas faux de prétendre que l'université appartient autant aux étudiants qu'à son administration.

Mais Rogers persista et il se fit effectivement ratatiner. Durant quelques jours, il eut le beau rôle, faisant des déclarations à la presse, posant pour des photos, conférant avec le président et le doyen, mettant sur pied une stratégie avec la police. Tout cela aboutit à une confrontation musclée entre les étudiants et la police avec des blessés des deux côtés. Du coup, c'était lui le vilain canard, dénoncé comme tel dans la presse locale par des douzaines de lettres de lecteurs et même par un ou deux éditoriaux. Il découvrit, à sa surprise, que beaucoup de professeurs prenaient le parti des étudiants, et que même l'administration jouait double jeu. Lors du passage en jugement des meneurs, il fut proprement écœuré de constater que l'Administration se montrait très réticente dans ses accusations et que même le tribunal, prononçant une condamnation à une faible amende, laissait entendre dans les attendus du jugement que la réaction des autorités avait peut-être été excessive.

En bon politicien, Rogers profita de la leçon. A partir de ce moment, s'il y avait des troubles universitaires, il suivait le conseil de son principal collaborateur, Ames, en laissant à la police le soin de s'en occuper. Si l'intervention du parquet était inévitable, il confiait le dossier à un jeune substitut, frais émoulu de la faculté de droit, Ames étant chargé de lui faire la leçon :

— Prenez un profil bas, ne poussez pas. N'en faites pas plus que nécessaire. Le patron estime qu'il s'agit essentiellement d'une affaire intérieure de l'université dont nous n'avons pas à nous mêler.

Aussi Bradford Ames fut-il surpris de trouver sur sa table le dossier de l'université Windemere avec une note de son chef : « Brad, je veux que vous vous chargiez personnellement de cette affaire. » Il se rendit au bureau de Rogers pour en discuter.

— Qu'y a-t-il, Matt ?

— C'est que cette fois-ci, je tiens à les épingler.

— Pourquoi ?

Il n'était pas facile pour Rogers de s'expliquer. Un rejeton des Ames du Massachusetts avait une vue des choses qui différait de celle du fils de Timothy Rogers, préposé des PTT. Prenez cette affaire de ces étudiants qui faisaient tout le temps du grabuge ; Brad n'était pas franchement de leur côté, mais il ne s'indignait pas non plus contre eux, comme s'il estimait qu'ils n'avaient pas tout à fait tort. Ensuite, il était célibataire. Comment pouvait-il comprendre les sentiments d'un homme, père de quatre filles ? Pour un tel homme, la façon dont le monde était en train d'évoluer avait quelque chose d'effrayant : une fille de bonne famille pouvait vivre en concubinage notoire avec un homme, sans que nul, même pas l'administration universitaire, n'y trouve à redire ; des jeunes usant d'un langage ordurier vis-à-vis de leur doyen, qui plus est une doyenne, et trouvant cela normal.

Occasionnellement, Matthew Rogers se trouvait sur la défensive en face de la froideur aristocratique de son subordonné, de sorte qu'il ne pouvait s'empêcher de prendre un ton emphatique pour énoncer :

— Cette fois-ci, Brad, c'est différent. Je sais que vous pensez que nous n'avons pas à nous immiscer dans les émeutes d'étudiants et je partage votre sentiment. Mais dès lors qu'il y a eu un attentat, il ne s'agit plus d'une affaire interne.

— C'est évident.

— Et il y a eu mort d'homme.

— Il paraît que c'est par accident.

Rogers enchaîna sur un ton de défi :

— Je pense que c'est important également sur le plan politique. Je pense que nous sommes arrivés à un tournant, Brad. Je pense que l'opinion publique en a marre de ces foutus étudiants gauchistes, d'eux et de leurs damnées foucades. Par conséquent, si je prends le contrôle maintenant, je crois faire preuve de mes qualités de leader.

Ames sourit.

— Voulez-vous présenter prochainement votre candidature au poste de procureur général, Matt ?

— J'y ai songé, répondit Rogers d'un ton uni.

Ames voyait que c'était sérieux.

— Nous n'avons pas grand-chose dans le dossier, savez-vous. Les jeunes prétendent n'avoir été pour rien dans l'attentat.

— Evidemment.

— Il n'y a aucune preuve contre eux, rien qui pourrait tenir la route en cas de procès.

— Et le fait que l'un d'eux se soit enfui ?

— On ne sait pas s'il s'est enfui, observa Ames. Il pouvait avoir eu envie de changer de paysage comme cela arrive parfois de temps à autre aux jeunes.

— Avez-vous examiné le déroulement des faits dans le temps ? insista Rogers. La doyenne dit avoir quitté son bureau à trois heures moins le quart. Les jeunes reconnaissent y être restés jusqu'à trois heures. Quelques minutes après, la bombe a sauté. Qui d'autre aurait pu faire le coup ?

— Le gardien a déclaré que les portes étaient restées ouvertes. N'importe qui pouvait entrer. Ce pouvait être un autre groupe d'étudiants. J'ai cru comprendre qu'il y a au moins une demi-douzaine de groupuscules gauchistes.

— A votre avis, dit Rogers, avons-nous assez d'éléments pour les coffrer ?

Ames ne s'engageait pas.

— Cela dépend de leur défenseur et du juge qui sera commis. Si c'est quelqu'un dans le genre de Sullivan, il les fera écrouer simplement parce que leurs habits lui auront déplu.

Rogers acquiesça.

— Alors arrangez-vous pour que le dossier soit instruit par Sullivan ou même Visconte. Entre-temps, je mettrai assez d'enquêteurs sur l'affaire pour l'obliger à les inculper.

— Très bien.

— Et je tiens à ce qu'ils soient enfermés. Pas de liberté provisoire sous caution.

— Je vous en prie, Matt ! Même Sullivan n'irait pas aussi loin.

— Pourquoi pas ? Il s'agit d'un meurtre, non ? Un homicide résultant d'un incendie volontaire est en premier lieu un meurtre, non ? Par conséquent, la mort du professeur est imputable à un meurtre. Oui ou non, est-ce conforme à la loi ?

Ames tergiversait.

— Ce n'est pas si simple que cela, Matt. Pour inculper quelqu'un de meurtre du fait d'un incendie volontaire, il faut établir l'intention homicide. Il ne suffit pas d'une coïncidence. Or, l'attentat s'est produit un vendredi après-midi, à une heure où le bâtiment est censé être vide, et la victime se trouvait dans une autre pièce que celle où la bombe a été déposée.

— Sur ce point, il appartient au tribunal de se prononcer lors du procès, Brad.

— Oui, admit Ames. Mais il s'agit d'étudiants. Si

nous ne leur accordons pas la liberté conditionnelle, ils ne pourront pas assister aux cours.

Matthew Rogers frappa du poing sur la table.

— En ce qui me concerne, j'estime que des étudiants qui essaient de faire sauter leur université ne sont pas particulièrement intéressés par les cours. Je veux que ces salopards soient coffrés, m'avez-vous compris? C'est un débat contradictoire. Si leurs avocats réussissent à les faire mettre en liberté sous caution, il faudra que je m'en accommode; mais je ferai mon possible pour m'y opposer. Et si jamais le juge veut les mettre en liberté provisoire, il faudra insister pour que la caution soit aussi élevée que possible.

— Si vous y tenez.

— Absolument, insista Matthew Rogers.

— Ecoutez, Matt, dit Ames sérieusement, il y a de bonnes chances que l'attentat ait été commis par celui qui a disparu, le dénommé Ekko, et que les autres n'aient pas été au courant.

— Qu'est-ce qui vous fait penser cela?

— Eh bien, il n'est pas comme les autres. Il est nettement plus âgé; il a fait son service militaire au Vietnam. (Il pointa l'index.) Dans le génie. En outre, d'après les premières investigations, il était resté seul dans le bureau de la doyenne durant un certain laps de temps, tandis que les autres la cherchaient partout dans le bâtiment. En plus, il s'était muni d'un porte-documents. Enfin, c'est le seul qui a fichu le camp.

— Est-ce que l'un d'entre eux a suggéré que cela pouvait être lui?

— Non, mais...

— Et s'ils ne sont pas sûrs que c'est lui, il est certain qu'ils ne diront pas un mot. Ces jeunes forment un bloc.

— Donc?

Matthew Rogers eut un rictus.

— Donc, n'avons-nous pas intérêt à les mettre en taule ? Lorsque Ekko l'apprendra, notamment en ce qui concerne sa petite amie, il y aura une bonne chance pour qu'il se livre.

— Cela revient à les prendre en otages, Matt, protesta Ames.

— Hum.

— Matt, c'est un coup en vache.

Rogers eut un large sourire.

18.

Le rabbin était en train de s'habiller pour l'office du vendredi soir, quand la sonnerie du téléphone retentit. Ce fut la baby-sitter qui décrocha et lorsque le rabbin entra dans la pièce tout en finissant de nouer sa cravate, il vit que les yeux de la jeune fille s'étaient dilatés.

— Qui est-ce ? demanda-t-il.

Elle couvrit l'appareil de la main et murmura :

— C'est la police, monsieur le rabbin ! de Boston.

— Très bien, je prends la communication.

Elle lui passa rapidement le combiné, comme pour s'en débarrasser.

— Rabbin Small ? articula une voix bourrue. Sergent Schroeder du service des homicides de Boston à l'appareil.

— Que puis-je faire pour vous, chef ? dit le rabbin avec une intonation aimable.

— Comment ? Ah oui. Ecoutez monsieur le rabbin, j'ai quelques questions à vous poser au sujet du professeur Hendryx.

— Très bien, allez-y.

— Non, pas au téléphone. J'aimerais vous parler et recueillir une déposition signée de votre part. J'aimerais que vous veniez à notre commissariat à Boston.

— C'est hors de question, chef.

— Je peux vous envoyer une voiture.

— Cela ne résoudrait pas le problème, expliqua le rabbin. Je suis sur le point de partir à la synagogue. C'est sabbat et l'office du soir va commencer bientôt.

— A quelle heure se termine-t-il ?

— Vers dix heures. Pourquoi ?

— Très bien, admettez que je vienne à Barnard's Crossing, disons vers dix heures et quart.

— Je n'ai rien à vous dire.

— Vous êtes probablement la dernière personne à l'avoir vu en vie, monsieur le rabbin.

— C'est peut-être vrai, mais je l'ai quitté peu après deux heures et là il était bien vivant.

— J'aimerais néanmoins vous parler, insista le sergent.

— Dans ce cas, je vous demanderais, à mon regret, de patienter jusqu'à demain soir. Je ne parle pas affaires le sabbat.

— Mais il y a eu un homicide, monsieur le rabbin.

— Je ne vois pas ce que j'aurais à vous dire pouvant justifier que j'enfreigne le repos sabbatique.

— Et si je viens chez vous ?

— Je ne vous parlerais pas.

A l'autre bout du fil, le téléphone fut raccroché bruyamment. Le rabbin écouta encore un court instant, puis raccrocha à son tour.

Déconcerté et irrité, le sergent Schroeder regarda fixement le téléphone. Puis, il se souvint de Hugh Lanigan, le commissaire de police de Barnard's Crossing qu'il avait rencontré à de nombreuses conférences policières et qui l'avait invité l'été dernier, un dimanche, sur son voilier.

Il appela Lanigan.

— J'ai un service à vous demander, Hugh. J'aimerais

que vous m'ameniez quelqu'un afin que je puisse l'interroger... Oui, il s'agit de cette affaire de l'université Windemere... Non, il n'y a aucune charge contre lui. Je veux simplement le questionner... Qui ? Un rabbin Small. Vous le connaissez... Oui, eh bien, je lui ai demandé de venir, je lui ai même proposé de lui envoyer une voiture, mais il a dit qu'il ne parlerait pas, car c'est le jour du sabbat.

— Ça lui ressemble.

— Oh ? Un dur ?

Lanigan rit.

— Absolument pas, mais il observe son sabbat. Ils ne font pas d'affaires et n'en parlent même pas du vendredi soir au samedi soir.

— C'est ce qu'il m'a expliqué, mais...

— Ecoutez, Bill, ne vous mettez pas martel en tête. Je ne dérangerai pas le rabbin durant son sabbat, pas plus que je n'interromprais le père Aherne durant la messe. Si je lui demandais de venir, il refuserait. Et si j'employais la manière forte, je risquerais des histoires. Ce n'est pas une grande ville, ici. Nous sommes une petite ville où tout le monde connaît tout le monde. Aussi faisons-nous les choses différemment. J'ai une proposition à vous soumettre, pourquoi ne viendriez-vous pas demain soir ? Il n'y aura que du jambon et des haricots, mais Gladys s'y connaît pour les préparer. On casse la graine et je vous emmène faire un tour chez le rabbin ; je vous assure qu'il se montrera coopératif à cent pour cent.

Le lendemain soir, Lanigan et Schroeder se pointèrent chez les Small. Lanigan présenta Schroeder et dit :

— Et si vous repreniez les choses à zéro ?

Le rabbin sourit :

— Très heureux,
et les fit entrer au salon.

Le sergent s'excusa :

— Monsieur le rabbin, je ne voulais absolument pas vous déranger durant votre fête religieuse, mais chez nous, dès lors qu'il s'agit d'un meurtre, c'est une priorité.

— Chez nous également, répliqua le rabbin, mais je suis certain que tout ce que je puis vous dire ne vous sera d'aucun secours. Le professeur Hendryx était en vie quand je l'ai quitté.

— C'était à quelle heure ?

— Peu après deux heures. Deux heures dix au plus tard.

— Etait-il habituellement là-bas à cette heure-là ? questionna le sergent.

— Je ne peux vraiment pas le dire. J'ai un cours qui se termine à deux heures ; quand il est fini, je vais au bureau pour y ranger mes livres et prendre mon manteau. Parfois, mais pas toujours, il s'y trouvait ; si j'ai bien compris, sa femme de ménage vient faire son appartement le vendredi, de sorte qu'il se sauve au bureau, il n'a que la rue à traverser.

— Oui, monsieur le rabbin, nous sommes au courant.

— Cependant, hier, continua le rabbin, il m'a précisé que la doyenne lui avait téléphoné pour lui demander de rester. Elle avait un rendez-vous avec une délégation d'étudiants et voulait qu'il reste pour le cas où ils feraient du grabuge.

— Ha, ha ! s'exclama Schroeder. Vous aviez donc quelque chose d'important à déclarer.

— Vraiment ?

— Bien sûr. Dans sa déposition, la doyenne n'a nullement mentionné qu'elle avait demandé à Hendryx de rester dans les parages.

— Et en quoi cela est-il important? questionna Lanigan, intéressé.

— Bon, disons qu'elle est impliquée.

Il fit passer son regard de l'un à l'autre. Le rabbin ne put s'empêcher de faire une moue pour exprimer son étonnement ; Lanigan sourit.

— Je veux dire...

Puis Schroeder capitula complètement et rit.

— Désolé, monsieur le rabbin, je crois que j'avais gardé un peu de mauvaise humeur du fait que vous n'avez pas voulu me voir hier soir, admit-il avec candeur. Donc, lors de votre départ, vendredi, avez-vous vu quelqu'un, qui que ce soit, tandis que vous partiez ?

— Eh bien, on a fermé la porte du bureau de la doyenne, alors que je passai devant ; bien que je ne l'aie pas vue, j'en ai conclu qu'elle y était. Ensuite, j'ai vu, à l'étage au-dessous, le professeur Fine, au bureau du département d'anglais. Il disait attendre un appel téléphonique.

— A quelle heure êtes-vous rentré, monsieur le rabbin ? interrogea Schroeder.

— Il était tard, admit le rabbin. A peu près trois heures et demie.

Lanigan écarquilla les yeux.

— Avez-vous eu des ennuis en route ?

— Non, je me suis arrêté pour boire un café.

— En principe, ça ne dure pas longtemps, remarqua Schroeder.

— Oui, mais c'était un drive-in où l'on vous sert dans la voiture, expliqua le rabbin. Je me suis mis à lire un bouquin et ai perdu la notion du temps.

Quand ils furent partis, Schroeder demanda :

— Que pensez-vous de l'histoire de votre ami ?

— Vous ne le connaissez pas, répondit Lanigan. Je vous assure que c'est tout à fait son genre.

— Néanmoins...

— Ecoutez sergent, il n'y a jamais une enquête qui ne recèle quelques points un peu bizarres. La meilleure façon de s'en débarrasser consiste à se concentrer sur l'affaire principale. Je suppose que vous savez cela mieux que moi.

— Oui, répliqua Schroeder, cependant, il arrive que *nolens volens,* elles vous tracassent. Ainsi, par exemple, pourquoi la doyenne n'a-t-elle pas mentionné avoir téléphoné à Hendryx pour lui demander de rester ?

— Vous est-il difficile de comprendre cela ? demanda Lanigan. Elle ne vous en a pas parlé, parce qu'elle a oublié, et elle tenait à oublier pour la bonne raison qu'autrement cela voudrait dire qu'elle est responsable de sa mort.

19.

L'office du dimanche matin bénéficiait en général d'une bonne assistance. D'une part, il débutait une heure et demie plus tard que l'office des jours ouvrables, neuf heures au lieu de sept heures et demie ; d'autre part, il était suivi à dix heures d'une réunion du conseil d'administration de la communauté, aussi la plupart des administrateurs venaient-ils plus tôt pour participer à l'office qui durait une vingtaine de minutes.

Alors qu'en semaine Malcolm Selzer assistait rarement à l'office, car à sept heures et demie il était déjà à son magasin, il ne manquait jamais celui du dimanche matin. Il appartenait à cette poignée de membres qui avaient eu une éducation traditionnelle, de sorte qu'il connaissait la liturgie et conduisait souvent les prières. Mais ce dimanche-là, il demeura invisible. Son absence ne passa pas inaperçue.

Bien que dans leurs articles sur l'attentat les journaux aient parlé de l'implication tantôt d'un Abner Seldar, ou d'un Adam Sellers ainsi que d'un Aaron Selger, nul à Barnard's Crossing, du moins au sein de la communauté juive, ne doutait qu'il s'agissait d'Abner, le fils de Malcolm Selzer. Et si, ce dimanche, l'assistance à l'office était particulièrement fournie, c'était certainement dû au désir bien humain de s'informer.

Le journal parlé de samedi soir et la presse dominicale avaient rapporté un élément complémentaire : la doyenne Millicent Hanbury avait reçu une délégation d'étudiants venus exposer leurs doléances ; pour une raison non indiquée, elle avait quitté son bureau, rompant l'entretien. Peu de temps après, la délégation, comprenant cinq personnes, avait à son tour quitté le bureau et le bâtiment universitaire. Moins de cinq minutes après le départ de cette délégation, la bombe avait explosé. Le procureur avait publié un communiqué précisant que chacun des membres de cette délégation serait interrogé.

Alors que les hommes pliaient leurs châles de prière, le docteur Malitz, un des plus vieux, observa :

— Je suppose qu'il était trop gêné pour venir.

Le docteur Greenwood, qui comme Malitz était dentiste, secoua la tête :

— Pourquoi faut-il que ce soit un garçon juif ?

— Que voulez-vous dire en parlant d'un garçon juif ? lança Norman Phillips sur un ton indigné. Ils étaient à cinq et le jeune Selzer était le seul Juif. Et qu'est-ce que sa judéité vient-elle faire dans cette histoire ? Il est américain, non ? Il jouit des mêmes droits que tout autre citoyen, non ?

Le docteur Malitz vint au secours de son confrère. Il avait un atelier de prothèse et Greenwood lui envoyait des clients.

— Lorsque vous lisez dans un journal que quelqu'un portant un nom juif a fait une découverte scientifique ou a accompli quelque prouesse d'un autre ordre, vous éprouvez un sentiment de fierté, n'est-ce pas ? Nous sommes tous comme cela. Donc, si un des nôtres semble être coupable d'un acte répréhensible, nous nous sentons...

— Coupables. C'est ça ? Eh bien, pas moi, affirma fermement Phillips. J'estime que tout citoyen américain a les mêmes droits, ce qui signifie que je ne suis pas plus responsable des actions d'un Cohen ou d'un Lévy que de celles d'un Carter ou d'un Smith. Cela étant dit, je suis désolé pour Mal Selzer, mais vous savez, d'un côté, il l'a cherché.

Greenwood n'en crut pas ses oreilles.

— Qu'est-ce que c'est que cette mauvaise blague ? Quel est le père qui mérite que son fils ait des difficultés ?

— Ecoutez, mon gosse est étudiant à l'Institut polytechnique Rensselaer. Le docteur Malitz ici présent a un fils à l'université. Je ne sais rien au sujet de votre garçon, docteur, mais je sais que le mien a parfois tendance à charrier dans les bégonias. L'année dernière, par exemple, il y a eu du grabuge dans son institut. Les flics rappliquèrent, ainsi que la presse, tout le saint-frusquin. Mon gosse prétend qu'il était là en simple spectateur. Peut-être est-ce vrai, peut-être pas. Je ne suis pas de ces pères qui pensent que leur gamin n'a jamais tort. En tout cas, il s'est fait épingler, a passé une nuit en taule et a dû payer une amende. Lui ? C'est moi, qui l'ai payée.

— Alors ?

— Alors, c'est là que je veux en venir, est-ce que je passe mon temps à fanfaronner en criant sur les toits que mon fils est un grand chef du mouvement étudiant ?

— Vous vous vantez sur un autre point, notamment en signalant qu'il a été reçu à l'Institut Rensselaer.

— Je n'ai fait que le mentionner, parce que...

— Cela revient au même, trancha Greenwood. Les pères se vantent au sujet de leurs enfants. Je suis sûr que Malcolm Selzer préférerait faire étalage des bonnes notes obtenues par son fils.

Le docteur Malitz eut une illumination.

— Qu'est-ce qui nous autorise à penser que le jeune Selzer est impliqué dans l'attentat ? Le journal se contente de dire qu'il était un des participants à la réunion et que le procureur veut l'entendre.

— Si le procureur décide d'interroger quelqu'un, il n'est pas rare que celui-ci atterrisse en prison, interjeta Phillips. Ce que j'aimerais savoir, continua-t-il, c'est ce que le rabbin connaît de l'affaire. Il enseigne là-bas. Au demeurant, lui n'est pas venu non plus, aujourd'hui.

— Il a été invité ce matin comme conférencier au cours d'études bibliques de l'église méthodiste de Lynn, indiqua le docteur Malitz. C'était annoncé dans le journal de Lynn.

— C'est bien là notre chance, dit Phillips l'air dégoûté. Cela signifie qu'eux, et pas nous, auront les tuyaux.

20.

Le rabbin revint peu avant midi chez lui pour y trouver Malcolm Selzer l'attendant avec impatience.

— Votre épouse m'a dit que vous rentreriez d'une minute à l'autre, expliqua-t-il. En outre, ma femme était tellement sûre que vous pourriez faire quelque chose que je n'avais pas le cœur de rentrer lui annoncer que je ne vous avais pas rencontré.

— Calmez-vous, monsieur Selzer, et dites-moi ce qui vous préoccupe.

Selzer le regarda avec gratitude avant de prendre le siège qu'il lui présenta.

— Eh bien, vendredi, j'ai pris les informations comme tout le monde. J'admets avoir éprouvé une drôle de sensation en pensant que mon Abner pouvait être mêlé à cette histoire. (Il leva la main.) Je ne veux pas dire que je supposais qu'il aurait pu commettre quelque chose dans le genre d'un attentat. Je connais mon garçon ; il ne ferait pas de mal à une mouche. Néanmoins, je ne pouvais m'empêcher de penser que peut-être il savait quelque chose, peut-être un groupe avec lequel il aurait pu avoir été en relation... Vous savez, lorsqu'on gamberge, le genre d'idées farfelues qui vous surgissent à l'esprit ?

— Naturellement. Prenez votre temps et expliquez-moi ce qui s'est passé.

Selzer acquiesça.

— Toute la journée de samedi j'avais l'intention de téléphoner à Abner. Vous savez, non pas pour lui demander de but en blanc, mais simplement comment ça se goupille, ce qu'il y a de neuf. De cette façon, s'il était impliqué il m'aurait dit quelque chose. Ce n'était pas tellement moi mais ma femme me harcelait sans cesse : « Appelle-le ; tu as un fils ; parle-lui de temps à autre. » A dire vrai, je l'aurais fait, si je n'avais craint que cela revenait à le cuisiner à ce sujet. Ma mère, paix à son âme, disait toujours : « Il ne faut pas remuer l'eau qui dort. »

— Comme qui dirait : « Il ne faut pas tenter le diable », énonça le rabbin avec l'ébauche d'un sourire.

— C'est cela, convint Selzer, heureux d'avoir été compris. Donc, j'ai proposé à ma femme d'aller au cinéma, afin que nous pensions à autre chose. D'autre part, j'étais au moins certain qu'elle n'allait pas me demander de téléphoner au beau milieu du film.

Il regarda dans le vide comme s'il devait remettre de l'ordre dans ses idées. Puis, il poursuivit :

— Je pensais que, selon notre habitude, nous irions boire un verre après le film, mais ma femme insista pour rentrer tout de suite, comme si elle avait eu un pressentiment. Dès que la voiture s'approcha de la maison, je constatai qu'il y avait quelque chose d'anormal, car la lumière était allumée dans la cuisine, ce qui signifiait qu'Abner était à la maison ; or, il n'avait aucune raison de rentrer un samedi soir, à moins qu'il ait des ennuis. Néanmoins ma femme tenta de faire comme si rien ne s'était passé. « As-tu mangé, Abner ? Il reste du poulet. Je vais te préparer un sandwich... Il est tellement maigre ; regarde comme il est maigre,

Malcolm. » Evidemment, cela ne trompait personne ; ni moi, ni Abner, ni elle-même. Elle ne faisait que retarder le moment où nous lui demanderions pourquoi il était rentré. Mais moi, je suis un homme d'affaires et je n'aime pas tourner autour du pot. Alors, j'ai pris le taureau par les cornes. « As-tu des embêtements, Abner ? Es-tu impliqué dans cet attentat ? » (Selzer pointa l'index pour attirer l'attention de son interlocuteur.) Notez bien, monsieur le rabbin, j'ai dit : « Es-tu impliqué ? », non « L'as-tu commis ? » Que signifie impliqué ? Tout le monde peut être impliqué. S'il s'agit de mon fils, je suis impliqué. Ma femme est impliquée. La police est impliquée. Ce n'est pas un crime que d'être impliqué.

Il secoua la tête avec tristesse.

— C'était parti. Il se mit à gueuler que je ne lui faisais pas confiance. Il rentre et la seule pensée qui me vient à l'esprit est qu'il devait avoir posé une bombe à l'université ou commis quelque horrible crime. Que je faisais partie de l'establishment et que ledit establishment essayait de supprimer le non-establishment, lequel luttait pour un monde plus juste dont ma génération ne voulait pas. Et maintenant, nous avons recours à la flicaille pour les remettre dans le droit chemin.

Selzer se leva et se mit à arpenter la pièce.

— Il gueulait, et moi également, je gueulais, sans doute, tandis que ma femme pleurait, et, au bout d'une heure, nous n'étions pas plus avancés. Finalement, nous avons fini par nous tranquilliser et je lui ai dit sans élever la voix : « Ecoute, Abner, je ne t'accuse pas. Je ne fais que demander, non que je sois indiscret mais uniquement parce que je veux t'aider. Désires-tu que je contacte mon avocat ? » (Il frappa des doigts sur la table.) Cette table m'a-t-elle répondu ? Il ne m'a pas répondu davantage. Pas un mot, comme s'il était devenu soudainement sourd-muet. Il restait assis, se souriant à lui-même, comme si tout cela avait été drôle, puis finalement il a parlé. Qu'a-t-il dit ? « Je crois que je vais me pieuter. Demain, la journée risque d'être longue. » Sur ce, il se lève pour rejoindre son lit. Et ma femme ? Elle s'en prend à moi. Pourquoi lui ai-je parlé de cette façon ? Pourquoi n'ai-je pas confiance en lui ? Pourquoi suis-je en train de chasser notre fils de la maison ? Vous connaissez ma femme, que Dieu la bénisse ; pour elle, Abner ne peut rien faire de mal. Quoi qu'il demande, donne-le-lui. Quoi qu'il fasse, c'est parfait. Lorsque j'essaie d'être derrière lui, afin qu'il étudie, qu'il se comporte en citoyen responsable, elle m'accuse de l'embêter. Il avait régulièrement les félicitations au lycée, alors je veux qu'il soit parmi les lauréats à l'université ; est-ce l'embêter ? Pourquoi avait-il les félicitations ? Parce que je ne le lâchais pas. Je suis dans les affaires et je sais combien il est dur ces jours-ci pour un jeune de faire son chemin. Actuellement, faute d'être admis dans une bonne université, vous ne comptez pour rien. Donc, il a réussi à entrer dans Harvard. Etait-ce mauvais ? Etait-ce pour l'embêter ? Et s'il avait habité à la maison, comme je le voulais, et non dans un foyer d'étudiants, selon ses désirs et soutenu par sa mère, il serait toujours à Harvard au jour d'aujourd'hui. Aurait-ce été une mauvaise chose ? Je vais vous dire, monsieur le rabbin, ce qui ne va pas chez les gosses, actuellement, c'est que leurs parents ne les embêtent pas assez.

Sentant que Selzer avait besoin de parler, le rabbin ne l'avait pas interrompu, mais maintenant il le ramena brusquement à l'essentiel.

— Donc, qu'est-il arrivé, monsieur Selzer ? Pourquoi êtes-vous venu me voir ?

— Ce matin, enchaîna Selzer d'une voix monocorde,

les flics sont venus l'embarquer. Et qui étaient les flics, en l'occurrence ? Le lieutenant Tebbets, qui était son chef éclaireur, dont Abner me parlait tant que j'en étais presque jaloux. C'était lui, les flics.

— Les choses étant ce qu'elles sont, vous feriez mieux de vous adresser à votre avocat, monsieur Selzer.

— Deux minutes ! hurla Selzer. Deux minutes après que mon fils eut passé le pas de la porte, j'ai contacté Paul Goodman. Une demi-heure plus tard, alors qu'il n'était même pas encore habillé quand je lui ai téléphoné, il passa me prendre et nous sommes allés au commissariat de police.

— Et ?

— Et rien. Mon fils n'a même pas daigné me parler, pas plus qu'à Goodman. Juste : « Ah, c'est toi. » Est-ce la façon dont un garçon doit parler à son père, monsieur le rabbin ?

— Alors, qu'avez-vous dit ?

— Rien ! J'étais gêné vis-à-vis de Goodman. Aussi n'ai-je pas montré que j'étais fâché. Je n'ai pas braillé contre lui. Je n'ai rien dit, sinon que maître Goodman serait son avocat. Puis, je les ai laissés en tête à tête. Mais plus tard, une fois que Goodman était remonté — nous l'avions rencontré dans sa cellule au rez-de-chaussée —, il m'a dit que le garçon refusait de coopérer.

— Néanmoins, il est d'accord pour le défendre ?

— Bien sûr. Qu'est-ce qu'il risque ? Ce n'est pas lui qui ira en prison.

Il se leva à l'entrée de Myriam dans la pièce.

— Oh ! je vous empêche de déjeuner. Je suis uniquement venu vous prier d'aller le voir. Parlez-lui pour le ramener à la raison. Je sais qu'il avait une haute opinion de vous quand vous lui donniez des cours dans la classe post-bar-mitzwa *. Il vous écoutera.

— Il doit être terriblement meurtri, dit Myriam après le départ de Selzer.

— Que veux-tu dire ? demanda son mari. Par qui ?

— Par son père, évidemment. Imagine qu'il y ait une rumeur t'accusant de quelque horrible forfait qui t'horripile instinctivement. Et suppose qu'au lieu de sentir que tu étais incapable d'un tel acte, je vienne te demander si la rumeur est justifiée. Il se peut que tu t'asseyes pour m'expliquer patiemment combien cela est improbable. Mais il se peut également que tu sois terriblement meurtri, notamment si tu es un adolescent comme Abner, et que dès lors tu préfères te taire.

— Oui, je vois ce que tu veux dire.

— Va voir ce garçon, David.

— Pour lui dire quoi ?

Elle sourit.

— Tu pourrais l'engager à essayer de pardonner à son père, je présume.

21.

— La police de Boston nous a demandé d'embarquer le jeune Selzer, alors nous l'avons embarqué, dit le commissaire Lanigan.

Il était assis à la table de sa salle à manger, le journal du dimanche étalé devant lui.

— Ont-ils des preuves tangibles contre ces jeunes ? questionna le rabbin.

Lanigan haussa les épaules.

— Vous savez comment ça se passe. C'est le procureur qui examine les pièces du dossier, puis émet les ordres. Il est certain qu'il ne me donnerait pas d'explications. Même le procureur de notre circonscription ne me ferait pas nécessairement des confidences sur une affaire qui se serait passée dans le ressort de mon propre commissariat. Cependant, d'après ce que Schroeder m'a dit, il y a de fortes présomptions contre votre protégé. Il était un des membres de la délégation qui avait été reçue par la doyenne. Ils ont parlé durant un certain laps de temps, puis comme l'un des étudiants s'était montré injurieux, la doyenne est partie. Ils ont attendu son retour, et, constatant que leur attente était vaine, ils sont partis. Quelques minutes après, une bombe a explosé dans le bureau de la doyenne. Alors, je vous laisse juge ; il y a là certainement matière à suspicion. En outre, il y a plusieurs petits points troublants : *primo,* il y a eu un premier attentat à l'université au printemps ; *secundo,* un des membres de la délégation, un dénommé Ekko, j'ignore s'il s'agit d'un nom ou d'un surnom, a disparu de la circulation. Tout cela constitue pour le moins de fortes présomptions de culpabilité.

— Toutefois, observa le rabbin, aucun de ces éléments ne peut être considéré comme une réelle preuve. Le bâtiment est ouvert et n'importe qui peut y entrer. La doyenne Hanbury n'avait pas fermé son bureau à clé, de sorte que tout un chacun pouvait y pénétrer après le départ de la délégation. D'après le peu que je connais moi-même de la situation à l'université, il existe d'autres groupes d'étudiants, plus ou moins révolutionnaires, qui apparemment sont autant opposés les uns aux autres qu'à l'Administration.

— Bien, monsieur le rabbin, mais ce n'est pas moi qu'il faut convaincre, ce sont les enquêteurs du comté de Suffolk.

— Puis-je voir le garçon maintenant ?

— Certainement. Le temps que je mette mes chaussures, je vous emmène au commissariat. Si vous le voulez, vous pouvez lui parler dans mon bureau.

Le jeune homme était visiblement surpris lorsqu'il vit apparaître le rabbin.

— Ha ! c'est vous, fit-il. Je croyais que c'était de nouveau cet avocat.

Il alla à l'extrémité de la pièce et regarda par la fenêtre. Puis, il se retourna.

— Les flics ! s'exclama-t-il. Ils n'ont rien d'humain. Pensez-vous qu'il ait daigné me dire qui était là ? Il s'est contenté de m'annoncer que quelqu'un voulait me voir dans le bureau du commissaire, et lorsque je lui ai répondu que je n'avais pas l'intention d'y aller, croyant que c'était l'avocat ou mon vieux, il m'a dit : « Magne-toi, grand chef » et m'a pratiquement traîné jusqu'ici.

— Il ne savait probablement pas lui-même qui c'était, dit le rabbin avec douceur.

— Monsieur le rabbin, vous ne connaissez pas ces gars. Vous manquez simplement d'expérience à leur sujet.

— Soit, admit le rabbin de bon cœur. Maintenant, expliquez-moi pourquoi vous refusez de coopérer avec l'avocat ?

Abner Selzer étendit les mains et baissa les épaules en signe d'exaspération.

— Goodman ! Il ne m'a posé aucune question. Il s'est contenté de me dire que si j'avais l'intention de prononcer un discours, je ferais mieux de me taire. L'instruction sera conduite par le juge Visconte qui est impitoyable et s'en tient à la lettre du Code. Si le juge me pose une question, a-t-il précisé, je suis censé me lever et m'adresser à lui en lui donnant du « Votre Honneur ». Autrement, gardez le silence, abstenez-vous de chuchoter avec les autres. Tenez-vous assis droit, regardez le juge dans les yeux et ayez l'air intéressé. Est-ce cela organiser une défense ? Ensuite, il m'a regardé pour me dire qu'il voulait que demain, pour ma comparution au tribunal, je sois rasé de frais et porte un complet habillé. Monsieur le rabbin, comment puis-je communiquer avec un homme de cet acabit ? Alors, je lui ai demandé ce qui se passerait si je portais un kilt, afin de présenter au tribunal ce que je pense en me retournant pour me baisser.

Le rabbin rit et le jeune homme eut un sourire forcé.

— Qu'a-t-il répondu à cela ?

— Il s'est fâché et s'est contenté de me dire qu'il me verrait demain au tribunal à Boston.

— Je ne pense pas que cela change grand-chose, dit le rabbin. L'inculpation est essentiellement une formalité. Si j'ai bien compris, la loi exige que vous soyez mis en présence d'un magistrat dans un délai de vingt-quatre heures à partir de votre arrestation.

— Mais si un gars est innocent ?

— Ce n'est pas le problème du juge lors de l'inculpation, Abner. Il doit simplement déterminer si la police dispose d'assez de présomptions pour vous faire comparaître devant la chambre d'accusation. Si la police tient à ce que vous restiez détenu, en règle générale, le juge s'incline. Cela étant dit, je comprends votre réaction vis-à-vis de l'avocat ; mais pourquoi refusez-vous de voir votre père ?

— Parce que je ne tiens pas à me faire engueuler. Il est incapable de s'adresser à moi pendant cinq minutes sans se mettre à hurler.

— A quel sujet vous engueule-t-il ? demanda le rabbin avec curiosité.

— Oh ! à propos de tout et de rien, mais en général, du moins jusqu'à présent, au sujet de mes résultats universitaires. « Il faut que tu surnages, sinon tu coules », me rabâche-t-il. Cela lui est resté de son service dans la marine. Tant que j'étais au lycée, ce n'était pas trop mal. J'étais assez doué comme gosse et, par ailleurs, les pères des autres gosses agissaient de la même façon. Mais à Harvard, je devais m'imposer vis-à-vis de gens qui tous étaient doués ; en outre, je n'habitais plus à la maison où mon père m'avait à l'œil tous les soirs ; une mention « assez bien » ou même un petit « bien » ne le satisfaisait pas, il lui fallait du « très bien ». J'ai essayé pendant un bout de temps, mais comme c'était trop dur, je me suis dit : « au diable toute cette saloperie ! »

— Alors, vous vous êtes complètement relâché.

— Evidemment, pourquoi pas ? Je devais travailler très dur pour arriver à un 13 sur 20, mais cela ne lui suffisait pas. Alors, je me suis dit : « Autant me payer un peu de bon temps et m'en sortir avec 11 ou même 10 sur 20. »

— Cependant, vous aviez mauvaise conscience.

Le jeune homme réfléchit.

— Probablement, au début, je ne sais pas.

— En êtes-vous sûr ?

— Oui, j'en suis sûr. Je vais vous dire, monsieur le rabbin. Mon père s'en fichait que j'apprenne quelque chose ou non. Ce qui l'intéressait, c'est que j'obtienne de brillants résultats afin d'être admis dans une faculté de droit cotée, y avoir de bons résultats, même si je n'assimile par le droit, de façon à entrer dans un important cabinet d'avocats.

— Je suppose qu'il voulait que vous soyez adapté au monde tel qu'il le conçoit.

— Qu'y a-t-il de mal à vouloir le changer ? demanda Abner.

— Eh bien, vous pouvez le changer en pis, observa le rabbin, mi-figue mi-raisin. Mais en tout cas, de votre propre aveu, tout ce que fait votre père, qu'il s'y prenne bien ou mal, il le fait pour vous.

— Monsieur le rabbin, dit Abner avec solennité, cela va vous choquer, mais je ne me soucie pas grandement de mon père ; je ne le respecte pas et...

Ce fut au tour d'Abner d'être choqué quand le rabbin l'interrompit pour lui dire :

— Oh ! c'est parfaitement normal !

— Vraiment ?

— Je pense pouvoir le dire. C'est la raison pour laquelle l'un des Dix Commandements énonce : « Tes père et mère honoreras. » Si c'était parfaitement naturel, faudrait-il un commandement spécifique ?

— Très bien, alors pourquoi devrais-je accepter de l'aide de quelqu'un que je ne respecte pas ?

— Parce qu'il est puéril et idiot de refuser de l'aide, alors qu'on est dans la mouise, rétorqua le rabbin. Que vous le vouliez ou non, il vous faudra un avocat. Si vous n'en commettez pas un vous-même, le tribunal en désignera un d'office. Il sera peut-être meilleur que maître Goodman, mais ce n'est guère probable et il aura certainement moins d'expérience. Le bon sens vous impose d'agir au mieux de vos intérêts.

22.

Le juge Visconte dodelinait légèrement de la tête, tandis qu'il lisait l'acte d'accusation. Après avoir déposé son papier, il continuait à dodeliner, car c'était un vieil homme, largement septuagénaire, avec une chevelure toute blanche, surmontant un front haut et incliné. Son beau visage d'Italien au nez aquilin lui conférait un air doux et grand-paternel.

Il se tourna vers Bradford Ames.

— Le Ministère public présente-t-il une requête au sujet de la mise en liberté sous caution ?

— Oui, Votre Honneur, répondit Ames. Le Ministère public estime que le fait qu'un homme a été tué comme résultat direct de l'explosion d'une bombe constitue une meurtre et par conséquent, il s'oppose à une mise en liberté provisoire sous caution.

Paul Goodman se leva au banc de la défense.

— Puis-je prendre la parole, Votre Honneur ?

Le juge inclina gracieusement la tête.

— Afin de faire gagner du temps à l'Honorable Tribunal, j'interviens non seulement pour mon client, mais également pour mes trois confrères dont chacun représente un des autres jeunes inculpés. Il me semble que la requête du Ministère public est destinée bien plus à être punitive qu'à assurer la comparution des prévenus au procès. Ces jeunes gens ne sont pas des professionnels du crime ; leur casier judiciaire est vierge. Ce sont des étudiants ; s'ils sont mis dans l'impossibilité de suivre les cours, ils ne pourront pas se présenter aux examens. Les maintenir en prison jusqu'au procès équivaut à les sanctionner avant que leur culpabilité soit établie.

Le juge secoua benoîtement la tête.

— Le maintien en arrestation est toujours punitif, non ? exprima-t-il avec gentillesse. L'employé perd son salaire ; le commerçant doit parfois fermer son affaire ou son bureau. Et dans tous les cas de figure, la famille de l'inculpé en souffre.

— S'il vous plaît, Votre Honneur, reprit Goodman, n'est-ce pas une raison supplémentaire pour ne pas garder inutilement ces jeunes gens en détention, d'autant que le risque de non-comparution au procès est faible ?

— Maître, je vous rappelle qu'ils sont accusés de meurtre.

— J'admets qu'en règle générale, le Ministère public s'oppose à la mise en liberté sous caution de détenus inculpés de meurtre. Mais à mon avis, la raison...

— Vous avez dit « raison » ?

— Oui, Votre Honneur. Je disais que la raison de ce refus de mise en liberté provisoire dans des cas similaires est que l'argent devient un facteur secondaire quand la vie d'un homme est en jeu. Toutefois, depuis que la Cour suprême des Etats-Unis a estimé que la peine de mort était une sanction cruelle et inéquitable, cette crainte ne subsiste plus.

— Par ailleurs, observa le juge, ces jeunes gens, j'ai une certaine pratique en la matière, ont une attitude plutôt cavalière au sujet de l'argent. Si je fixe une caution même élevée que leurs parents pourraient s'arranger pour payer, il y a de bonnes chances, croyez-en mon expérience, qu'ils ne comparaissent pas en dépit de la perte que subiraient leurs parents. Non, maître, je me rallie à la requête du Ministère public et ordonne leur maintien en détention.

23.

Lundi matin, lorsque le rabbin arriva pour son cours, le drapeau flottant sur le mât du bâtiment administratif de l'université Windemere était en berne. Tous les cours étaient annulés et une bonne partie des étudiants et des professeurs étaient repartis. Un service funèbre à la mémoire du professeur Hendryx était prévu à la chapelle de l'université à midi et les gens qui restaient tournaient en rond dans le hall.

Le rabbin était en train de se demander s'il allait rentrer ou rester pour le service quand le professeur Place, qu'il connaissait vaguement, vint l'inviter à prendre un café.

C'était la première fois que le rabbin se trouvait dans la cafétéria réservée aux enseignants et il regardait autour de lui avec intérêt. C'était une petite salle contenant deux grandes tables dont chacune était occupée à moitié ; le rabbin remarqua que les professeurs âgés étaient installés à l'une des tables et les plus jeunes à l'autre. Le professeur Place s'approcha d'une grosse machine à café et fit couler une tasse pour le rabbin.

— Dix cents la tasse.

Il glissa une pièce de vingt-cinq cents dans un carton fendu.

— Le système est fondé sur la confiance. Non, j'ai payé pour vous et un peu au-delà, dit-il alors que le rabbin cherchait de la monnaie. Il arrive que des gens oublient de payer. Le comité d'entreprise indique qu'on trouve parfois des pièces d'un cent, des boutons, voire même des reconnaissances de dette non signées comme, je le suppose, sur vos plateaux de quête après un office.

— Nous ne faisons pas passer de plateaux. Nos préceptes nous interdisent le port d'argent le sabbat, expliqua le rabbin.

— Voilà qui est digne d'éloges. Notre méthode consistant à faire une quête à chaque office amène à penser à une sorte de transaction commerciale, un marché avec la Providence, donnant donnant.

Il le conduisit à une table.

— Puis-je vous présenter à quelques-uns de nos collègues ? Le professeur Holmes, le professeur Dillon et Mlle Barton. Ou faut-il dire professeur Barton ou docteur Barton, Mary ?

— Docteur Barton à la fin du semestre, dit-elle l'air réjoui, et probablement professeur Barton peu après, selon les dires de la doyenne. Mais pour le moment, je ne suis toujours officiellement que Mlle Barton.

Elle semblait de nature agréable et avenante.

— Vous partagiez le bureau de Hendryx ? demanda le professeur Holmes.

L'étroitesse de son visage était accentuée par un long nez et un menton pointu.

— Oui, confirma le rabbin, bien que je ne m'en sois pas servi souvent.

— Vous avez un handicap, monsieur le rabbin, c'est d'être entré avec un grade trop peu élevé, dit Mlle Barton. En quelle qualité avez-vous été engagé ? Maître de conférences ? Chargé de cours ? Si vous vous étiez laissé prier pour venir, vous auriez pour le moins été engagé comme professeur associé et vous auriez été desservi décemment en matière de bureau. Bien entendu, si vous leur aviez tenu tête assez longtemps et s'ils avaient eu autant besoin de vous que du professeur Malkovitz, vous auriez pu être engagé comme professeur titulaire et avoir droit à un bureau personnel avec une secrétaire. Un professeur, monsieur le rabbin, c'est simplement un chargé de cours apte à imposer des conditions qui lui sont favorables.

— Comme vous pouvez le constater, Mary fait preuve de quelque cynisme concernant le statut professoral, apprécia le professeur Holmes.

— Je dirais qu'elle a de bonnes raisons, commenta le professeur Dillon, un homme jovial à la face ronde, agrémentée d'une moustache à la gauloise. Cela fait combien de temps que vous enseignez ici, Mary ? Quinze ans ?

— Seize ans.

— Depuis seize ans et parce qu'elle n'a pas son doctorat, elle n'est toujours que chargée de cours. Pour cela et parce qu'elle est une femme... dans ce qui était une université pour jeunes filles, s'il vous plaît, et où il y a toujours plus de soixante pour cent d'étudiantes.

— Ah, voilà le champion du féminisme, murmura le professeur Holmes.

— Eh bien, c'est la vérité, non ? demanda Dillon.

— Bien sûr que c'est vrai, reconnut Holmes, et vous en connaissez la raison autant que moi. Mary a choisi de consacrer son énergie à l'enseignement plutôt qu'à la recherche et à la publication, ce qui de nos jours n'est pas payant. Voyez-vous, Mary, vous avez eu la faiblesse d'admettre que l'université était un endroit où les étudiants venaient pour étudier et les enseignants pour enseigner. Il fut un temps où c'était vrai. Mais dès que l'Administration avait découvert qu'on pouvait récolter plus d'argent, et même plus d'étudiants, à condition qu'un membre de l'université soit l'auteur d'une invention faisant les titres des médias, l'ancien ordre était aboli et les gens comme vous étaient considérés comme des animaux préhistoriques.

— Mais elle va soutenir sa thèse, intervint le professeur Place.

— Bien sûr, admit Holmes. Elle a fini par capituler. On ne peut pas se battre sans cesse. D'accord, Mary ?

Le rabbin n'arrivait pas à déterminer s'ils taquinaient Mlle Barton et cela lui faisait quelque chose. Il se tourna vers Holmes pour demander :

— Et les étudiants dans tout cela ?

— Comment ?

— Vous venez de dire que sous l'ancien régime les étudiants venaient pour étudier et les professeurs pour enseigner. Actuellement, les professeurs font plutôt de la recherche que de l'enseignement. Alors, que deviennent les étudiants qui étaient venus pour étudier ? Ont-ils également changé ?

— Evidemment, répliqua Holmes. Ils viennent acquérir des unités de valeur et des titres afin de dénicher des emplois. C'est comme pour les vignettes de ristourne. Vous en remplissez plusieurs feuillets et vous avez droit à un titre. Actuellement, vous n'avez même plus besoin de conquérir les titres à la sueur de votre front. Dans toutes les bonnes librairies, même les librairies universitaires, on vous vend des résumés détaillés de tous les cours. Faites passer une colle, et tous vos étudiants reproduiront les mêmes réponses avec le même libellé.

— Ces aide-mémoire existaient déjà quand j'étais à l'université, intervint Dillon.

— Mais en faire usage était considéré comme une tricherie, objecta Holmes. Et ils étaient vendus à la dérobée sous le comptoir. Actuellement, vous pouvez acheter un mémoire de maîtrise à deux dollars la page.

— Trois dollars, protesta Place.

— Trois dollars pour un travail original, corrigea Mary Barton.

Le rabbin promenait son regard de l'un à l'autre, se demandant s'ils ne le faisaient pas marcher.

— Je suis certain qu'il doit se trouver des étudiants qui étudient.

Le professeur Place était d'accord :

— Evidemment. Peut-être la moitié. Mais même leurs résultats à eux sont sujets à caution. Les deux dernières années, monsieur le rabbin, nous avions des grèves d'étudiants, pour commémorer je crois les incidents de Kent State. Ces grèves ont eu lieu juste avant la date fixée pour les examens terminaux, de sorte que les étudiants n'ont pas pu s'y présenter. Nous leur avons laissé la faculté de passer les examens plus tard, mais aucun ne l'a fait. Tous ont préféré profiter de ce que, conformément à la loi Gresham, nous leur avions proposé de les déclarer admis avec la mention « passable ». Ils avaient chacun son parchemin et nul ne se soucie de la manière dont ils l'ont obtenu.

— Si, moi, remarqua Mary Barton.

— Effectivement, Mary s'en soucie, parce qu'elle est jeune et étourdie, enchaîna Place en la regardant affectueusement, et nous nous en soucions un peu parce que nous nous souvenons des temps anciens. Et j'ai appris, selon la rumeur qui court, que vous vous en soucieriez beaucoup, monsieur le rabbin.

— Vraiment ?

— Un de mes meilleurs étudiants suit votre cours ; d'après lui, vous adopteriez une ligne très dure.

Il regarda le rabbin d'un air interrogateur.

— Je fais simplement ce pourquoi je suis payé.

Le professeur Holmes secoua la tête.

— Pas assez, monsieur le rabbin, surtout si vous devez y laisser votre santé. J'aurais pensé que votre ancien compagnon de bureau, dont tantôt nous allons honorer la mémoire, vous avait mis au parfum. Je ne le connaissais pas très bien, mais il me semblait avoir une vue correcte du paysage universitaire. Il n'était là que depuis deux ou trois ans et déjà il était chef d'un département...

— Chef intérimaire, rectifia Mary Barton.

— D'accord, chef intérimaire. Mais il aurait été titularisé avant longtemps.

— Je n'aurais pas misé sur lui, observa-t-elle. Le règlement de l'université exige l'approbation des professeurs du département.

— Et y avait-il des gens qui s'opposaient à lui ? questionna Holmes.

— Les anciens professeurs ne prenaient pas parti, ni d'un côté ni de l'autre, répondit-elle. Je n'avais rien contre lui. Mais les jeunes ne l'appréciaient guère. Il pouvait se montrer d'une ironie mordante avec eux. Un jour, il en est presque venu aux coups avec l'un d'entre eux, Roger Fine.

— Roger Fine ?

Dillon la regarda comme pour solliciter des précisions, puis il se rappela :

— Ah oui, le type qui a écrit cet article dans *le Perce-Vent*. (Il haussa les épaules.) Je ne pense pas qu'on eût fait grand cas de son avis. Il n'a été engagé que pour l'année en cours.

— Détrompez-vous, dit-elle. Il avait de nombreux amis parmi les jeunes enseignants et pas seulement dans notre département.

Le professeur Place s'enquit des raisons de sa querelle avec Hendryx.

Elle rougit et lança un regard rapide en direction du rabbin.

— Roger le considérait comme, disons le mot, antisémite. Un jour, alors qu'ils se trouvaient seuls dans le bureau du département d'anglais, ils se sont violemment disputés. En entrant, j'entendis Roger crier qu'il lui enfoncerait sa canne dans la gorge s'il lui balançait encore une vanne de ce genre. Mon apparition les calma, ajouta-t-elle presque à regret.

— Qu'en pensez-vous, monsieur le rabbin ? demanda Holmes. S'est-il laissé aller à faire des remarques antisémites ?

— Pas vraiment, pas à moi, répondit David Small.

— Ce que je ne comprends pas, reprit Dillon, c'est comment il a pu être nommé chef, même à titre intérimaire, d'un département auquel appartiennent Hallett et Miller.

— Je suspecte Millie Hanbury d'avoir eu une préférence pour lui, expliqua Mary Barton. Il est originaire de la même ville qu'elle, Barnard's Crossing.

— Ont-ils été élevés ensemble ?

— Je ne pense pas, précisa-t-elle. Il avait bien cinq ou six ans de plus qu'elle et, d'après ce qu'il m'avait raconté, ses parents avaient déménagé alors qu'il avait autour de quatorze ans.

— Cependant...

— Chut !

Mary Burton qui se tenait en face de la porte mit fin à la conversation.

— Voilà la doyenne qui arrive. Hello Millie !

24.

Lundi après-midi, de retour du service funèbre, le rabbin raconta enfin à Myriam la grève assise qu'avaient faite certains de ses étudiants le vendredi précédent.

Elle écouta sans l'interrompre et quand il eut terminé, elle dit :

— N'as-tu pas été un peu raide, David ?

— Oui, euh..., peut-être bien, admit-il d'un ton morose.

— Cela ne te ressemble pas, commenta-t-elle.

— Ce n'est pas seulement qu'ils se soient assis par terre, comprends-tu. C'est tout un ensemble ; je suis irrité de ce que le vendredi il n'y a qu'un tiers des étudiants qui daignent venir à mon cours.

— Mais n'est-ce pas toujours les mêmes qui viennent le vendredi ?

— Et alors ?

— Alors pourquoi t'en prends-tu à ceux-là et non à ceux qui brillent par leur absence ?

— Bien sûr, évidemment, mais... oui, je vois ce que tu veux dire. Je n'aurais pas dû exhaler ma rancœur à l'encontre de ceux qui viennent fidèlement. Mais...

Ses épaules s'affaissèrent en signe de découragement.

— Je suis déçu par toute cette affaire, avoua-t-il à

voix basse. Ce n'est pas ce que j'espérais. Je ne puis m'empêcher de penser qu'ils ne tirent aucun profit de ce cours. Ils arrivent, ouvrent leurs cahiers, et tout ce que je perçois durant mon cours, c'est le sommet de leurs crânes tandis qu'ils notent les précieuses perles de mon savoir.

— Cela démontre pour le moins qu'ils sont intéressés.

— Cela démontre qu'ils sont intéressés à recueillir une bonne note pour l'examen, sans plus. Si le sujet les intéressait vraiment, ils n'écriraient pas, ils écouteraient. Et occasionnellement, une figure s'éclairerait, m'indiquant que mon message passe et qu'ils s'instruisent.

— Aucun d'entre eux ne te pose-t-il jamais de questions ?

— Quelques-uns, mais il s'agit moins de questions que de défis. (Il secoua la tête.) Ils ne cherchent pas à s'instruire, mais simplement à discuter, sans doute pour faire passer le temps plus rapidement. Il y a Henry Luftig, le représentant des gauchistes. Il est étroitement solidaire des opprimés, des Noirs, des Arabes, de tout le monde, sauf des Juifs. Puis son copain, Harvey Shacter, un jeune homme bien élevé qui ne semble guère se soucier de quoi que ce soit, mais qui prend toujours le parti de Luftig, plus par copinerie que par conviction. Et il y a une fille, Lillian Dushkin, qui est de leur côté, peut-être parce qu'elle s'intéresse à ce Shacter. Je ne serais pas surpris qu'elle soit issue d'une famille traditionaliste et qu'elle en sache bien plus que ce qu'elle laisse apparaître, mais elle s'en cache comme si elle en avait honte.

— Elle est plutôt quelconque, je suppose.

— Qu'est-ce qui te fait dire cela ?

— Une belle fille peut évoluer normalement, tandis

que celle dont le physique est moins avantageux doit se chercher un rôle qu'elle puisse jouer, et jusqu'à ce qu'elle l'ait trouvé, elle ne se sent pas sûre.

Le rabbin acquiesça.

— Oui, elle n'est pas une beauté fatale, encore qu'il soit difficile d'apprécier, car elle est outrageusement fardée, notamment sur les yeux. Mais si elle se cherche un rôle, je crois être logé à la même enseigne.

Elle lui lança un regard vif.

— Jusqu'à présent, tu ne t'es jamais plaint de toi-même, David.

Il eut un rire bref.

— Je suppose que c'est l'impression que je donne et il se peut que ce soit exact. Chaque fois que j'éprouvais des doutes sur ma capacité à fonctionner en tant que rabbin d'une communauté, je pensais que l'enseignement constituerait une échappatoire possible. J'étais toujours persuadé que je ferais un bon professeur. Eh bien, maintenant il semble que je ne réussisse pas mieux comme professeur que comme rabbin. C'est plutôt inquiétant.

— Qu'est-ce qui te fait penser que tu n'es pas un bon professeur ? demanda-t-elle. Parce qu'il y a tellement d'absents le vendredi après-midi ? Serait-ce différent pour un quelconque autre professeur enseignant une quelconque autre matière ?

— Peut-être pas.

— Tu penses que tu n'as pas réussi à les intéresser. Peut-être parce que tu ne leur apportes pas ce qu'ils s'attendaient à recevoir de ta part.

— Ils s'attendent de ma part à quelques points de bonus acquis facilement, rétorqua-t-il dédaigneusement. C'est tout ce qu'ils espèrent. Et dès qu'ils découvrent que cela ne se passe pas comme cela...

Il s'arrêta en la voyant secouer la tête.

— Non David. Ce n'est pas la raison pour laquelle des étudiants choisissent un cours facultatif, du moins pas uniquement. Quand j'étais à l'université, il m'arrivait de m'inscrire occasionnellement à un cours facultatif, et je pense que tu faisais de même. Mais c'était parce que le sujet m'intéressait et les quelques points de bonus n'étaient qu'un prétexte. Je me souviens d'un cours d'initiation à la musique que presque tout le monde choisissait. Peut-être que quelques-uns le prenaient parce que le prof était un vieil homme débonnaire qui faisait passer tout le monde, mais la plupart sont venus parce que le cours était intéressant et les gens sentaient qu'ils avaient quelque chose à y apprendre. Il y avait également un cours dénommé « Méthodologie pour la recherche » où jamais personne n'a récolté une note inférieure à 15 sur 20 ; néanmoins, il n'y avait jamais plus de dix inscrits à la fois. Simplement parce que le prof était ennuyeux et son cours également.

— Alors, il se peut simplement que les étudiants ne s'intéressent pas à l'histoire et au développement des idées fondamentales du judaïsme, dit-il d'un ton amer.

— Probablement pas, dit-elle d'un ton enjoué. Mais comment peuvent-ils être intéressés par nos concepts de charité et de justice et tout ce qui s'ensuit, alors qu'ils les ignorent ? Ne te rends-tu pas compte, David, que la plupart d'entre eux n'ont reçu aucune éducation religieuse à la maison et n'ont pas davantage suivi un cours d'instruction religieuse ? Ce n'était simplement pas à la mode quand ils ont grandi. Il y a eu un changement à cet égard ces dernières années, particulièrement après la guerre des Six-Jours. Ils savaient toujours qu'ils étaient juifs et quelque peu différents de leurs amis et voisins non juifs, mais eux et leurs parents avaient tendance à minimiser la différence. Mais maintenant, ils ont un âge où les dissemblances sont importantes : les liens qu'ils nouent sont sérieux et ils songent au mariage. Je serais prête à parier que la plupart se sont inscrits à ton cours pour établir en quoi consistent leurs différences et s'ils doivent en avoir honte ou en être fiers.

— Mais des étudiants d'université…

— Ce ne sont pas des étudiants, David, du moins pas uniquement. Ce sont des Juifs. Parle-leur de ce qu'ils veulent savoir et, crois-moi, ils seront intéressés.

25.

Tandis qu'il attendait l'arrivée de Mme O'Rourke, la femme de ménage, Schroeder fit le tour de l'appartement de Hendryx afin d'acquérir une meilleure connaissance de l'endroit et de l'homme qui y avait vécu.

Un agent immobilier aurait appelé cela un appartement de trois pièces, tandis qu'un candidat locataire aurait rétorqué que la cuisine était minuscule et que l'une des chambres était à peine plus grande qu'un placard. La plus petite des pièces avait de toute évidence servi de lieu de travail au professeur, car elle contenait une table de bureau, une chaise et une bibliothèque. L'autre pièce, de dimensions plus respectables, avait servi à la fois de chambre à coucher et de salon ; elle était meublée d'un grand canapé-lit, d'une commode, d'une télé, d'un fauteuil à bascule et d'un immense fauteuil en similicuir avec un escabeau assorti. A côté de ce fauteuil, il y avait une grande table en acajou avec un gros cendrier en verre contenant une pipe et une demi-douzaine d'allumettes qui avaient été utilisées. Un livre ouvert, les pages tournées vers le bas, était resté sur un des bras du fauteuil. Sur une petite table se trouvaient plusieurs bouquins entre deux serre-livres en bronze, une grande coupe en laiton et un râtelier à pipes avec cinq pipes alignées dans les encoches.

Schroeder entra dans la cuisine et ouvrit le réfrigérateur. Celui-ci contenait un carton de lait, un paquet de lard, une boîte d'œufs et un morceau de fromage à tartiner. Il était clair que le professeur prenait chez lui le petit déjeuner et allait pour les autres repas au restaurant ou à la cafétéria de l'université.

Sortant de l'appartement, il emprunta un petit couloir chichement éclairé menant à l'entrée arrière de la maison. La porte n'était pas fermée à clé. La clé retrouvée dans la poche de la veste de Hendryx ouvrait non seulement la porte de l'appartement mais également la porte de la maison. Le policier qu'il était ne manquait jamais de s'étonner de l'incohérence des gens, prenant d'une part des mesures de sécurité, notamment en installant des portes blindées, alors que, d'autre part, ils se contentaient de fermer des fenêtres donnant sur la rue par de faibles verrous pouvant être forcés sans difficulté.

Il retourna à l'appartement pour procéder à un examen plus systématique. Apparemment, Hendryx était ordonné et méthodique. Ses vêtements étaient soigneusement suspendus dans le placard. La commode contenant son linge était bien rangée. Dans le tiroir du haut, il y avait des mouchoirs ainsi qu'un bac contenant l'attirail habituel d'un homme : des boutons de manchettes, des épingles à cravate, quelques briquets à bout de souffle, un portefeuille visiblement hors service, une montre-bracelet, une montre de poche et une petite soucoupe de verre contenant des pièces de monnaie se montant à moins d'un dollar. Le deuxième tiroir contenait des chemises, le troisième, divisé en plusieurs compartiments, du linge de corps, des maillots, des shorts et des chaussettes. Un autre tiroir était réservé aux pyjamas et le tiroir du dessous était vide. Schroeder en conclut que Hendryx était un homme répugnant à se baisser dans la mesure du possible.

La table de bureau était également bien rangée avec des tiroirs remplis de notes et de manuscrits, ces derniers dans des dossiers dont chacun portait sur la couverture un titre soigneusement tracé à l'encre.

Une voiture de police amena Mme O'Rourke, une femme maigre, dure à la tâche, proche de la soixantaine. Bien que la journée fût assez chaude, elle portait un gros manteau en fourrure synthétique et un bonnet, sans forme, tricoté en laine rouge.

— Juste quelques questions, indiqua-t-il. Avez-vous travaillé ici, vendredi ?

— Oui, monsieur.

— A quelle heure êtes-vous arrivée ?

— Vers dix heures, à quelques minutes près. Je suis censée commencer à dix heures, mais l'heure exacte de mon arrivée dépend du car.

— Et quand êtes-vous repartie ?

— Un peu avant trois heures, monsieur, peut-être déjà à trois heures moins le quart.

— En êtes-vous sûre ? Je veux que vous y réfléchissiez bien. C'est important, expliqua-t-il.

Avec ce genre de personnes, il faut se montrer strict pour avoir des renseignements précis.

— Oui, monsieur. Prenant le car de trois heures au coin de la rue, j'essaie toujours de partir quelques minutes à l'avance, car si je le rate je dois attendre jusqu'à trois heures et demie. N'est-ce pas terrible la façon dont les bus fonctionnent ?

— Oui, oui. Et l'avez-vous eu ce car de trois heures ?

— Oui, monsieur. J'étais là à temps.

— Bon. Qu'avez-vous fait ici dans l'appartement ?

Elle le regarda, un peu surprise.

— Pourquoi ? Je fais le ménage. J'enlève la poussière

et passe l'aspirateur. Je cire les meubles. Je fais le lit. Je lave la baignoire. Bref, je nettoie tout.

— Rangez-vous également les affaires dans la commode ?

— Non, monsieur, répondit-elle, indignée. Je n'ouvre pas les tiroirs et je défie quiconque de prétendre le contraire. Le professeur Hendryx m'avait recommandé de ne rien toucher dans la commode ou sur sa table de travail et je m'y suis tenue ; c'est à peine si j'ai déplacé les peignes et les brosses pour faire la poussière et passer la cire.

— Très bien, madame O'Rourke. Je ne faisais que demander. Donc, au moment où vous êtes partie, l'appartement était rangé exactement comme maintenant.

— Que non ! protesta-t-elle. Jamais je n'aurais laissé des cendres et des allumettes brûlées dans le cendrier. J'aurais également refermé le livre ouvert là-bas ; si je l'ai pas fait, c'est qu'il n'y était pas. (Elle regarda autour d'elle.) Et l'escabeau, je le mettais toujours devant la télé, car tel qu'il est placé maintenant, il me barre le passage.

— Une minute encore. Etes-vous en train de dire que quelqu'un est venu ici après votre départ ?

— Non, uniquement le professeur Hendryx. Il faisait sans cesse des allées et venues entre son appartement et l'université.

Elle soupira.

— Si seulement il était resté là, il serait encore en vie, le pauvre monsieur. N'est-ce pas terrible la façon qu'ont les étudiants de se conduire actuellement ?

26.

Ils étaient d'un calme inhabituel, lorsqu'il entra mercredi matin dans la salle de cours. La douzaine d'étudiants, présents au cours du vendredi précédent, avaient dû informer les autres de ce qui s'était passé. Ou était-ce leur réaction à l'attentat ?

Sur tout le trajet depuis Barnard's Crossing, le rabbin Small avait pesé le pour et le contre. Il n'avait pas vu ses étudiants depuis qu'il était parti les laissant à leur manifestation. Devait-il faire son cours comme si de rien n'était ou devait-il s'excuser ? Bien sûr, leur conduite avait été intolérable, mais par ailleurs il avait appris qu'il n'avait aucunement été visé personnellement. Tout au contraire, ils étaient persuadés de se battre pour une bonne cause. Mais pourquoi ne se sont-ils pas expliqués ? Mais pourquoi ne leur avait-il rien demandé ? Ils étaient plus jeunes et devaient le respect à leur professeur. Mais, étant plus âgé, il aurait dû se montrer plus raisonnable. Cependant, ils auraient dû réaliser... Toutefois, c'était à lui de se rendre compte...

— Pour ceux qui n'étaient pas là, vendredi dernier, commença-t-il, j'aimerais indiquer qu'il n'y a pas eu de cours. Pour ceux qui y étaient, je voudrais m'excuser de mon brusque départ. J'ignorais à ce moment-là la raison de l'étrange conduite de certains assistants. J'ai été informé par la suite et m'excuse de ne pas m'être renseigné en temps utile.

Sans lui laisser le loisir de continuer, Mazelman leva la main.

— Oui ?

— Etant un de ceux qui s'étaient assis par terre, j'aimerais savoir si vous estimez que nous avons agi à bon escient ?

Il répliqua qu'il venait d'expliquer que maintenant il connaissait la raison de la fronde.

— Non, je veux dire par rapport au judaïsme ; les Juifs ne sont-ils pas censés s'élever contre l'injustice ?

— Tout le monde doit le faire, répondit prudemment le rabbin. Ce n'est pas un monopole du judaïsme. Mais êtes-vous bien certain qu'il se soit agi d'une injustice ? Si j'ai bien compris, les chaises avaient été enlevées de la salle de récréation de la maison de correction à titre de précaution temporaire, car on s'en était servi pour se bagarrer.

— Oui, mais tous les jeunes n'avaient pas participé à la bagarre, et cependant tous ont dû s'asseoir par terre, observa un étudiant.

— Et le président Macomber a reconnu avoir eu tort, renchérit un second.

— J'ai lu sa déclaration, trancha fermement le rabbin. Il a spécifié qu'il n'entendait pas examiner cette affaire en particulier, mais qu'il tenait sur un plan général à affirmer sa confiance vis-à-vis du directeur de la maison.

— Cependant, il est revenu sur ce qu'il avait dit dans un premier temps. Il ne l'aurait pas fait, s'il n'y avait pas eu cette manifestation des étudiants.

— L'avez-vous convaincu ou lui avez-vous forcé la main ? demanda le rabbin. Si sa déclaration constitue bien une reculade, est-ce parce que vous étiez assis par terre pendant quelques jours ou du fait qu'il a considéré qu'avec l'atmosphère régnant actuellement à l'université, il valait mieux vider l'abcès avant que la situation ne devienne incontrôlable ? Et est-ce faire action de justice que de chahuter quelqu'un pour qu'il adopte votre position ?

— Comment sait-on qu'il n'a pas été convaincu ?

Puis, les cris fusèrent dans la salle :

— A quoi cela sert de rester assis à palabrer ?

— Parlez-nous des droits civils des Noirs. Quatre cents ans de bavardage n'ont servi à rien.

— Si on parlait du Vietnam ?

— Ouais, et du Cambodge ?

— Et les réfugiés palestiniens ?

Le rabbin frappa du poing sur le pupitre et les cris s'estompèrent graduellement. Une fois le silence rétabli, on perçut la voix pleine d'ironie de Henry Luftig :

— Ne sommes-nous pas censés être le peuple élu ?

La saillie fut saluée d'éclats de rire qui s'apaisèrent quand ils se rendirent compte que leur professeur était réellement en colère. Cependant, il parla sur un ton mesuré.

— En effet, admit-il. Je vois que certains d'entre vous trouvent cela amusant. Je suppose que pour vos esprits modernes, rationalistes, orientés vers la science, l'idée que le Tout-Puissant ait conclu un pacte avec une partie de Sa création soulève une intense hilarité. (Il opina du chef.) Eh bien, je peux comprendre cela. Mais en quoi cela change-t-il la situation ? Votre scepticisme moderne ne s'applique qu'à l'une des parties du pacte, Dieu. Vous pouvez douter de ce qu'Il ait proposé un tel pacte ; vous pouvez même douter de Son existence. Mais vous ne pouvez pas douter de ce que les Juifs y croient et agissent en conséquence. C'est un fait. Et comment peut-on s'attaquer au propos et au but de l'Election : être saint, constituer un peuple de prêtres, une lumière parmi les nations ?

— Mais admettez que c'est drôlement arrogant.

— L'idée d'être élu ? Pourquoi ? Elle n'est pas particulière aux Juifs. Les Grecs en étaient persuadés ; les Romains également. Plus près de nous, les Anglais s'étaient investis de la mission d'assumer le fardeau de l'homme blanc ; les Russes et les Chinois se sentent toujours obligés de convertir le monde entier au marxisme, tandis que notre pays estime devoir s'opposer à l'extension de la doctrine marxiste et voudrait convaincre la terre entière des bienfaits du système démocratique. La différence réside dans le fait que toutes les autres doctrines appellent les gens à agir sur les autres, généralement par la force. Le judaïsme est seul à exiger des Juifs de moduler leur vie de manière à pouvoir servir d'exemple à leur entourage. Je ne vois pas pourquoi on devrait en rire ou s'en gausser. Fondamentalement, le judaïsme demande à ses adeptes d'assumer leur conduite personnelle à un niveau élevé. Il se manifeste par des contraintes que nous nous imposons à nous-mêmes. Certaines, comme les lois de la cashrout *, peuvent vous sembler être des tabous primitifs, mais leur but est de maintenir la pureté du corps et de l'esprit. En aucun cas, nous n'essayons d'imposer quoi que ce soit aux autres. Peut-être faudrait-il rappeler, pour revenir à nos moutons, l'admonestation que vous avez éventuellement reçue d'un de vos parents ou, plus probablement, d'un de vos grands-parents : « Ce n'est pas comme cela que doit se conduire un Juif. » Eh bien, voilà comment le thème de l'Election se traduit dans la vie de tous les jours.

Il embrassa la salle du regard.

— Voilà qui nous ramène à la question de M. Mazelman dans son implication la plus large : est-ce notre devoir en tant que Juifs de prendre la tête de tous les mouvements contestataires ? Je pense que nous y avons tendance du fait de notre histoire. Mais rien dans notre religion ou notre tradition ne nous impose cette tâche. Rien ne nous oblige à consacrer notre vie, à la manière des Chevaliers de la Table ronde, à être des redresseurs de torts.

Maintenant, la classe était attentive. Le rabbin, se sentant maître de la situation, enchaîna sur un ton moins véhément :

— Nous avons une religion pratique appelant à un mode de vie pratique. Il y a tellement d'injustices de par le monde que si nous voulions toutes les supprimer, en admettant que nous en soyons capables, aurions-nous encore le temps de vivre notre vie ? Et pouvons-nous toujours être sûrs d'avoir raison ? Et que notre méthode de contestation améliorerait les choses ? Même au sujet de cette affaire minime qui a conduit certains à s'asseoir par terre il y avait des divergences. Ainsi, moi-même, je n'étais persuadé ni que le président Macomber avait tort, ni que la méthode mise en œuvre pour le convaincre était bonne. Et rappelez-vous de ce que je vous ai dit à propos de la différence entre notre conception de l'Election et celle des autres. Notre religion nous enjoint de mener une vie de rectitude et de justice, non de l'imposer à autrui.

— Et Israël alors ? cria Luftig. Pourquoi ne traitent-ils pas les Arabes avec justice ?

— Par rapport à qui ? rétorqua le rabbin.

— Je ne comprends pas, monsieur le rabbin.

— C'est très simple, monsieur Luftig, expliqua-t-il. Nous critiquons les Juifs et le judaïsme en les comparant désavantageusement à quelque idéal. Mais pour être équitable, il faut comparer par rapport à des éléments concrets et non à des abstractions. Alors, je vous pose la question : quelle autre nation a mieux, ou au moins aussi bien, traité ses ennemis qu'Israël les Arabes ?

— Les Etats-Unis n'ont-ils pas mieux traité l'Allemagne et le Japon ?

— Mais c'était une fois la paix conclue ; pas tant que les pays adverses se considéraient toujours en guerre.

— Oui, mais tout le monde trouve que les Israéliens devraient être moins obstinés.

Le rabbin eut un sourire crispé.

— Notre religion interdit le suicide.

— Et les Palestiniens chassés de leurs foyers ?

— Ils les ont quittés volontairement, cria Mark Leventhal de l'autre côté de la salle. (Comme Mazelman, il était issu d'une famille traditionaliste et avait suivi des cours d'instruction religieuse.) Les gouvernements arabes leur avaient promis qu'ils pourraient s'en retourner dès que les Juifs auraient été jetés à la mer et, qu'en prime, ils recevraient leurs biens.

— Je n'en crois rien.

— Pourtant, c'est vrai.

Lillian Dushkin cria d'une voix haute et aiguë :

— Un garçon de ma connaissance m'a dit qu'il y a en Israël beaucoup de Juifs estimant que les Juifs n'ont pas le droit d'y vivre avant la venue du Messie.

— Oui ? Alors, qu'est-ce qu'ils y foutent ?

Et c'était reparti, mais cette fois-ci le rabbin ne fit aucun effort pour les arrêter. Il s'était assis sur le rebord de son pupitre et les écoutait, vaguement ennuyé, et quelquefois intéressé à son corps défendant. Finalement, la sonnerie retentit et les étudiants se mirent à ranger leurs affaires.

— Une minute, demanda-t-il.

Ils s'interrompirent.

— Il semble que vous ayez une foule de questions

portant sur des sujets plus ou moins en rapport avec mon cours. Aussi suis-je disposé à réserver l'heure de vendredi prochain, et peut-être celle des vendredis suivants, à en débattre avec vous. Vous pouvez poser toutes les questions que vous voulez et je ferai de mon mieux pour y répondre.

— Vous voulez dire par écrit ?

— Par écrit ou oralement ; vous pouvez également les écrire au tableau noir.

Lorsqu'il descendit les marches de l'escalier du bâtiment administratif, Luftig et Shacter, appuyés sur la rampe, lui emboîtèrent le pas, le suivant en direction du parking.

— C'était vraiment intéressant aujourd'hui, monsieur le rabbin, fit Luftig, le visage rayonnant de satisfaction.

Le rabbin le regarda.

— Vous pensez ? Avez-vous l'impression d'avoir appris quelque chose ?

Luftig eut l'air surpris et vexé.

— Bien sûr.

— Quoi, par exemple ?

— Vous voulez dire de façon précise ? Eh bien, j'ignorais qu'il y avait des Juifs estimant qu'ils devaient attendre la venue du Messie pour vivre en Israël. De même... que cette histoire concernant les Arabes qui pensaient pouvoir s'emparer des biens des Juifs. Oui... beaucoup de choses.

— Bien, en premier lieu, en ce qui concerne le Messie, c'est faux, rectifia le rabbin. L'objection ne concerne pas le fait de vivre en Israël mais d'y créer un Etat. Quant au reste, si vous voulez passer votre temps à discutailler à tort et à travers, pourquoi venir à l'université et payer des droits d'inscription ?

— Mais c'était marrant, monsieur le rabbin, protesta Shacter.

— Ma fonction à l'université ne consiste pas à vous amuser, répondit le rabbin avec raideur.

Alors qu'il s'éloignait au volant de sa voiture, Shacter fit :

— Ciel ! pourquoi est-il tellement crispé ?

27.

Dans le court laps de temps qui s'était écoulé depuis les faits, le dossier Windemere avait acquis des dimensions respectables. Il contenait notamment des photos des bureaux du professeur Hendryx et de la doyenne Hanbury, ainsi qu'un plan des lieux montrant comment ces deux pièces étaient reliées l'une à l'autre. Toutefois, le dossier se composait essentiellement des déclarations des différentes personnes interrogées par le sergent Schroeder.

... La fille s'étant montrée injurieuse, j'ai décidé de partir.

QUESTION *Qu'a-t-elle dit, mademoiselle Hanbury ?*

RÉPONSE *Je préfère ne pas le répéter. C'était un mot de cinq lettres.*

QUESTION *Vous était-il destiné ?*

RÉPONSE *C'est à moi qu'il était adressé. Je ne suis pas habituée... Je ne puis tolérer un tel langage de la part d'une bécasse... je veux dire d'une étudiante. En tout cas, estimant qu'il n'y avait pas lieu de continuer la discussion, j'ai dit : « Je pars » et je suis partie. J'ai quitté l'université pour me mettre au volant de ma voiture et je suis rentrée.*

QUESTION *Cela s'est passé à quelle heure, mademoiselle Hanbury ?*

RÉPONSE *Autour de trois heures et demie. S'il est important pour vous d'avoir l'heure exacte, vous pouvez vous adresser au commissariat de police de Barnard's Crossing, car je leur ai téléphoné presque immédiatement après mon retour à la maison. Je suppose que tous les appels y sont enregistrés. En effet, il y avait une fenêtre ouverte.*

QUESTION *Non, non ; ce qui m'intéresse, c'est l'heure à laquelle vous avez interrompu l'entrevue.*

RÉPONSE *Bon, nous avions rendez-vous à deux heures et demie. Ils étaient à l'heure, c'est une justice à leur rendre. Nous parlions depuis dix à quinze minutes, quand cette fille...*

QUESTION *Oui, mademoiselle Hanbury. Donc vous pensez qu'il était à peu près trois heures moins le quart ?*

RÉPONSE *Ça doit être cela.*

QUESTION *Trois heures moins le quart à trois heures et demie. Vous n'avez pas mis longtemps pour arriver à Barnard's Crossing, dites ?*

RÉPONSE *Il y avait peu de circulation et il se peut que je sois partie dès deux heures quarante. Vous n'allez quand même pas me poursuivre pour excès de vitesse, sergent ?*

Les déclarations des quatre étudiants différaient nettement de celle de la doyenne, et également entre elles, notamment en ce qui concerne le départ précipité de Mlle Hanbury, qui, à les en croire, n'était pas réellement offensée, mais semblait contente d'avoir trouvé un prétexte pour mettre fin à la discussion. Judy Ballentine, qui avait été à l'origine de l'incident, se montrait naturellement la plus convaincue pour arguer que c'était simplement une ruse. Abner Selzer, quant à lui, inclinait à penser qu'elle avait vraiment été vexée. « Vous devriez voir ma mère quand elle entend ce genre de paroles, surtout dans la bouche d'une fille. » Il confirma également l'heure de départ de la doyenne :

RÉPONSE *Il était quelques minutes avant trois heures quand nous étions tous de retour à son bureau, après l'avoir cherchée ; en effet, j'ai regardé ma montre, j'ai dit que nous l'attendrions jusqu'à trois heures avant de nous casser. Nous avons dû mettre cinq à dix minutes pour regarder dans tout le bâtiment, de sorte qu'elle est sans doute partie entre deux heures quarante-cinq et deux heures cinquante.*

QUESTION *Et vous êtes tous partis à trois heures ?*

RÉPONSE *Exact.*

QUESTION *Qu'avez-vous fait ensuite ?*

RÉPONSE *Oh ! nous sommes allés au snack du coin pour prendre un café et réexaminer l'affaire. Au moment où nous y arrivions, nous avons entendu l'explosion. Nous sommes immédiatement ressortis et avons vu la fumée s'échapper du bâtiment administratif. Nous nous sommes précipités pour voir ce qui se passait ; quelques minutes après, une foule s'était rassemblée dans la rue et les pompiers étaient arrivés. Nous sommes restés un moment, puis nous avons filé.*

QUESTION *Où vous êtes-vous procuré la bombe ?*

RÉPONSE *Où je... Ecoutez, vous pouvez me croire, nous n'avons rien à voir dans l'attentat.*

QUESTION *Alors qui l'a commis ?*

RÉPONSE *Comment le saurais-je ? Peut-être le même gars qui avait posé la bombe précédente.*

QUESTION *Et qui était-ce ?*

RÉPONSE *Je n'en sais rien.*

QUESTION *Ecoutez Abner, si vous collaborez avec nous...*

RÉPONSE *Je n'ai rien à ajouter, pas la moindre parole.*

Il avait essayé cette méthode avec chacun d'entre eux, une série de questions anodines, suivies par une soudaine accusation, non qu'il espérait vraiment obtenir des aveux, mais il pensait qu'en les mettant assez en colère, il amènerait l'un ou l'autre à se trahir. C'était peine perdue. Yance Allworth formula : « Je ne sais même pas à quoi cela ressemble, une bombe. » O'Brien énonça : « Vous n'êtes pas sur la bonne longueur d'ondes, sergent. Nous ne sommes qu'un groupe d'inoffensifs libéraux. » Judy trancha, péremptoire : « Pourquoi n'arrêtez-vous pas ces conneries ? » Et quand il lui demanda qui pouvait être l'auteur de l'attentat, si ce n'était pas son groupe, elle répondit : « Il se peut que la doyenne ait pondu un œuf qui a explosé. »

La dernière feuille de son dossier constituait un horaire basé sur les témoignages des différentes personnes qu'il avait entendues :

13 h-13 h 15 *Hendryx quitte son appartement pour se rendre à son bureau. (Déposition Mme O'Rourke. Pas de confirmation.)*

14 h 01-14 h 03 *Le rabbin entre dans son bureau. (Son cours a lieu de 13 à 14 heures).*

14 h 10 *Le rabbin quitte l'université (selon sa déposition).*

14 h 30 *La délégation d'étudiants arrive au bureau de la doyenne. (Dépositions de tous les membres de la délégation et de la doyenne.)*

14 h 40-14 h 50 *La doyenne met fin à l'entrevue et se met en route pour rentrer chez elle. (Dépositions des membres de la délégation et de la doyenne. Probablement plus tôt à en juger par l'heure à laquelle elle était à la maison.)*

14 h 45-14 h 55 *Mme O'Rourke quitte l'appartement Hendryx pour attraper le car de 15 heures. (Sa déposition ; pas de confirmation.)*

15 h *La délégation quitte le bâtiment. (Leurs dépositions ; N.b. Selzer a regardé sa montre.)*

15 h 5 *La bombe explose. (Déclaration du lieutenant Hawkins, commissariat 15.)*

Il se souvint qu'il n'avait pas encore le rapport du médecin légiste. En l'occurrence, cela n'avait pas grande importance dès lors que la cause et l'heure du décès étaient connues. Cependant, sans ce rapport, le dossier était incomplet, ce que Ames n'admettrait jamais.

Il appela la réceptionniste pour lui demander ce qu'il en était de ce rapport.

— Il est arrivé, il y a une demi-heure. Je l'ai mis dans votre casier.

— Soyez gentille, Jenny ; portez-le-moi.

Il déchira l'enveloppe et parcourut le rapport d'un œil expert : *Le décès a été causé par l'impact d'un objet pesant une trentaine de kilos... Crâne fracassé... fragments d'os crâniens enfoncés dans le cerveau...* « Le décès a dû être instantané. » *Heure du décès : entre 14 h 10 et 14 h 40, le 13 novembre...*

Il releva immédiatement l'erreur. Le brave toubib a certainement voulu dire entre quatorze heures quarante et quinze heures dix. Probablement sa secrétaire s'était-elle trompée en transcrivant ses notes.

Il demanda à la standardiste de lui appeler le docteur Lagrange.

Il attendit avec impatience, se mordillant la lèvre inférieure. Enfin le téléphone sonna, mais c'était encore Jenny.

— Il n'est pas là. Il est parti pour quelques jours et ne sera pas de retour avant lundi.

— Où est-il allé ? Vous l'a-t-on précisé ?

— Il est parti faire du camping.

— Doit-il téléphoner ou y a-t-il un endroit où on puisse le toucher ?

— J'ai demandé ; sa secrétaire a répondu que jusqu'à présent il ne s'est aucunement manifesté. J'ai insisté pour qu'il nous contacte dès que possible.

— Appelez-moi cette fille, je veux lui parler.

Dès qu'il l'eut au bout du fil, il alla droit au but :

— Bonjour mademoiselle. J'ai le rapport du docteur Lagrange devant les yeux. Vous l'a-t-il dicté ?

— Oui monsieur.

— Bon, je crois qu'il doit y avoir une erreur de transcription. Je lis que le décès est survenu entre quatorze heures dix et quatorze heures quarante. Je suis certain qu'il y a une inversion de chiffres et qu'il voulait dire entre quatorze heures quarante et quinze heures dix.

— Une minute, sergent. Je vais vérifier sur mes notes.

Elle revint au bout d'un moment :

— Voilà, sergent ; je lis : « Le décès se situe entre quatorze heures dix et quatorze heures quarante. » Je me rappelle qu'il avait remarqué pouvoir se montrer aussi précis du fait que l'autopsie avait eu lieu très peu de temps après le décès. Désolée de vous contredire, sergent ; mes chiffres sont corrects.

28.

— Schroeder est un homme précieux, apprécia Matthew Rogers en parcourant le volumineux dossier. On peut toujours se fier à lui pour un travail consciencieux.

Bradford Ames eut un petit rire et jeta à nouveau un regard sur le rapport du médecin légiste.

— Pourquoi ?

Il reprit la feuille et cette fois-ci il vit l'heure du décès qui y figurait.

— A l'évidence, une erreur de frappe. Téléphonez à ce docteur Lagrange.

— Je l'ai fait, Matt. Il prétend que l'heure indiquée sur son rapport est exacte.

— Alors, il s'est trompé. Il est nouveau. C'est sa première autopsie, n'est-ce pas ?

— Oui, cependant le docteur Slocumbe affirme que si Lagrange a indiqué l'heure avec une telle précision, elle est juste.

— Mais Brad (Rogers était exaspéré), cela n'a aucun sens. J'ignore ce qui a fichu le bordel dans ses chiffres, mais il y a eu quelque chose. Il se peut que c'était quelque chose de dérisoire, peut-être sa montre n'était-elle pas à l'heure ; cependant, dans cette affaire le rapport du médecin légiste ne doit pas être pris en considération en ce qui concerne l'heure du décès, car nous détenons à ce sujet des éléments bien plus probants.

— Je ne suis pas d'accord, Matt. La défense soulèvera ce point, dès qu'elle aura remarqué que nous le négligeons. Alors, ce sera à nous de nous expliquer et nous serons la cible des attaques de la cour et des journaux pour avoir essayé d'éliminer un élément de preuve. Non, il faut relâcher les jeunes.

— Que voulez-vous dire par les relâcher ? demanda le procureur d'une voix où perçait l'irritation.

— Parfaitement, car selon les conclusions de notre propre expert, le médecin légiste, Hendryx a été tué *avant* l'explosion de la bombe. Par conséquent, on ne peut pas les rendre responsables de la mort.

— Est-il infaillible ? Vous rappelez-vous de cette affaire où le corps était resté longtemps à la morgue et les calculs du docteur Slocumbe s'étaient révélés entièrement faux ?

— Posons la question autrement, Matt ; si j'avais présenté le rapport du médecin légiste quand ils ont comparu devant le juge Visconte, celui-ci aurait-il refusé la liberté sous caution ?

— Peut-être pas, mais...

— Ce sont des étudiants. Si le jury refuse de les reconnaître coupables et prononce par conséquent la relaxe, ils n'en auront pas moins été en prison et leur avenir sera compromis.

— Il y a quelque chose que vous avez l'air d'oublier, Brad. Il n'y a aucun doute dans mon esprit, pas plus, je le suppose, que dans celui du juge Visconte, sur le fait que c'est eux qui ont posé la bombe.

— Ils le contestent.

— Evidemment.

— Il se peut qu'elle ait été posée par cet Ekko, qui a

disparu de la circulation, sans que les autres soient au courant, persévéra Ames.

— Cela paraît peu probable.

— Pourquoi ? Il est le seul qui se soit enfui.

— Oh ! Je veux bien admettre que c'est lui qui a effectivement posé la bombe. Mais qu'est-ce qui vous incite à penser que les autres n'étaient pas dans le coup ?

— Parce qu'il est différent des autres. En premier lieu, il est bien plus âgé. Si la défense avait insisté sur ce point, je crois que le juge aurait été d'accord pour les mettre en liberté sous caution et à l'heure actuelle, ils seraient de retour à l'université.

— L'université ! répéta le procureur de district sur un ton courroucé. Qu'est-ce qui intéresse cette bande de hippies à l'université, sinon d'y mettre le bordel ? Vérifiez et vous constaterez qu'ils ne viennent jamais aux cours. Ils passent leur temps à ne rien faire, sauf à fumer des joints, fomenter des bagarres et organiser des manifestations..., et s'il leur reste du temps, ils baisent. Cet Ekko vivait avec Ballentine, de notoriété publique. Si cela dépendait de moi, je les enverrais tous au diable !

— Vous êtes en train de vous prononcer sur leur mode de vie, Matt, non sur leur culpabilité.

— Bien sûr, je tiens compte de leur mode de vie pour me faire une opinion quant à leur culpabilité, exactement de la façon dont procède n'importe quel tribunal pour évaluer la crédibilité d'un témoin comparaissant à la barre. Et tout juge fait de même. Qu'y a-t-il de mal à cela ? demanda Rogers. Si nous ne pouvions pas nous baser sur de tels éléments, aucun délinquant ne serait jamais reconnu coupable, à moins qu'il avoue. Où voulez-vous en venir, Brad ? Voulez-vous que je confie ce dossier à quelqu'un d'autre, par exemple, Hogan ?

— Je ne sais pas, dit sobrement Ames.

Il gigota, mal à l'aise sur son siège, puis entreprit une dernière tentative :

— Admettons, comme base de raisonnement, que le docteur Lagrange ait parfaitement raison.

— Très bien, alors je vous décris ce qui s'ensuit, enchaîna Rogers. Lagrange prétend que le décès est survenu entre deux heures dix et deux heures quarante ? Mettons deux heures et demie. Cela voudrait dire que Hendryx n'est pas retourné à son appartement, mais est resté dans son bureau. Cela signifierait également qu'il était déjà mort avant l'arrivée de la délégation d'étudiants chez la doyenne. Cela signifierait encore que quelqu'un est entré dans son bureau, a contourné sa table, puis, une fois derrière lui, s'est approché de la statue pour la tirer vers le bas. D'ailleurs, qui aurait pu atteindre ce rayonnage ? Il s'agit d'un bâtiment ancien où les plafonds ont près de quatre mètres de haut. Notre mystérieux assaillant aurait dû se hisser sur un rayon inférieur, peut-être en se tenant d'une main, tout en agrippant la statue avec l'autre. Et tout cela alors que Hendryx était dans le bureau ? Bien entendu, il ne demandait pas au gars ce qu'il faisait ?

— Et s'il dormait ? S'il s'était assoupi ?

— Dans ce cas, comment notre homme serait-il entré dans le bureau ? Il était fermé à clé, objecta Rogers.

— Il se peut qu'en partant, le rabbin ait laissé la porte légèrement entrouverte.

— Possible, mais assez improbable.

— Et si l'assassin s'était muni d'un long bâton, ou plutôt d'une canne avec une poignée recourbée ? argumenta Ames. Il aurait pu accrocher la statue pour la tirer vers le bas.

— Assurément, Brad. Et ensuite ?

— Ensuite quoi ?

— Comment expliquez-vous la pipe, l'escabeau et le livre ouvert dans l'appartement de Hendryx ?

— Eh bien, il est possible que la femme de ménage ait menti à ce sujet, dit Ames. Il est évident qu'elle était pressée de partir, et pensant que Hendryx ne reviendrait pas de sitôt pour la contrôler, il se peut qu'elle ait bâclé son travail.

— Dans ce cas, pourquoi ne nous en aurait-elle pas fait part ?

— Je sais que ma femme de ménage n'aurait jamais accepté de confesser une telle chose. Elles ont leur fierté.

— Alors interrogez-la encore une fois, dit Rogers, cette fois-ci de bonne humeur. Si vous arrivez à lui faire changer son histoire, je serai disposé à reconsidérer mon appréciation concernant l'heure du décès, telle qu'elle est établie dans le rapport du docteur Lagrange.

29.

A toutes les réunions de promotions et autres rencontres nostalgiques, le nom de Bradford Ames était abondamment cité.

— As-tu vu Bradford Ames ? Que fait-il actuellement ? Toujours encore que procureur adjoint ? Voilà un exemple typique montrant comment l'argent peut gâcher la carrière d'un homme.

Comme ses trois amis avec lesquels il déjeunait à son club, Karl Fisher avait dépassé depuis peu le cap de la cinquantaine. Ils étaient tous prospères.

— Que veux-tu dire ?

— Eh bien, nous autres, dès que nous avons quitté la faculté de droit, nous nous sommes tous mis activement en quête d'un job, expliqua Fisher. Et tu sais combien c'était difficile et ce que les cabinets d'avocats payaient à l'époque. Alors, on s'est installé à notre compte à l'aide d'un emprunt de quelques centaines de dollars auprès de son père ou son beau-père pour acheter quelques meubles d'occasion et une collection de codes.

— Pour démarrer, enchaîna Gordon Atwell, j'ai partagé une étude avec six autres gars et laissez-moi vous dire qu'à nous sept nous devions racler nos fonds de tiroirs pour payer le salaire de notre unique secrétaire. Pourtant, avec ce qu'elle touchait elle ne risquait pas de faire fortune.

— Exact, apprécia Fisher, mais nous avons persisté, les choses se sont améliorées graduellement et, au bout d'un certain temps, nous avons bien gagné notre vie. Lorsque nous étions parvenus à la quarantaine, nous étions quelques-uns à avoir de grosses études, d'autres étaient devenus juges, d'autres encore se sont lancés dans la politique et y font carrière, et d'autres enfin sont devenus administrateurs de grosses sociétés. Bref, la plupart ont bien réussi ; certains même très bien.

» C'était justement parce que nous devions ramer. Mais si tu t'appelles Ames et que l'argent ne signifie rien pour toi, tu ne penses pas de la même façon. Et ta famille aussi pense différemment ; par conséquent, tu n'as pas été soumis à la même pression que nous. Nous étions contraints à gagner du pognon. Il fallait passer ou casser. Moi, je m'intéressais au droit pénal ; heureusement, j'ai décidé qu'il valait mieux choisir une autre voie, car autrement je serais en train de travailler pour la racaille comme Bob Schenk ou, plus probablement, occupé à défendre de minables petites gouapes, dont les mères, quoique veuves, auraient été réduites à hypothéquer leurs bicoques pour payer mes honoraires. Aussi me suis-je lancé dans le droit immobilier et, comme vous n'êtes pas sans le savoir, j'ai une belle étude et de confortables revenus.

» Brad Ames, quant à lui, s'intéressait également au droit pénal. Pas de problème. Sa famille lui a procuré un poste de procureur adjoint et il n'en a pas bougé. Non seulement, il pratique le droit pénal, mais il n'a pas de reproches à se faire parce qu'un pauvre imbécile trime sa vie durant pour lui payer des honoraires ou qu'un autre le paie avec l'argent qu'il vient de voler, car il a besoin, en premier lieu, d'un avocat.

» Evidemment, le traitement d'un procureur adjoint n'est pas formidable. Aucun de nous ne pourrait en vivre, du moins pas au train que nous avons l'habitude de mener. N'importe comment, pour Brad Ames, ce n'est que de l'argent de poche. Il n'a pas d'épouse et personne de sa famille ne l'aiguillonne.

— Peut-être, intervint Gordon Atwell qui avait l'air plus jeune que les autres, peut-être, mais il se peut également qu'il y ait encore une autre raison.

— Qu'entends-tu par là ? demanda Fisher.

— Bien, tu sais l'air qu'a Ames, cette tête ronde sur un gros torse et la façon dont il se marre et ricane tout le temps comme un idiot...

— Un idiot !

Andrew Howard se mit à rire. Il avait une étude de généraliste du droit et était le seul à s'occuper de droit pénal.

— Tu oublies qu'il a rédigé la *Revue du Droit?*

— Je n'ai pas dit qu'il *était* idiot ; j'ai dit qu'il en *avait l'air.* Cela signifie qu'il n'a pas une tête à inspirer confiance à un client.

Atwell rechercha du regard le secours de Fisher.

— Ne vous y trompez pas, reprit Howard. Il y a peut-être quelque chose de nerveux dans son maintien, mais laissez-moi vous dire que s'il le désire, il peut en imposer. Et alors, gare ! Il m'est arrivé une fois de plaider contre lui dans une affaire de viol. Mon client était un jeune homme présentant bien, très décontracté et parfaitement à l'aise. Je lui avais fait la leçon et j'étais persuadé qu'il saurait parfaitement s'en tirer. Il avait bien raconté son histoire et avait visiblement fait bonne impression sur le jury. Alors, Brad Ames commença le contre-interrogatoire. Il posa ses questions, toutes bon enfant. Vous voyez ce que je veux dire ? Aucune pression. C'est sa façon. On aurait dit quelque bouddha hilare. Et toujours un petit rire, comme s'il blaguait. Très rapidement, mon client était également relax et hilare. On aurait dit deux vieux copains autour d'une table de bistrot. De temps en temps, Ames glissait une question insidieuse et mon client y répondait avant que je puisse intervenir. Le juge, c'était Lukens, aurait accepté de les récuser, mais le jury avait entendu. Cela a duré près d'une heure, tout joli, tout beau. Puis, soudain la figure de Brad s'assombrit et alors, adieu Bouddha ! Il leva à bout de bras la robe de la fille pour montrer au jury comme elle était déchirée. « Est-ce de cette façon qu'elle a enlevé sa robe ? » demanda-t-il. Mon client se mit à bredouiller et à bafouiller, et je me suis rendu compte qu'il était fichu.

— Oh ! je ne conteste pas ses qualités, admit Fisher, mais il n'en reste pas moins que procureur adjoint, ce n'est pas la gloire. S'il avait un peu d'ambition, il aurait pu quitter la magistrature et se servir de l'expérience qu'il y a acquise pour faire une carrière d'avocat pénaliste comme Clyde Bell ou Amos Mahew.

— Je ne suis pas d'accord, dit Sam Curley qui était resté silencieux jusqu'ici. Il m'est arrivé d'avoir affaire à Brad de temps à autre. Notre étude ne s'occupe pas spécialement de dossiers pénaux, mais il arrive qu'un de nos clients, ou quelqu'un de sa famille, ait des ennuis, et nous demande d'intervenir. Si c'est vraiment sérieux, on le dirige sur Clyde Bell ou quelqu'un de son acabit. Mais, maintes fois, nous nous en occupons nous-mêmes. Il y a deux ou trois ans, j'avais une affaire où Brad soutenait l'accusation. C'était en été, et lorsque j'ai téléphoné à Brad pour lui en parler, il m'a invité à passer un week-end dans sa propriété familiale à Barnard's Crossing. Elle est située sur la pointe d'une presqu'île, il faisait beau et nous avons fait un peu de voile. Le dimanche, son frère aîné, Stuart, est venu déjeuner...

— Le juge ?

— Oui. Après le déjeuner, nous étions assis sur leur grande véranda, surplombant l'eau, d'où l'on peut voir à l'aide d'un télescope tous les bateaux à quai dans le port et ceux qui sillonnent au large. Sur la table, il y avait une bonne bouteille. On était bien. Alors que nous parlions de choses et d'autres, comme après un bon repas, le juge dit, mi-plaisant mi-sérieux, que Brad allait réaliser ce que l'on attendait de lui et remplir son devoir. Et savez-vous ce que cela signifiait ? Que le *devoir* de Brad, en sa qualité d'Ames, consistait à employer toutes ses facultés au service de la société et du pays.

» Les gens ordinaires ne parlent pas de cette façon, car..., eh bien, ils ne pensent pas de cette façon. Habituellement, les gens disent : « Quand réaliseras-tu tes potentialités en devenant une grosse huile ? Si tu es si doué, pourquoi n'es-tu pas riche ? » C'est comme ça. Mais Stuart Ames avait autre chose en tête. Il estimait que son frère avait un devoir envers la société qu'il n'avait pas encore fini de remplir. Et le plus drôle, c'est que Brad partageait cette opinion. Donc, il se mit à parler de son travail, d'abord sur un ton de demi-plaisanterie, comme son frère, puis tout à fait sérieusement, encore comme son frère. J'ai bien gardé en mémoire chacune de ses paroles. Il dit : « Les procureurs de district arrivent et partent. Plus ils sont brillants, plus ils partent rapidement, car le poste de procureur leur sert de marchepied pour accéder plus haut. Tandis que les procureurs adjoints ne bougent pas. Cela étant dit, il faudrait quelqu'un pour former les procureurs adjoints et j'estime être bien placé pour ce faire, car j'ai une longue pratique de la fonction. »

— Je n'y avais pas pensé, mais cela me paraît assez vraisemblable, observa Andrew Howard.

— Continuant sur sa lancée, il avança que ce sont les procureurs adjoints qui font tourner toute la machine judiciaire. C'est eux qui décident qui doit être traduit en justice et à qui il faut laisser une seconde chance. Notez bien, ni le juge, ni l'avocat, ni même le procureur, mais le procureur adjoint. Il est seul à décider s'il y a lieu à poursuivre ou non. Il est seul à trancher. En tout cas, il a bien exposé son point de vue. Il m'avait convaincu, ainsi que, j'en suis certain, son frère. Depuis, je le vois sous un angle différent. Comme vous, je pensais que pour lui le droit pénal était une sorte de hobby, qu'il pratiquait à son niveau en guise de passe-temps. Mais à dater de ce jour-là, je le vois comme une espèce d'adjudant-chef, faisant tout le boulot et prenant les décisions, mais laissant au lieutenant ou au capitaine la signature des ordres et le mérite. Finalement, l'appareil juridique de la cité n'est pas dirigé par les juges, les avocats ou les flics, mais par d'obscurs procureurs adjoints.

Bradford Ames suivait d'un regard morose le procureur de district, qui était en train de partir, tout en se demandant ce qu'il devait décider. Rogers, quant à lui, avait d'ores et déjà jugé dans son esprit les quatre étudiants et les avait reconnus coupables... de quoi ? D'être des gauchistes, d'employer un mauvais langage et de mener un mode de vie qu'il désapprouvait ; pour toutes ces raisons, il était résolu à les garder en prison aussi longtemps qu'il pourrait, c'est-à-dire durant les mois qui s'écouleraient jusqu'au procès. Il avait le jugement faussé à cause de ses quatre filles, et, à y penser, Ames remerciait le ciel d'être célibataire.

Bien entendu, le contenu du rapport d'autopsie serait dévoilé à l'audience, de sorte que les étudiants seraient acquittés en ce qui concerne l'inculpation pour meurtre, mais pour l'explosion les présomptions joueraient contre eux. Il y avait également un danger de retour de manivelle sur le plan juridique ; au cas où le tribunal serait présidé par un juriste pointilleux, tel que par exemple le juge Harris, il formulerait certainement des remarques fort désobligeantes à l'égard du procureur de district pour avoir négligé un élément de preuve. Il s'étonnait de l'aveuglement de son chef au sujet d'éventuelles retombées sur le plan politique, puis, après y avoir réfléchi, conclut qu'il agissait en connaissance de cause ; il estimait sans doute qu'une grande partie des électeurs lui sauraient gré d'avoir bousculé un peu les règles juridiques pour maintenir à l'ombre ces jeunes gauchistes.

Normalement, une démarche de la défense aurait suffi pour arranger l'affaire, mais chacun des quatre inculpés était assisté par un autre avocat, et aucun de ceux-ci n'était connu d'Ames. O'Brien avait pris comme défenseur un jeune avocat qui venait d'être admis au barreau ; Allworth était défendu par l'avocat habituel d'une organisation d'extrémistes noirs ; Judy Ballentine, dont le père était fortuné, par une étude new-yorkaise. Seul maître Paul Goodman, l'avocat de Selzer, semblait accessible, même si plaidant habituellement dans le comté d'Essex il était inconnu dans celui du Suffolk. Finalement, Ames prit la décision de se renseigner à son sujet, afin de le contacter éventuellement.

Depuis qu'il passait ses vacances d'été à Barnard's Crossing, Ames avait eu le loisir de faire la connaissance du commissaire de police de cette ville. Il lui téléphona le soir même à son domicile.

— Commissaire Lanigan ? Bradford Ames à l'appareil.

— Bonsoir, monsieur Ames ; comment allez-vous ?

— Connaissez-vous un avocat de votre ville, du nom de Paul Goodman ?

— Oui, je connais maître Goodman.

— Il s'est constitué pour Abner Selzer, le garçon qui...

— Oui, je suis au courant, monsieur.

Ames, sentant qu'il y avait de la méfiance au bout du fil, s'empressa de rassurer Lanigan.

— Je n'ai pas l'intention de faire une entourloupette. Du moins ni à lui ni à son client. En fait, j'essaie de lui venir un peu en aide, mais c'est très confidentiel et j'aimerais savoir le genre d'homme qu'est Goodman.

— Eh bien, commença Lanigan sur un ton hésitant, je ne sais pas grand-chose à son sujet. Il est l'avocat de la communauté juive et il a plaidé à plusieurs reprises devant le conseil municipal pour des affaires de zonage. Pour autant que je sache, il a bonne réputation.

— Quel genre d'homme est-il ? (Ames commençait à se demander s'il n'avait pas fait une gaffe en s'adressant à Hugh Lanigan.) Est-il abordable ? Est-ce quelqu'un de raisonnable ? Vous voyez ce que je veux dire ?

— Ecoutez, dit Lanigan, j'ai une idée. Pourquoi n'appelleriez-vous pas le rabbin de notre ville, M. Small ? C'est un homme intelligent et digne de confiance. Demandez-lui les renseignements sur maître Goodman. Maître Goodman est un des administrateurs de la communauté, de sorte que le rabbin le connaît très bien.

Le rabbin ? Bien sûr ! Il pourrait parler au rabbin et transmettre un message à maître Goodman par son intermédiaire. Si le rabbin était adroit, le nom d'Ames pourrait ne jamais apparaître.

Il remercia le commissaire de police, raccrocha et

appela immédiatement le rabbin Small. Il se présenta et expliqua qu'il voulait discuter avec lui au sujet de l'affaire.

— Certainement, répondit le rabbin. Demain, j'ai un cours de neuf à dix. Je pourrais venir à votre bureau n'importe quand à partir de dix heures.

Ames hésita. Il répugnait à faire déplacer le rabbin alors qu'il voulait lui demander un service. Il finit par dire :

— Et si je vous attendais à la sortie de votre cours, à dix heures, monsieur le rabbin ?

30.

Dès que la sonnerie retentit, le rabbin donna congé à ses étudiants. Il rassembla ses livres et ses notes, puis quitta la salle. Dans le corridor, juste devant la porte, se tenait un homme adipeux entre deux âges.

— Bradford Ames, monsieur le rabbin. J'espère que je ne vous dérange pas.

— Pas du tout. Mon bureau se trouve au bout de ce couloir.

Alors que le rabbin introduisait la clé dans la serrure, Ames demanda :

— Le bureau est-il toujours fermé à clé ?

— Tous les bureaux. Ici, il y a un ferme-porte fonctionnant automatiquement.

Ames regarda avec curiosité autour de lui.

— Et voici la table où était assis Hendryx ?

— Exactement.

— Et le buste ?

— Il se trouvait sur le rayon le plus haut, juste au-dessus de lui.

Ils s'assirent, le rabbin dans le fauteuil pivotant, Ames de l'autre côté de la table, gardant le silence tandis que ses yeux parcouraient la pièce. Comme il continuait à se taire, David Small lui demanda poliment :

— Avez-vous d'autres questions ?

Ames eut un rire étouffé.

— En réalité, je ne suis pas venu ici pour vous interroger, monsieur le rabbin, contrairement à ce que vous avez pu déduire de mon coup de fil ; je désire plutôt vous faire part de quelque chose.

— Très bien.

— Je suis sûr que vous connaissez la nature des faits pour lesquels les quatre étudiants sont inculpés.

Le rabbin acquiesça :

— Probablement incendie volontaire et meurtre.

— C'est exact. Poser une bombe équivaut à allumer un incendie, ce qui d'après le Code pénal est un crime. Nous estimons que l'explosion a entraîné la chute de la statue qui a tué le professeur Hendryx. De sorte qu'outre l'incendie volontaire, il y a des poursuites pour meurtre.

— Je comprends.

— Et comme la législation de notre Etat ne prévoit pas de libération sous caution en cas d'inculpation pour meurtre, les étudiants devront rester en prison jusqu'à leur comparution devant le grand jury. Si ce dernier estime que l'inculpation est fondée, ils resteront en prison jusqu'au procès.

— Oui, je sais.

— Que pensez-vous de cela ? demanda Ames inopinément.

Le rabbin était surpris :

— Je ne comprends pas. Mon opinion a-t-elle une quelconque importance ?

— Je ne pense pas ; néanmoins, j'aimerais la connaître.

Le rabbin sourit.

— C'est une coïncidence, mais pas plus tard que hier, je faisais des recherches dans le Talmud * pour la préparation d'un sermon et je suis tombé sur un passage traitant d'un problème similaire.

— Le Talmud ? Si je ne me trompe, c'est un de vos livres religieux.

— En fait, c'est notre code de lois. Le passage en question ne traitait pas de meurtre, mais de gage et de la responsabilité du dépositaire d'un gage.

— Vous voulez dire que le Talmud s'occupe de droit civil ?

— Parfaitement, répondit le rabbin. Egalement de droit pénal et de droit religieux ; bref, de toutes les lois qui nous régissent. Nous ne séparons pas le droit et la religion. Dans le cas évoqué, l'objet donné en gage avait été perdu du fait d'un accident imputable à l'évidence à la négligence du dépositaire. La question posée était celle de la responsabilité. Un des rabbins cités estime qu'en règle générale dès lors que le dommage est dû à la négligence du dépositaire, celui-ci doit être tenu pour responsable, même s'il s'agit d'une perte accidentelle.

— Eh bien, c'est le point de vue que nous adoptons.

— Toutefois, un autre rabbin prit une position différente : même si sa négligence est à l'origine du dommage, le dépositaire ne doit pas en porter la responsabilité, dès lors que ce dommage est intervenu accidentellement.

— Et comment finalement le cas a-t-il été tranché ? demanda Ames, intéressé à son corps défendant.

Le rabbin sourit.

— Il ne l'a pas été. Comme pour un certain nombre de cas similaires, la décision finale est gardée en instance jusqu'à la venue du prophète Elie.

Ames rit.

— Très bien. Je serais heureux d'avoir un moyen analogue à ma disposition.

Le rabbin rit à son tour.

— Ce n'est pas possible, à moins que vous ne vous mettiez à croire à la venue du prophète Elie.

— Cela modifierait évidemment beaucoup de choses.

Ames se découvrit de la sympathie pour le rabbin et décida de lui faire confiance.

— Pour en revenir à notre affaire, monsieur le rabbin, je ne vous cacherais pas que je ne suis pas très heureux de la tournure qu'elle a prise. Ces jeunes gens peuvent être retenus en prison un certain temps, bien qu'ils n'aient été ni jugés ni reconnus coupables. A l'évidence, c'est un aléa de notre société. Cela peut arriver à n'importe qui. Bien entendu, c'est incorrect vis-à-vis de la personne touchée, mais, d'un autre côté, l'Etat a l'obligation de protéger ses citoyens. Nous prenons toutes sortes de précautions pour éviter ce genre de désagréments à des innocents. La police ne peut pas garder les gens plus de vingt-quatre heures sans le consentement d'un magistrat. De la même façon, nul ne peut être soumis aux contraintes et aux vicissitudes d'un procès avant que le grand jury ait décidé qu'il y a lieu de l'inculper.

— J'ai peine à croire, monsieur Ames, que vous soyez venu là pour me faire un cours sur les vertus de notre code de procédure.

Ames étouffa un rire.

— Absolument d'accord, monsieur le rabbin. Voilà, le médecin légiste vient de déposer son rapport dont il découle que la mort de votre collègue est survenue antérieurement à l'explosion. Cela étant dit, les conclusions du médecin légiste n'ont pas une valeur déterminante, vous comprenez. Il a pu commettre une erreur, je pense que c'est probablement le cas ; mais je suis sûr que si le juge avait eu connaissance de ce rapport d'autopsie, il n'aurait pas refusé la liberté sous caution.

— Je vois, dit le rabbin. Alors, que faites-vous dans ces cas-là ? Je suis sûr que cela c'est déjà produit, peut-être pas de la même façon, mais il est arrivé qu'un nouvel élément de preuve soit intervenu.

— Oh ! cela se produit assez souvent ! Et alors, je suis en mesure de m'adresser au défenseur pour lui suggérer d'introduire une requête pour la suppression ou la réduction de la caution. Cependant, le procureur de district a, dans le cas présent, des vues très tranchées, ce qui me rend la tâche un peu difficile. Me comprenez-vous ?

Il fixa le rabbin dans l'attente d'une réponse.

— Je crois comprendre, dit le rabbin d'une voix hésitante, avant de continuer : Dans les autres cas, commencez-vous par demander la permission au procureur de district ?

— Non. Je traite mes affaires à ma convenance. Normalement, il n'y a pas d'interférence.

Le rabbin le regarda.

— Alors pourquoi ne pourriez-vous pas procéder comme d'habitude ?

Ames s'évertua à trouver une position plus confortable sur son siège.

— C'est que nous en avons *déjà* parlé et il est contre.

— Supposez que vous n'auriez pas jugé utile de le consulter et auriez été trouver l'avocat de la défense, le procureur de district n'aurait-il pas admis que ledit avocat a rédigé la requête de son propre chef ?

— Eh bien, s'il y avait un avocat que je connais, auquel j'ai déjà eu affaire, je n'aurais eu aucune peine à opérer de cette façon. Je lui aurais fait comprendre que je prends un risque et lui aurais demandé de rester discret. Vous savez, dans notre comté il n'y a qu'un nombre limité d'avocats pénalistes et, au fil des années, j'ai établi de bonnes relations de travail avec la plupart d'entre eux. Mais en l'occurrence, je ne connais aucun des avocats intervenant pour les étudiants, et comme ils sont à quatre, il est presque sûr que le secret serait éventé.

— Ah ! je vois le problème.

Le rabbin resta silencieux un moment. Finalement, il dit :

— Est-ce que vous m'avez exposé le problème du fait que vous estimez qu'en ma qualité de rabbin, c'est-à-dire de religieux, j'étais lié au secret de votre confidence ?

Ames rit :

— Vous saisissez vite, monsieur le rabbin. Pour répondre à votre question, formulons cela autrement : si vous étiez à la barre des témoins et que vous refusiez de répondre en arguant du secret de la confession d'un catholique, le tribunal refuserait certainement de vous suivre.

— Dans ce cas, dites-moi, monsieur Ames, pourquoi vous adressez-vous à moi ?

— Eh bien, des quatre avocats, j'ai pensé que seul Paul Goodman entre en ligne de compte. Il a une certainc pratiquc et il est de la région ; cependant, je tenais à me renseigner à son sujet. Aussi ai-je contacté le commissaire Lanigan qui m'a dirigé sur vous ; j'ai cru comprendre que vous vous connaissez.

Lc rabbin sourit.

— Oui, nous entretenons des relations.

31.

Bradford Ames faisait lentement le tour de l'appartement, s'arrêtant pour lire le titre des livres sur un rayonnage, contemplant un tableau au mur.

— Que cherchez-vous ? demanda le sergent Schroeder.

— Je ne sais pas. (Ames secoua la tête.) Je n'en ai pas la moindre idée. Cet escabeau, la femme de ménage dit qu'il n'était pas là-bas quand elle est partie ?

— C'est ce qu'elle prétend.

— La pipe et le cendrier, n'a-t-elle pas déclaré qu'ils ne se trouvaient pas là ?

— Uniquement la pipe, précisa Schroeder. Elle dit avoir nettoyé le cendrier et ne pas se souvenir y avoir vu une pipe, qu'au demeurant elle aurait mise au râtelier.

— C'est exact sergent. Etant moi-même un célibataire endurci, je puis certifier que les femmes de ménage nettoient toujours les cendriers, que ce soit nécessaire ou non.

— Les épouses également.

— Vraiment ? fit-il d'un air distrait. Eh bien, sergent, je suis enclin à croire ce qu'elle dit.

— Et ne l'étiez-vous pas précédemment ? demanda Schroeder surpris. Pourquoi ?

— Parce que si son histoire est vraie, tout le dossier ne colle pas.

— Pourquoi pas ?

Ames pointa un index grassouillet.

— Elle dit être partie peu avant trois heures, peut-être à moins dix. Nous savons que la bombe a explosé peu après trois heures. Cela signifie que Hendryx serait venu à son appartement, aurait changé l'escabeau de place, pris un livre sur le rayonnage, allumé sa pipe, se serait installé pour lire, puis serait retourné à son bureau pour y être tué par la statue, tout cela en l'espace de quinze minutes.

— Il pouvait être en train de fumer la pipe en arrivant.

— Bien vu. Cependant, pas tant que ça, car il y a une demi-douzaine d'allumettes dans le cendrier.

— C'est toujours comme ça, observa Schroeder. On brûle plus d'allumettes que de tabac. Allez-vous dire que tout cela ne pouvait pas se faire en un quart d'heure ?

— Si, c'est possible, admit Ames. Tout cela peut être fait en quinze minutes à condition de procéder comme pour une course contre la montre. Une telle explication vous satisfait-elle ?

— Non, monsieur, reconnut le sergent. Mais vous connaissez la formule : une fois supprimé tout ce qui peut être éliminé, ce qui reste doit constituer la solution. Puis, cette Mme O'Rourke a peut-être triché un peu sur l'heure et est partie plus tôt qu'elle le prétend. Mais pourquoi mentirait-elle sur ce point ?

Ames haussa les épaules.

— Elles affabulent toujours. Si elles répondent au téléphone en votre absence, elles prétendent qu'elles n'entendent pas bien ou que la communication est mauvaise, plutôt que de faire l'effort de prendre un crayon et de noter correctement le message. Et si elles cassent un objet, elles prennent soin de le cacher plutôt que de vous l'annoncer. J'en ai connu une qui, lorsqu'elle avait cassé une chose, la plaçait à un endroit où elle était certaine que je marcherai dessus pour m'amener à penser que c'était moi.

— Nous pourrions l'interroger à nouveau, suggéra le sergent.

Ames était également de cet avis.

— Qu'en est-il du médecin légiste ? demanda le sergent. Avez-vous réussi à lui faire admettre qu'il s'était trompé ?

Ames secoua la tête.

— Non. Il persiste à déclarer que l'heure figurant dans son rapport est bien celle du décès.

— Alors tout cela n'a aucun sens, dit Schroeder en secouant la tête.

Ames rit.

— Sergent, laissez-moi vous dire quelque chose au sujet des rapports médicaux. Je me fais fort de pouvoir entortiller par mon interrogatoire n'importe quel médecin comparaissant à la barre des témoins. Bien entendu, je ne le fais jamais, car habituellement ils sont de mon côté ; il suffit de consulter la littérature pour voir les énormes écarts d'interprétation existant pour expliquer le passage d'une personne de vie à trépas. Mettons que, comme là, le médecin affirme que le décès se situe entre deux heures dix et deux heures quarante. Alors, vous lui demandez si cela ne pouvait être un peu plus tôt ou un peu plus tard, disons entre deux heures cinq et deux heures quarante-cinq ; bien entendu, il est d'accord. Puis, vous avancez par paliers de cinq minutes jusqu'au moment où il dit non, cela ne pouvait pas avoir été aussi tôt ou aussi tard. Mais, à cet instant, la cour éprouve quelques doutes au sujet de ses affirmations. Alors, vous demandez innocemment pourquoi après avoir dit entre deux heures dix et deux heures quarante, il admet que cela pouvait se situer entre deux heures moins le quart et trois heures et quart. Même s'il garde son sang-froid, ce qui est loin d'être évident, les jurés estimeront qu'il est loin d'être un témoin scientifique et objectif, mais qu'il essaie de rendre service à la partie qui le rémunère.

— Eh bien, alors !

— Ecoutez, sergent, confia Ames, tout cela n'est que de l'astuce juridique. Si l'homme est fiable et connaît son affaire, j'arrive à découvrir s'il dit vrai, même si je le réduis en bouillie durant sa déposition.

Schroeder ne savait plus du tout où il en était.

— Alors, est-ce qu'il se trompe ou non ?

Ames se mit à arpenter la pièce tout en essayant d'ordonner ses pensées.

— Voilà le problème, sergent. Car, si le médecin légiste est dans le vrai, nous devons trouver à la chute de la statue une raison différente de celle de l'explosion. On nous parlera peut-être de secousses dues au passage d'un camion ou au franchissement du mur du son par un avion, mais ces choses-là ont dû se produire maintes fois sans que la statue dégringole. Non, à mon avis, il n'y a qu'une explication logique, quelqu'un l'a renversée. Délibérément. Et il s'agit d'un homicide volontaire, donc non survenu accidentellement, fût-ce par l'explosion d'une bombe, c'est-à-dire d'un assassinat prémédité.

— Nous pourrions fouiller dans le passé de Hendryx afin de déterminer si quelqu'un pouvait avoir des raisons de souhaiter sa mort, proposa le sergent.

Ames approuva vigoureusement.

— Faites cela. Cherchez dans toutes les directions. Il faut interroger toutes les personnes qui s'étaient trouvées cet après-midi-là à l'université. Questionnez également tous les gens de son département. J'aimerais particulièrement savoir pourquoi il n'avait pas sa table au bureau d'anglais comme les autres professeurs de ce département.

— Très bien, monsieur. Je vais m'en occuper.

32.

La doyenne Hanbury était assise à tricoter placidement tout en répondant aux questions du sergent.

— Voyons voir... entre deux et trois heures je ne pouvais que me trouver là, puisque j'attendais la délégation d'étudiants. Il se peut que le président Macomber se soit trouvé dans son bureau ; ma secrétaire s'arrête vendredi à midi. Et il y avait le rabbin Small et sa classe.

— Il vous a vue fermer votre porte.

Elle rit.

— Ho ! il m'a vue ? Je suis navrée. Ce n'était pas très gentil de ma part. Il est charmant comme homme, mais il prend son cours tellement au sérieux ! Tous les vendredis, il vient se plaindre à moi du peu d'étudiants qui restent pour son cours. Cet après-midi-là, avec cette délégation d'étudiants et après une matinée plutôt mouvementée, je n'avais simplement plus envie de voir qui que ce soit.

— Pouvez-vous me dire quelque chose au sujet du professeur Hendryx ?

— A quel propos, sergent ?

— Eh bien, sur sa vie privée, ses amis, ses proches collaborateurs...

Elle secoua la tête avec regret.

— Il est originaire de la même ville que moi, de Barnard's Crossing. Je l'ai effectivement connu quand j'étais petite fille. Il était nettement plus âgé que moi, bien entendu, mais dans une petite ville, tout le monde connaît tout le monde. Quand nous l'avons engagé, nous avons soigneusement examiné son dossier universitaire, et ça c'est arrêté là. Il avait de la famille quelque part dans l'Ouest. Il était célibataire et n'avait pas de liens ici.

En réponse à un jovial « entrez ! » le sergent Schroeder pénétra dans le bureau du président Macomber occupé à taper sur une balle de golf posée sur le tapis dans le but de l'acheminer dans un verre renversé à l'autre extrémité de la pièce. Le président se redressa.

— Ha ! c'est vous ! Je croyais que c'était ma fille. Que puis-je pour vous ?

— Nous mettons la dernière main à notre enquête, en contrôlant toutes les personnes qui se sont trouvées dans ce bâtiment, le jour de l'attentat, mettons entre deux et trois heures.

— Bon, j'étais là. J'ai dû partir vers deux heures et demie, à quelques minutes près.

Il ramassa le verre et récupéra la balle de golf. Il allait remettre le verre sur le tapis, mais se ravisant, le posa sur la table. Glissant la balle dans sa poche, il s'assit tout en ne lâchant pas son club.

— Une très malheureuse affaire, sergent. Vous savez, la doyenne Hanbury insistait depuis un moment pour que je nomme Hendryx chef du département d'anglais, alors qu'il n'était que chef intérimaire. Eh bien, le matin même je lui avais annoncé que j'allais procéder à sa nomination. Cela montre, une fois de plus, que si l'homme dispose..., vous connaissez la suite.

Le sergent Schroeder remarqua que la doyenne Hanbury ne lui avait pas mentionné ce point.

— Evidemment. Eu égard aux circonstances, comme il n'y avait pas eu d'annonce officielle, elle n'avait aucune raison de vous en parler. D'autre part, elle estimait sans doute que c'était à moi de vous en faire part.

— C'est ce que je suppose, approuva le sergent. Maintenant, pouvez-vous m'apprendre quelque chose en rapport avec la vie privée du professeur Hendryx, ses relations avec les autres membres du corps enseignant, avec les étudiants, spécialement les étudiantes. Après tout, il était célibataire et vivait seul...

— Je puis répondre à cela, sergent.

C'était Betty Macomber. Elle venait d'entrer dans la pièce et avait entendu la question.

— Le professeur Hendryx n'avait pas de relations, du moins pas celles auxquelles vous faites allusion, avec ses étudiantes. Je le connaissais très bien et le fréquentais beaucoup. C'est que, voyez-vous, nous allions nous marier.

Mary Barton, dans un proche avenir docteur Barton, avait autant de charme qu'une vieille chaussette. Elle caquetait sans finesse et sans retenue.

— Oh ! moi je l'aimais bien, mais il ne convenait pas à tout le monde ! Il avait tendance à ironiser par de petites remarques mordantes qui agaçaient les gens. Cela ne me dérangeait pas. Je trouvais ça plutôt amusant. Les professeurs de faculté sont enclins à se prendre au sérieux et notre département d'anglais ne constitue pas une exception, alors cela ne me faisait rien lorsque je l'entendais piquer leur petit amour-propre... Non, je ne puis pas dire que quiconque le haïssait vraiment ; cependant, lorsqu'il fit connaître qu'il allait quitter le bureau, je ne me souviens pas que quelqu'un ait insisté pour qu'il reste... Des piques comment ? Quand le professeur Hallett indiqua qu'il allait prendre des vacances, Hendryx dit : « Je suis certain que vos étudiants en profiteront. » Il faisait également des allusions narquoises aux Juifs, comme ce jour où avant de commencer un cours sur *le Marchand de Venise,* il laissa tomber : « Je suis certain que j'aurai des réactions intéressantes de la part des représentants du Peuple élu. » Or, nous avons deux ou trois Juifs parmi les jeunes enseignants de notre département. (Elle rit.) Lorsque je suis arrivée, dans les années cinquante, la politique de la maison était de ne pas engager de Juifs pour le département d'anglais. Pour les maths, les sciences, l'économie okay, mais pas pour l'anglais. Je me rappelle, ils ont refusé la candidature d'Albert Brodsky... Celui qui a écrit ce magnifique bouquin de linguistique... Le professeur Brodsky de l'université de Princeton ? Vous n'en avez jamais entendu parler ? Croyez-moi, c'est le *nec plus ultra ;* ils auraient pu l'avoir ici ; de toute façon, il ne serait probablement pas resté... Ah oui ! J'allais dire que la remarque de Hendryx avait créé un peu d'embarras, mais ils avaient fait semblant de ne pas avoir entendu. Tous, à l'exception de Roger Fine. Celui-là lui tenait tête. Même plus que cela. Un jour, je l'ai entendu dire que s'il ne la fermait pas, il lui enfoncerait sa canne dans la gorge. Il boite un peu et s'aide d'une canne pour marcher... Je suis certaine que c'était à propos d'une remarque considérée comme antisémite par Fine. Je crois qu'il est trop susceptible, mais après tout, n'étant pas juive, je ne puis pas me prononcer ; si je l'étais, je ressentirais cela sans doute différemment. Je me souviens d'avoir demandé au rabbin Small s'il jugeait que Hendryx était antisémite ; il a répondu négativement. Toutefois, c'était après la mort de Hendryx et le rabbin pensait probablement à l'adage latin *De mortuis...* C'était juste avant la cérémonie funéraire de Hendryx... Oh! je pensais que vous connaissiez cet adage, on le cite très souvent! C'est du latin : *De mortuis nil nisi bonum,* ce qui signifie : « On ne parle qu'en bien d'un mort. »

— Hé! les gars, est-ce que les flics sont venus vous voir? demanda Mazelman en interpellant l'ensemble de la classe. Un espèce de sergent s'est pointé chez moi pour me cuisiner...

— Que veux-tu dire?

— Qui était au cours, vendredi, tu sais, ce vendredi où Hendryx a été descendu? Ai-je vu quelqu'un à l'intérieur du bâtiment? Il était particulièrement intéressé par la tranche horaire entre deux et trois. Alors, quand je lui ai dit qu'à deux heures, j'étais déjà à l'aéroport, car le rabbin s'était barré, mince, qu'est-ce qu'il s'est montré surpris!

— Espèce de con!

Mazelman s'empourpra :

— Qu'est-ce qui te prend, Luftig?

— Pourquoi a-t-il fallu que tu lui dises cela?

— Pourquoi pas? Est-ce un secret?

— Je ne vois pas pourquoi nous laverions notre linge sale en public, persista Luftig.

— Bon, ça m'a échappé. D'ailleurs, depuis quand es-tu tellement copain avec le rabbin? Tu te chamailles sans cesse avec lui.

— Et après? Cela ne signifie pas qu'il faille le jeter dans la gueule du loup.

— Qui le jette dans la gueule du loup? De toute façon, expliqua Mazelman, tu n'as pas à t'en faire pour le rabbin. Il est assez futé pour se tirer d'affaire tout seul.

— Dès qu'on creuse, on découvre des choses, observa le sergent Schroeder avec une satisfaction non dissimulée tandis que Bradford Ames finissait la lecture de son rapport. Ainsi, par exemple, pourquoi la doyenne Hanbury ne nous a-t-elle pas indiqué que Hendryx allait être nommé chef de son département ?

— Parce que quand vous l'avez interrogée pour la première fois, elle estimait, du moins je le suppose, que cela n'avait aucun rapport avec votre enquête. Et la raison donnée par le président Macomber est probablement exacte.

— Je n'arrive pas à comprendre. Un homme a été tué.

— Il va falloir qu'ils nomment quelqu'un d'autre à ce poste, n'est-ce pas ? dit Ames. Pourquoi lui faire connaître qu'il n'est qu'un second choix ?

— Bien... (Le sergent n'était pas convaincu.) Evidemment, j'avais encore d'autres interrogatoires à effectuer.

— Oui, vous disiez vouloir cuisiner à nouveau la femme de ménage.

— Vous vouliez assister à cet interrogatoire, monsieur.

— C'est exact. Je me débrouillerai pour y être. Y a-t-il du nouveau au sujet de l'étudiant qui a disparu de la circulation, cet Ekko ?

Schroeder sourit avec complaisance.

— Je pense que nous ne tarderons pas à lui mettre la main au collet. Vendredi dernier, un jeune gars saute dans le bus allant vers Albany à la fin de l'après-midi. Il s'assied à côté d'un bonhomme qui tient un salon de coiffure à Springfield. Il semble que ce coiffeur a raconté à un de ses clients comment ce garçon s'était fichu de lui et comment il l'avait remis à sa place en lui mentionnant qu'il portait une perruque et une fausse moustache. Par un heureux hasard, ledit client est un policier de Springfield qui avait vu notre avis de recherche concernant cet Ekko lequel est aussi chauve qu'un œuf. Le policier a fait ajouter à la photo sur l'avis de recherche une moustache et une perruque et du coup le coiffeur l'a identifié. Je pense que nous l'aurons dans les jours qui viennent.

— Voilà du bon travail, apprécia Ames. Avez-vous entendu tout le monde à l'université ?

— Tout le monde, sauf ce professeur Fine, la classe du rabbin et, bien entendu, le rabbin lui-même. Je crois que je vais m'occuper tout particulièrement de lui.

— Tout particulièrement ? Du rabbin ?

Ames était passablement surpris.

— Parfaitement. J'ai une foule d'explications à lui demander. Je vous ai raconté, la première fois que je lui ai téléphoné, il ne voulait pas me parler, soi-disant parce que c'était son sabbat. Ensuite, quand je suis allé le trouver, il n'a pas soufflé mot du fait qu'il avait quitté sa classe quelques minutes à peine après le début du cours.

— Et quelle signification attachez-vous à cela ? demanda Ames.

— Il suffit d'y réfléchir, monsieur. S'il a abandonné sa classe à une heure passée de quelques minutes pour ne quitter l'université qu'après deux heures, il est resté avec Hendryx une heure durant, sinon davantage. Alors, qu'ont-ils fait ensemble ?

— Ce que n'importe qui aurait fait, je suppose qu'ils ont bavardé.

— Exactement ! approuva Schroeder sur un ton péremptoire. Vous rappelez-vous ce que racontait cette Barton au sujet de l'antisémitisme de Hendryx ?

— Où voulez-vous en venir, sergent ?

— Bon, donc le rabbin reconnaît avoir quitté l'université vers deux heures dix, le médecin légiste place le décès entre deux heures dix et deux heures quarante, le rabbin était seul avec Hendryx avant cette tranche de temps ; Hendryx étant connu comme antisémite et le rabbin, étant rabbin. Une supposition, ils se disputent. Admettons que le médecin légiste se soit trompé de dix à quinze minutes, ce qui, comme vous l'avez indiqué, est courant, et que le décès se place donc légèrement avant la période indiquée. Tout cela, monsieur, est logique ; il n'y avait aucune préméditation, une impulsion soudaine...

Bradford Ames fixa le policier comme s'il le voyait pour la première fois. Visiblement, l'homme en voulait encore au rabbin de ce que celui-ci avait refusé de lui parler quand il lui avait téléphoné pour un premier contact.

— Et comment s'y est-il pris pour faire dégringoler la statue ? demanda gentiment Ames. Y avez-vous pensé ?

— Ouais, j'y ai pensé, répondit Schroeder d'un air suffisant. Ces rayonnages sont garnis de bouquins et de vieux journaux. Admettons que le rabbin découvre un livre qu'il veut lire ou feuilleter. Si celui-ci se trouve sur le rayon du haut, la seule façon d'y accéder est de s'y hisser. Alors, il monte et, une fois qu'il est à côté de la statue, il lui a suffi d'exercer une légère poussée pour la déséquilibrer. Ce n'était peut-être qu'un accident. (Il eut une soudaine inspiration.) Il se peut que c'est à ce sujet qu'il voulait voir la doyenne, pour lui faire connaître qu'un accident s'était produit et qu'il fallait quérir un médecin ; mais la porte s'était fermée. Du coup, il devait être complètement désorienté, incapable de penser clairement. Maintenant, je vous le demande, un homme venant de passer par une telle épreuve, rentre-t-il directement ? (Il fit un signe de dénégation.) Non monsieur. Il roule un bout de temps pour mettre de l'ordre dans ses idées. Voilà la raison pour laquelle il est rentré en retard. Ensuite, quand je lui ai téléphoné, il avait appris qu'une bombe avait explosé. Bien entendu, il ne voulait pas me parler avant d'avoir conçu un plan.

— Mais…

Le sergent se pencha en avant pour donner davantage de poids à ses paroles.

— Voilà la solution de notre problème, clama-t-il. Vous souvenez-vous que nous nous sommes demandé comment le meurtrier avait fait pour pénétrer dans le bureau sans que Hendryx se lève pour lui ouvrir la porte ? Eh bien, il n'y avait qu'une personne à pouvoir réaliser cette prouesse : le rabbin. *Pour la bonne raison qu'il avait sa propre clé !* Ah j'ai une foule de questions à poser à ce rabbin…

— Non.

— Non ?

— Non sergent, je l'interrogerai moi-même.

33.

Ce n'était pas une réception ; quelques-uns des proches amis des Selzer étaient simplement venus les congratuler à l'occasion de la libération de leur fils. Maintenant, ils étaient là à l'écouter avec une attention soutenue.

— Donc le rabbin est entré et je lui ai offert une tasse de café. Non que je fusse spécialement intéressé par des visites à ce moment, mais si j'avais raconté à la patronne que le rabbin était venu sans que je lui aie offert quelque chose, je me serais fait drôlement sonner les cloches.

Il regarda affectueusement sa femme, assise à côté de lui sur le sofa, et celle-ci lui tapota la main.

— Il m'a remercié en disant qu'il était pressé et n'avait pas le temps de rester. Puis il enchaîna : « Je pense que ce serait une bonne idée que vous parliez à maître Goodman pour lui recommander d'introduire une requête pour la libération de votre fils sur parole ou contre une modique caution. » Tel quel !

» Oh ! vous savez, depuis que c'est arrivé, j'ai reçu des conseils de beaucoup de gens, non seulement d'amis et de relations, mais également de gens que je connais à peine et même de parfaits étrangers ! L'un me téléphone pour me recommander un avocat qui, selon des journaux qu'il me conseille de lire, tire toujours ses clients d'affaire. Un second m'enjoint d'écrire à tous les médias pour démarrer une campagne de presse. Sans parler de cinglés qui vous appellent pour vous informer qu'il suffit de s'en remettre au Christ pour que tout soit réglé. Un gars est venu me voir afin de m'expliquer que je pourrais faire libérer Abner dès le lendemain à condition que je me concentre de telle façon que ma tête émette des vibrations à destination de la tête du juge d'instruction ou du procureur qui les persuaderaient de libérer mon fils. Aussi vrai que je m'appelle Selzer, il était sérieux comme un pape et à l'entendre, on le prenait pour un professeur d'université ; on aurait juré que cela passerait comme une lettre à la poste.

— Mon jeune frère, qui est journaliste, intervint Ronald Berkowitz, raconte que ce genre de farfelus assaillent sans cesse les journaux de leurs appels téléphoniques.

Selzer acquiesça.

— Je pense que vous avez raison, mais ce n'est pas tout. Celui-ci au moins était gentil et désirait me venir en aide. Car il y en a d'autres — j'en ai reçu des lettres et des appels téléphoniques ! — qui sont juste à l'opposé. Ainsi un soir, une dame m'a téléphoné pour me demander si j'étais le père de ce garçon qui avait été écroué. Lorsque je lui ai demandé qui était à l'appareil, elle m'a répondu par une bordée de gros mots, comme je n'en ai jamais entendu, même durant mon service dans la Marine.

— Il ne faut pas oublier, Malcolm, qu'il y a des cinglés de toutes sortes et de tout acabit.

— Je sais, dit Selzer. Et beaucoup de mes amis ne m'ont pas appelé et ne sont pas venus...

— Nous étions à l'étranger, Mal...

— Oh ! je ne t'en veux pas, pas plus que je ne leur en

veux ! assura Selzer à Berkowitz. Ces miens amis m'ont évité, non parce qu'ils avaient honte de moi ou quelque chose d'analogue. Mais simplement parce que c'était gênant pour eux et ils pensaient que ce serait gênant pour moi.

— Alors, continue ton histoire, le pressa sa femme.

— D'accord chérie. Donc voilà le rabbin qui me recommande ce que je dois dire à mon avocat. Notez bien, il ne m'a pas recommandé d'en discuter avec Goodman ou de lui demander si ce ne serait pas une bonne idée. Non, il a été formel : « Dites-lui... » Vous me connaissez, je ne suis pas le gars qui lorsqu'il est malade ou si quelqu'un de ma famille est malade, ce qu'à Dieu ne plaise, va voir le médecin pour lui dire ce qu'il doit prescrire comme pilules. L'homme de l'art, c'est lui, non ? C'est la raison pour laquelle je m'adresse à lui. C'est pour cela que je le paie. Il en est de même pour un avocat. S'il faut que je lui dise comment il doit s'y prendre, en quoi aurais-je besoin de lui ?

Selzer regarda ses interlocuteurs.

— Par ailleurs, je n'allais pas dire cela au rabbin en pleine figure, car... car justement il est rabbin. Cela peut vous sembler drôle, peut-être est-ce dû à l'éducation que j'ai reçue, mais je ne parle pas à un rabbin comme à n'importe qui. Si un rabbin me recommande de faire quelque chose, il se peut que je le fasse ou que je ne le fasse pas, mais je ne discuterais pas avec lui. Or, il se trouve que le rabbin Small est un homme remarquable et que nous avons de la chance de l'avoir, estima Selzer. Mais je me place sur le plan religieux, vous comprenez. En l'occurrence, il s'agit d'un cas pratique et je ne pense pas que le rabbin Small, ou n'importe quel autre rabbin, puisse être un homme pratique. Alors je l'ai remercié bien poliment pour l'intérêt qu'il nous témoignait ; j'étais sur le point d'oublier cet entretien, lorsque plus tard, en allant acheter mon journal, je suis tombé dans la rue sur ce vieux Jake Wasserman en train de se promener avec Al Becker.

— Tiens ? fit Berkowitz. Comment va-t-il, l'ancêtre ? Ça fait des mois que je ne l'ai pas vu.

— Il a l'air en bonne santé, répondit Selzer, sans plus. Il est terriblement amaigri et sa peau est diaphane. Il traîne les pieds en marchant et se tient au bras de Becker, comme s'il avait peur de tomber en le lâchant ; à part cela, il a l'air de bien se porter. Bien entendu, nous nous sommes arrêtés pour tailler une bavette, et comme il m'a demandé de quelle façon la situation avait évolué concernant mon fils, je lui ai dit qu'il n'y avait rien de nouveau. Cependant, je lui ai mentionné dans le cours de l'entretien que le rabbin était venu me voir et ce qu'il m'avait dit.

— Là-dessus Wasserman m'a demandé : « Avez-vous répercuté le message sur Goodman ? » Je lui ai expliqué que je ne voyais pas pourquoi je devrais apprendre la pratique du droit à un avocat. Alors, le vieux Jake a secoué la tête pour marquer son désaccord, puis a repris : « Le rabbin est venu vous voir ? Vous ne l'avez pas rencontré par hasard comme nous maintenant ? — C'est cela, lui ai-je répondu, il est venu me voir. »

» Puis Becker a demandé à son tour : « Etait-ce uniquement à ce propos ou est-il venu vous voir pour autre chose ? — Non, uniquement à ce propos », ai-jc répondu.

» Alors Wasserman m'a mis sa main sur le bras et me regardant droit dans les yeux, m'a dit d'un air très grave : « Croyez-moi, monsieur Selzer, si le rabbin est venu vous dire cela de cette façon, vous avez tout intérêt à suivre ses recommandations. »

Selzer balaya ses interlocuteurs du regard.

— A dire vrai, j'étais plutôt enclin à prendre cela à la rigolade, car somme toute, ce Wasserman est un vieillard.

— Et tout un chacun sait que, d'après lui, c'est le rabbin qui fait tourner la terre.

— C'est exact, approuva Selzer. Aussi allais-je négliger cet avis, quand Al Becker, homme d'affaires pratique et avisé, me dit : « C'est un bon conseil, Selzer, et si vous ne le suivez pas, vous pourriez vous en mordre les doigts bien longtemps. »

» Je ne cache pas qu'à ce moment mes préventions ont commencé à fondre. Quelqu'un comme Becker, un important homme d'affaires, qui a l'habitude de traiter avec les avocats, sait ce dont il parle. Dès lors, je me suis dit que j'étais peut-être en train de gâcher une chance. Après tout, pourquoi aurais-je peur de ce Paul Goodman ? Je le paie, non ? Je ne suis pas un cas social. Alors, une fois arrivé chez moi, je lui ai téléphoné et, bref, il a introduit la requête. Et résultat ? Grâce à notre rabbin, Abner est dans sa chambre, en train de rattraper les heures de sommeil perdues.

34.

— Simplement une question, monsieur le rabbin, fit Bradford Ames en souriant aimablement, comme pour assurer son interlocuteur que ce n'était pas très important.

Une fois de plus, ils se retrouvaient dans le petit bureau du rabbin, à l'université.

— Pourquoi n'avez-vous pas dit au sergent Schroeder que vendredi dernier vous avez quitté votre cours plus tôt que prévu ?

Le rabbin Small rougit.

— Par pure gêne, je suppose. Cela étant dit, il ne m'avait pas demandé à quelle heure j'avais quitté ma salle de cours, mais uniquement quand j'avais quitté l'université. J'aurais sans doute dû être plus précis, mais je ne tenais pas à admettre, en présence de Lanigan et de ma femme, que j'avais eu des difficultés avec mes étudiants.

— Soit, alors je vous le demande maintenant, monsieur le rabbin. A quelle heure avez-vous quitté la salle de cours ?

— Il n'était guère plus tard qu'une heure dix ou une heure et quart, dit le rabbin sans hésiter, et je me suis dirigé tout droit vers ce bureau.

— Hendryx y était-il ?

— Il était assis ou plutôt couché dans ce fauteuil-là.

— Et vous êtes resté ici jusqu'à quelques minutes après deux heures ?

— Hm.

— Vous étiez là tous les deux pendant une heure environ à converser amicalement ?

— C'est à peu près cela, monsieur Ames.

— Aviez-vous des relations amicales, monsieur le rabbin ? Le considériez-vous comme un ami ?

— Pas spécialement, répondit le rabbin. Nous partagions le même bureau, cela n'allait pas plus loin.

— Cependant, ce jour-là, vous avez bavardé pendant toute une heure, s'étonna Ames. Pourquoi ? De quoi avez-vous parlé ?

— Oh ! essentiellement de théories sur l'éducation. (Le rabbin rougit, une fois de plus.) Dans un premier temps, je suis resté dans l'espoir que quelqu'un de mon cours viendrait s'excuser pour ce qui venait de se passer. Et ensuite, je suis resté, parce que... j'étais payé par l'université jusqu'à deux heures.

Ames regarda le rabbin avec curiosité.

— Que voilà une attitude réconfortante, si vous me permettez cette observation. Ensuite, vous vous êtes arrêté sur votre trajet de retour pour boire un café ; au bar, vous vous êtes plongé dans un livre de sorte que vous êtes revenu chez vous bien plus tard que d'habitude.

— Tout cela est parfaitement vrai, confirma le rabbin.

Ames sourit puis partit d'un franc éclat de rire.

— Je vous crois, monsieur le rabbin, commenta-t-il. Savez-vous pourquoi ? Parce que c'est l'explication la plus invraisemblable que j'aie jamais entendue ; j'estime par conséquent que vous ne l'avez pas inventée.

Le rabbin ricana.

— Avez-vous tout déballé maintenant ? fit-il pour le taquiner. Ou y a-t-il encore des choses que vous cachez parce que vous estimez qu'elles sont sans importance ou qu'elles pourraient être embarrassantes pour vous ?

— Comment saurais-je ? demanda le rabbin. Comment devinerais-je ce qui est significatif et ce qui ne l'est pas alors que j'ignore ce que vous recherchez ainsi que le stade actuel de votre enquête.

Ames acquiesça. Devait-il le mettre au courant ? Normalement, il ne révélait jamais à quelqu'un d'étranger au monde judiciaire l'état d'une enquête encore en cours ; mais par ailleurs, le rabbin pouvait lui être d'un certain secours. C'était un homme intelligent et de bon sens ; en outre, il avait parlé avec Hendryx durant près d'une heure peu de temps avant son trépas. S'il était informé du but des recherches, il se rappellerait peut-être une remarque, une tournure de phrase, n'importe quoi pouvant s'ajouter aux éléments déjà existants dans le dossier. Sans nul doute, le sergent Schroeder désapprouverait une telle démarche, ainsi que le procureur de district. Voilà justement ce qui emportait sa décision. Enchanté par cette idée, il se fit un devoir de relater au rabbin en détail tout ce qu'on avait appris jusque-là.

— Ainsi, conclut-il, tout se ramène à l'alternative suivante : soit Mme O'Rourke ment, soit le médecin légiste s'est trompé.

Le rabbin restait silencieux. Puis, il se leva et se mit à marcher de long en large dans la pièce.

— Les deux termes de l'alternative ne s'équilibrent pas, finit-il par lâcher. Ils n'ont pas le même poids. Car s... si vous adoptez le point de vue du médecin légiste (inconsciemment le rabbin se mit à psalmodier comme s'il s'agissait d'une controverse talmudique), a... alors, non seulement vous admettez que Mme O'Rourke ment, mais il s'avérerait également que ce n'est pas l'explosion de la bombe qui a causé la chute de la statue. Si vous estimez en revanche que le médecin légiste s'est trompé et que Mme O'Rourke dit vrai, alors il est possible que Hendryx ait été tué par la bombe ; cependant, cela est peu probable. Vous avez donc, d'un côté une impossibilité et de l'autre une improbabilité.

— Ah ! je vois ce que vous entendez par « les deux termes ne s'équilibrent pas ». (Ames se trémoussait sur son siège.) Ce ton de psalmodie que vous avez adopté...

— Oh ! je psalmodiais ? Je ne m'en suis pas rendu compte. C'est l'accompagnement normal d'une discussion talmudique. Je l'ai fait inconsciemment.

— Je vois.

Ames revint au dossier :

— Vous avez tout à fait raison de dire qu'au mieux nous nous retrouvons avec une improbabilité. Le livre ouvert et l'escabeau pouvaient être l'affaire d'une ou deux minutes. On peut s'asseoir pour lire, puis se rappeler qu'on avait quelque chose à faire pour reposer son livre sans avoir parcouru une ligne. Mais la pipe et toutes ces allumettes...

Le rabbin qui avait repris sa marche, s'arrêta :

— Est-ce que vous fumez ? demanda-t-il.

— Non merci.

— Je n'allais pas vous offrir une cigarette ; je voulais savoir si vous êtes fumeur.

— Non, répondit Ames. Quand j'étais enfant, j'avais un peu d'asthme de sorte que je n'ai jamais fumé.

— Moi, j'ai fumé, reprit le rabbin, mais j'ai abandonné, car il était trop dur de devoir s'arrêter le sabbat. Du temps où j'étais à l'université, j'ai fumé la pipe durant une certaine période. C'était presque obligatoire, à cette époque, pour un jeune étudiant.

— De mon temps également.

— Je n'avais jamais réussi à m'y habituer, continua le rabbin. La plupart des jeunes gens n'y arrivent pas. Il y a un truc, mais avant de l'avoir appris on se brûle la langue et on laisse tomber. Donc, si je m'étais assis dans un fauteuil pour fumer la pipe, vous trouveriez sans doute une demi-douzaine d'allumettes consumées dans le cendrier. Si vous ne savez pas la fumer, votre pipe s'éteint et vous devez sans cesse la rallumer. Vous avez beau transformer votre bouche en soufflet et tirer, tirer, elle s'éteindra toujours. Mais ce n'était pas le cas du professeur Hendryx qui était un vrai fumeur sachant jouir d'une pipe. En l'observant, je l'enviais un peu. Il l'allumait, jamais plus d'une fois, tassait soigneusement le tabac, et la gardait allumée sans effort, une petite bouffée de fumée s'échappant de temps à autre d'entre ses lèvres.

— Que voulez-vous dire, monsieur le rabbin ?

— Que s'il a fallu une demi-douzaine d'allumettes pour fumer la pipe, ce n'est pas le professeur Hendryx qui l'a fumée ! avança le rabbin.

— Vous suggérez que quelqu'un s'est introduit dans l'appartement et a fumé une de ses pipes pour faire croire que Hendryx y était revenu après le départ de la femme de ménage.

Le rabbin acquiesça.

— Mais cela ne peut que signifier que Hendryx était déjà mort et que cette personne voulait faire croire qu'il était encore en vie.

A nouveau, le rabbin acquiesça d'un signe de tête.

— Et cela signifie que le fumeur de pipe était venu se constituer un alibi car il avait assassiné Hendryx.

— Cela ouvre également la voie à une troisième possibilité, dit le rabbin en ébauchant un sourire.

— Une troisième possibilité ?

— Vous avez parlé d'une alternative à deux termes : soit le médecin légiste avait tort, soit la femme de ménage. Or, il se peut que l'un ait situé exactement la période du décès et que l'autre soit bien partie à l'heure qu'elle a indiquée.

Ames hocha lentement la tête en signe d'accord. Une idée lui vint à l'esprit.

— Et si les empreintes digitales sur la pipe sont bien celles de Hendryx ?

— C'est ce qui est prévisible, rétorqua le rabbin. Ses empreintes se trouvent sur toutes les pipes. L'assassin pouvait veiller à ne pas les effacer. La femme de ménage ne les aura pas essuyées ; une pipe c'est un peu comme une brosse à dents.

Bradford se rassit.

— Vous savez, monsieur le rabbin, vous êtes un drôle de bonhomme. Bon, maintenant dites-moi comment l'assassin est entré dans l'appartement ?

Le rabbin secoua la tête.

— Je n'en sais rien.

35.

Ames put voir que le sergent Schroeder était très content.

— Nous avons coincé le dénommé Ekko, annonça-t-il en entrant dans l'appartement de Hendryx.

— Beau travail, apprécia Ames. A-t-il parlé ?

— Non, mais ça viendra, fit Schroeder d'un ton assuré. Nous le laisserons mijoter un moment ; ensuite, il suffira de soulever le couvercle pour que cela jaillisse. Vous verrez...

Il s'arrêta à l'arrivée d'une voiture de police.

— Voilà Mme O'Rourke.

La femme de ménage avait l'air très perturbée et pleine d'appréhension. Schroeder lança avec brusquerie :

— Nous allons vous poser quelques questions, madame O'Rourke, et cette fois, nous voulons l'entière vérité.

— Laissez-moi m'occuper de cela, sergent, intervint Ames.

La femme se détendit visiblement.

— Bon, madame O'Rourke, dit-il d'une voix douce, voilà ce que j'aimerais que vous fassiez. Voudriez-vous nettoyer cet appartement, en procédant exactement comme l'autre jour. Me comprenez-vous ?

— Oui, monsieur. Tout de suite ?

— Ce serait très bien, madame O'Rourke, répondit Ames.

— D'habitude, je commence là.

Ils la suivirent dans la petite cuisine de Hendryx où elle fit semblant d'enlever des plats sur la table pour les mettre dans l'évier.

— Comme ça ?

— Minute, madame O'Rourke, dit Ames. Faites-vous tout cela avec le manteau sur le dos ?

— Bien entendu, je commence par l'enlever pour le mettre dans la penderie.

— Alors procédez de la même façon, s'il vous plaît, ordonna Ames. Et comment faites-vous pour entrer ?

— Eh bien, je sonne à la porte et le professeur Hendryx vient m'ouvrir.

— Très bien. Alors, veuillez sortir, nous allons recommencer.

— Mais c'est en quelque sorte du... du théâtre, observa Mme O'Rourke, amusée.

— Oui, madame O'Rourke, répondit Ames sérieusement.

Lui et Schroeder regardaient en silence tandis qu'elle simulait le nettoyage de l'appartement.

— Une fois que j'ai terminé cette pièce, dit-elle en jouant son rôle avec naturel, je vide la corbeille à papier.

— Allez-y.

— Mais, elle est vide.

— Pour l'amour du ciel, madame, faites comme si elle était pleine, s'énerva Schroeder.

Conscieneusement, elle se saisit de la corbeille à papier et ouvrit la porte.

— Laissez-vous la porte ouverte ? demanda Ames.

— Non. Il y a quelquefois du courant d'air et elle risque d'être claquée.

— Donc, vous la fermez et, à votre retour, vous frappez pour que le professeur Hendryx vienne vous ouvrir ? insista Ames.

— Oh ! non, monsieur ! Je n'aurais pas voulu le déranger. Je bloque la serrure.

Ames lui ordonna de procéder selon l'habitude. Ils l'observèrent tandis qu'elle traversait le corridor jusqu'à l'arrière du bâtiment où elle fit semblant de vider la corbeille dans le vide-ordures avant de revenir sur ses pas et remettre la corbeille en place.

— Ne débloquez-vous pas la serrure maintenant que vous êtes de retour ? demanda Ames.

— Non monsieur, car j'ai d'autres corbeilles et des vieux journaux à vider, ainsi que la poussière des balais à secouer.

— Je vois, fit Ames. Et en l'absence du professeur Hendryx ? Admettons qu'il ait traversé la rue pour se rendre à l'université.

— J'opère de la même façon. Personne ne peut entrer, car je ne vais que jusqu'au bout du corridor.

— Quand vous avez terminé, êtes-vous certaine d'avoir enclenché la serrure avant de partir ? questionna Ames.

Elle approcha une main de la bouche en signe d'embarras en portant ses yeux de l'un à l'autre des masques sévères présentés par ses interlocuteurs.

— Eh bien ?

La voix d'Ames était devenue soudainement dure.

— Je ne me rappelle pas, monsieur, gémit-elle.

Puis, se défendant instinctivement :

— Mais cela ne change rien. Le professeur faisait tout le temps des aller-retour ; il n'avait que la rue à traverser. D'ailleurs, ce n'est pas arrivé ici ; cela s'est passé là-bas.

Enfouissant soudain la figure dans les mains, elle se mit à pleurer.

36.

L'histoire concernant la part prise par le rabbin dans la libération du jeune Abner se répandit largement ; les Selzer ne tentèrent en aucune façon de la cacher, bien au contraire. Les réactions étaient mitigées :

— Je ne suis pas sûr que le rabbin ait tellement bien agi. Après tout, ces gamins ont commis un attentat, non ? En ce qui me concerne, j'estime que leur place est en prison.

D'autres étaient contents :

— Notre rabbin, chapeau. Je ne sais pas comment il s'y est pris, peut-être ne le sait-il pas lui-même ; mais il a une sorte de sixième sens pour ce genre de choses. Rappelez-vous cette affaire Hirsch ; tout le monde pensait qu'il s'était suicidé, ce qui créait des difficultés sur le plan religieux pour l'enterrement. Sur ce, le rabbin a découvert qu'il avait été assassiné, de sorte que le problème était résolu.

D'autres encore avaient tendance à minimiser le rôle du rabbin :

— Savez-vous ce que je crois ? Parlant à Selzer, le rabbin lui a suggéré de demander une libération sous caution, comme tout un chacun aurait pu le faire. Puis, comme cela a marché, Selzer en a fait tout un plat, car pour lui, et encore plus pour Mme Selzer, le rabbin est un don du Ciel pour Barnard's Crossing. Remarquez, je ne dis rien contre le rabbin, car en ce qui me concerne je le soutiens assez... modérément. Admettons que la communauté se divise en pro- et antirabbin, je pense que je serais du côté des prorabbin. Mais il ne faut pas pour autant perdre le sens des proportions. Qu'a-t-il après tout de tellement formidable ?

Paul Goodman, directement interpellé par un ami, sourit et formula sur un ton énigmatique :

— Voilà pourquoi les tribunaux n'acceptent pas des témoignages sur ouï-dire.

— Vous voulez dire qu'il n'a rien à voir là-dedans ? Pourtant, Selzer raconte que...

— Ne me faites pas dire ce que je n'ai pas dit, répliqua maître Goodman. M. Selzer est venu à mon étude et m'a demandé d'introduire une requête. C'est ce que nous avions de toute façon l'intention de faire, dès que l'autre garçon aura été retrouvé par la police. Cela me rappelle ce que m'a expliqué un jour un pédiatre, le docteur Simmons. La plupart du temps, c'est la mère qu'il faudrait soigner plutôt que le bébé. C'est la même chose en matière pénale, lorsqu'un jeune est impliqué. C'est des parents qu'il faudrait s'occuper. Et si par-dessus le marché, c'est des parents juifs...

Naturellement, ceux qui n'étaient pas ses supporters cherchaient à dévaloriser la contribution du rabbin. Tout en admettant qu'il avait enlevé le morceau, ils insinuaient qu'il avait été mis sur la voie par son ami, le commissaire de police Lanigan, lequel avait été averti par la police de Boston, « car tous ces flics sont comme cul et chemise ».

Lanigan rencontra le rabbin peu de temps après.

— Bradford Ames a bien caché son jeu, remarqua-t-il. Même mon ami Schroeder a été surpris. A son avis, le procureur adjoint a relâché les jeunes, car il estime pouvoir tirer davantage d'un procès contre cet Ekko que contre tous les cinq réunis.

— Ils lui ont donc mis le grappin dessus ? demanda le rabbin.

— Je pensais que vous étiez au courant. D'après Schroeder, c'était un coup de pot. Il en faut car, actuellement, il existe une sorte de jungle où ces jeunes peuvent plonger. Dans le temps, un délinquant avait de la peine à se soustraire à la police. Plus les recherches étaient intensives, moins il avait des chances de trouver un sanctuaire. Pour ces jeunes, c'est presque le contraire. Dès que l'un d'eux est recherché par la police, il trouve une foule de concours, et pas seulement chez ses parents. Depuis un an, les choses ont tendance à s'améliorer, car la police fédérale a pu infiltrer certains groupes, mais il en reste beaucoup trop que nous n'arrivons pas à coincer. Ces hippies se ressemblent tous, barbus et chevelus, les garçons ; tandis que les filles ont une chevelure qui leur mange la moitié de la figure. Si nous en attrapons un, généralement, c'est qu'il en a marre d'être traqué.

— Schroeder vous a-t-il précisé les chefs d'inculpation retenus contre ce jeune homme ?

— A mon avis, on ne le poursuivra pas pour meurtre ; uniquement pour incendie volontaire, car il sera plus facile de le faire condamner sur ce point. D'ailleurs, je ne serais pas surpris si, là aussi, il arrive à s'en sortir. Ces affaires universitaires sont délicates. L'opinion publique n'est pas favorable à ce qu'on fasse preuve de rigueur contre les étudiants.

Lanigan secoua la tête.

— Vous devriez entendre comment certains de nos hommes se plaignent. Pour l'homme de la rue, ces jeunes sont induits en erreur ou mal dirigés, mais des délinquants ? Jamais ! Lorsqu'un jeune étudiant commet un vol, c'est pour financer une campagne pour la paix ou mener un combat écologique. Nous sommes submergés de petits Robins des Bois.

Lanigan se passa la main sur la figure dans un geste d'exaspération. Son ton se fit amer :

— Jadis, un voyou volait pour se payer une nouvelle voiture ou des habits tape-à-l'œil. Or, ces jeunes conduisent de vieilles guimbardes et portent des vêtement usés jusqu'à la corde. Ils prouvent par là leur idéalisme. Exact ? Faux ! Car nos hommes qui doivent se coltiner avec eux savent qu'ils dépensent des milliers de dollars en matériel de stéréo, sans parler des drogues auxquelles ils consacrent jusqu'à cent dollars par jour.

Lanigan se laissa aller à un discours lugubrement cynique :

— Notez bien mes paroles, monsieur le rabbin ; rien ne sortira de cette affaire. Je ne serais pas surpris si le Parquet renonce à soutenir l'accusation faute de preuves. Et la police impuissante ne pourra que constater les dégâts.

Cependant, le lendemain, Roger Fine fut arrêté et inculpé du meurtre du chef intérimaire de son département, le professeur John Hendryx.

37.

— Croyez-vous qu'elle s'amènera ? questionna Selma Rosencranz tout en battant les cartes.

Elle était, des quatre femmes qui se réunissaient tous les mercredis pour un bridge, la seule à jouer sérieusement ; les autres étaient là par convenance sociale et ça se remarquait à leur jeu. Selma jouait également au bridge tous les lundis avec un autre groupe ; le mardi, c'était sa soirée de mah-jong, tandis que son mari faisait une rituelle partie de poker.

— Je trouverais tout à fait normal qu'elle ne vienne pas, dit Annabelle Fisher, l'hôtesse de la semaine.

Elle se retira dans sa cuisine pour mettre la dernière main aux sandwiches qu'elle s'apprêtait à servir. Elle était la moins bonne joueuse, avec de fréquents manques de concentration, mais toutes les fois qu'on se réunissait chez elle, les femmes étaient certaines de pouvoir déguster quelque chose d'inédit et de délicieux. Elle refit surface :

— Croyez-moi, si mon mari avait été arrêté, je ne serais pas d'humeur à jouer aux cartes.

— Mais elle aurait dû téléphoner, insista Flossie Bloom, une jeune femme mince, au teint jaunâtre, avec une petite bouche pincée, qui se vantait d'être franche et de ne pas mâcher ses mots : « Je suis comme ça. » (Son mari, représentant, n'avait pas aussi bien réussi que ceux des autres.) Si Edie ne vient pas...

— Nous ne jouerons pas, compléta Selma.

Elle aligna les cartes pour une réussite.

— Croyez-vous que ce soit lui ? demanda Flossie.

— C'est absolument exclu, trancha Annabelle Fisher.

— Harvey dit savoir de très bonne source que Roger est lié à tous ces groupes d'étudiants gauchistes, dit Flossie. Vous savez, ceux qui ont organisé toutes ces émeutes, occupé les bâtiments universitaires et cassé les meubles.

— Ho ! je n'arrive pas à le croire ! reprit Annabelle Fisher, pour laquelle il était impossible de penser du mal de personnes de sa connaissance.

— Le huit va sur le neuf, marmonna Flossie. Dites, les filles, avez-vous eu vent des bruits circulant au sujet du rabbin et de Roger ?

— Il paraît que Roger a raconté quelques plaisanteries sur le dos du rabbin, annonça Selma tout en poussant une colonne de cartes d'une rangée à une autre. C'est tout à fait compréhensible après les ennuis qu'il a causés à lui et à Edie lors de leur mariage.

— Non, il s'agit de quelque chose de totalement différent, enchaîna Flossie. D'après ce que j'ai entendu, le rabbin aurait fait libérer le jeune Selzer en accusant Roger.

— C'est absolument ridicule ! s'écria Annabelle.

— Je ne trouve pas cela tellement ridicule, trancha Selma imperturbable, ses yeux scrutant les cartes étalées devant elle. Tout le monde s'entend pour dire que c'est le rabbin qui a fait libérer le jeune Selzer. Or, comment pouvait-il savoir à l'avance qu'ils laisseraient courir le jeune, s'il n'avait pas su qu'ils allaient arrêter Roger ? Et comment pouvait-il être au courant, à moins d'y avoir été pour quelque chose ? Je suis de celles qui pensent que notre rabbin est loin d'être un ange. Rappelez-vous combien il s'est montré désagréable avec Edie avant le mariage, et à quel point il a été mielleux à la cérémonie. Croyez-vous qu'il n'est pas capable de rancune comme tout un chacun ? Et du moment qu'une occasion s'est présentée... Non, je ne serais pas vraiment surprise si cette histoire était véridique. D'où tiens-tu cela, Flossie ?

— Oh ! je l'ai entendu de différents côtés ! répondit Mme Bloom en restant dans le vague. Ça a fait le tour de la ville.

Selma, se rendant compte qu'elle avait loupé sa réussite, rangea les cartes.

— Ecoutez, les filles, s'il apparaît que cette histoire est véridique, je ne m'en tiendrais pas là.

— Pourquoi ? Que compterais-tu faire ? demanda Annabelle.

— J'ai une idée, affirma Selma. Je m'arrangerais pour que le rabbin et toute la communauté apprennent ma façon de penser.

La sonnette de la porte d'entrée retentit.

— Ce coup-ci, ça doit être Edie, commenta Annabelle.

Elle courut à la porte et les autres l'entendirent :

— Nous pensions que tu ne viendrais pas.

— Excusez-moi, les filles, je suis en retard, dit Edie Fine. J'ai été retenue. Je suis allée voir Roger.

— Comment va-t-il ? Est-ce qu'on le traite bien ? Ça doit être une épreuve terrible pour toi !

Elle s'assit à la table.

— Quel cauchemar, fit-elle. On a une drôle d'impression en entrant. Et le genre de types qu'on y voit...

Elle secoua la tête, comme si elle refusait d'y croire.

— Comment ça se passe ? demanda Flossie.

— D'abord, raconta Edie, tu remplis un formulaire et le passes par un guichet. Ensuite, ils ne se contentent pas de fouiller ton sac à main, mais ils te font passer par-dessus le marché dans un portique à détecteur métallique...

— Comme à l'aéroport.

— Oui, en pire. Ils sont extrêmement méticuleux. J'ai demandé à maître Winston, l'avocat de Roger, comment, dans ces conditions, on arrive à introduire des armes dans les prisons ; il s'est contenté de sourire et d'ajouter : « On ne fouille pas les gardiens. » Comment trouvez-vous celle-là ?

» J'ai accédé à une petite pièce, que maître Winston a pu faire mettre à notre disposition, par faveur spéciale. Autrement, c'était le grand parloir avec le grillage au milieu qu'on voit dans les films. A mon entrée, Roger était déjà là à m'attendre. Il m'a regardée, comme s'il n'était pas sûr de ma réaction, alors bien entendu, j'ai souri. Sur ce, il m'a rendu mon sourire et j'ai senti que tout allait bien.

» Nous nous sommes assis à une petite table et il m'a demandé si je le croyais coupable de ce dont on l'accusait ; naturellement, je lui ai répondu qu'une telle idée ne m'était jamais venue à l'esprit. Cela l'a rendu très heureux. Il était réellement gai, presque comme si cela l'amusait. Il m'a assuré que je n'avais pas à m'en faire. Evidemment, il se peut qu'il m'ait joué la comédie, comme je l'ai fait moi-même en arrivant, mais vraiment je ne le pense pas.

— Mais comment se fait-il...

Flossie recommença sa phrase :

— Sur quelles bases la police a-t-elle décidé de l'arrêter... T'en a-t-il parlé ?

— Ah oui, dit Edie. C'est qu'il se trouvait dans le bâtiment administratif au moment des faits. En outre, il milite activement pour plus de justice sociale, et il attendait un important coup de fil. La chose capitale, qu'il faut comprendre, est que le vendredi après-midi, le bâtiment est pratiquement vide, et le rabbin…

— Le rabbin ?

— Oui, le rabbin a un cours le vendredi après-midi. Alors qu'il était sur le départ, il passa devant le bureau de Roger et l'y a vu.

Selma adressa un regard plein de sous-entendus à Flossie Bloom, puis les deux lancèrent une œillade à Annabelle Fisher.

38.

Comme à l'accoutumée dans les occasions similaires, Aggie Nolan marchait lentement le long de l'avenue du Commonwealth en guettant les trois brefs coups de klaxon. Un peu plus tôt elle avait téléphoné au F.B.I. pour préciser à l'agent avec lequel elle travaillait :

— Commonwealth à hauteur de Fairfield. Onze heures.

Il était onze heures et quart, quand enfin elle entendit le signal. Elle descendit du trottoir et leva le pouce. Presque aussitôt une voiture ralentit pour s'arrêter à sa hauteur.

— Vous êtes en retard, dit-elle en se glissant à côté du chauffeur.

— Je vous ai dépassée deux fois, dit-il. La première fois, il y avait un gars se tenant au coin de la rue ; j'avais l'impression qu'il vous regardait.

— Vous savez, il arrive que les gars me regardent, rétorqua Aggie.

— Je suis bien placé pour le savoir, apprécia-t-il. La seconde fois, vous n'avez pas levé le pouce. Je vous ai pourtant dit que vous devez le faire.

— Oui, ce jeu de barbouzes est plutôt barbant.

— Peut-être bien, admit-il, mais tant que vous travaillerez avec moi, il faudra que vous le pratiquiez. C'est pour votre sécurité autant que pour la mienne. Cela étant dit, quoi de neuf ?

— Ils ont mis le grappin sur Ekko et ils le gardent.

— Qu'est-ce que ça peut vous faire ? Est-il votre petit ami ?

— Il l'a été. La page est tournée ; n'empêche que c'est un gars bien, dit-elle.

— Vous n'avez pas à vous en faire pour lui. Ils ont relâché les autres étudiants et je suis sûr qu'ils ne vont pas tarder à le libérer également, d'autant plus qu'ils ont inculpé ce professeur pour le meurtre.

— Il y a toujours l'inculpation pour incendie volontaire. Les autres ont été libérés sous caution. Ekko n'aurait pas les moyens de la verser.

— Je maintiens qu'il n'y a pas lieu de s'en faire. Vous pouvez me croire, l'affaire n'ira pas jusqu'au procès. Le procureur ne dispose pas de preuves pour étayer l'accusation. Si malgré tout, il y avait un procès, les jeunes gens seraient certainement acquittés.

Elle se tourna sur le siège pour lui faire face.

— Cela ne me suffit pas, dit-elle. Vous m'avez demandé de m'engager solidement avec les Weathervanes et je l'ai fait. Je me suis même embarquée dans cette folle histoire de bombe que vous avez concoctée, pour leur montrer que j'étais sérieusement activiste.

— Cela a marché, non ?

— Je ne m'attendais pas à ce qu'il y ait un mort à la clé.

— Nul ne s'y attendait. D'ailleurs, la mort de ce Hendryx n'a rien à voir avec la bombe.

— Je ne m'attendais pas davantage à ce que quelqu'un paie les pots cassés. Je n'ai rien contre aucun de ces jeunes, notamment pas contre Ekko. Je veux qu'il soit remis en liberté.

Il soupira.

— Très bien. J'en parlerai à mon chef, afin qu'il en touche un mot au procureur, okay ?

Il lui tapota le genou.

Elle glissa sur son siège pour s'éloigner de lui.

— Vous pouvez me faire descendre tout de suite là.

— Pourquoi êtes-vous tellement pressée ? Que diriez-vous d'une petite promenade ?

— Non. Au coin de la rue ; juste là, à côté de cette école.

Il haussa les épaules.

— Comme vous voudrez, chérie.

39.

Le procureur de district Matthew Rogers estimait avoir de solides raisons de rouspétance.

— Je ne vois pas pourquoi on ne nous avertirait pas lorsqu'on monte un coup dans notre ressort de juridiction.

Bradford Ames eut un petit rire.

— Parce que même si les gens du cru sont totalement fiables, le F.B.I. a trop peur d'une fuite qui ferait tout chavirer.

— Cela doit être ça. Mais ils pourraient au moins nous mettre en garde, avant d'attendre que nous mettions en prison de jeunes gens convenables pour de longues journées, au grand désarroi de leurs familles, alors que s'ils avaient daigné nous faire signe, nous aurions laissé mijoter l'affaire à petit feu.

— Peut-être pensaient-ils que cela éveillerait des soupçons, suggéra Ames.

Rogers rumina en silence cette pensée pendant un bout de temps.

— Je ne suis pas opposé à une collaboration avec le F.B.I. Tout au contraire, notamment lorsque celui-ci dispose d'informations établissant que des gens que nous poursuivons sont en réalité innocents. Il nous est toujours possible de mettre fin à une inculpation par une ordonnance de non-lieu pour absence de preuves, mais si nous avons trop souvent recours à ce subterfuge, on nous accusera de mettre trop facilement les gens en prison. Rappelez-vous cela, Brad.

Ames acquiesça en subordonné discipliné.

— Toutefois, j'aimerais être informé de l'évolution du dossier.

— Vous étiez accaparé par cette histoire de budget, expliqua Ames. Je ne voulais pas vous embêter avec la routine.

Rogers le regarda avec sévérité.

— C'est absolument exact, Brad, cependant...

— Je n'en disconviens pas, ajouta Ames, mais si ça venait à être découvert, il vaudrait mieux qu'officiellement vous n'ayez pas eu connaissance de l'affaire, dès lors qu'elle n'était pas régulière à cent pour cent.

— Vous avez parfaitement raison, Brad. Mais vous savez qu'en cas de pépin, je serais là pour vous appuyer.

— Je pensais à l'aspect politique.

— C'est vrai, approuva le procureur de district. En politique, il arrive de devoir désavouer des choses faites en votre nom. Mais même dans ce cas, vous pouvez vous fier à moi pour assumer la pleine responsabilité.

Il scruta le visage de son adjoint.

— Précisément. Aussi ai-je pensé devoir aller de l'avant. Si j'ai commis une erreur de jugement...

— Pas du tout, Brad. Vous avez toute ma confiance. Vous le savez. Cela mis à part, comment entendez-vous procéder contre le vrai coupable ?

— On nous a demandé de ne rien faire, Matt.

— Rien ? Mais Brad, un grave crime a été commis dans notre ressort juridictionnel. Un attentat à la bombe. Je ne peux pas simplement m'en laver les mains et faire comme si rien ne s'était produit.

— Le crime n'est pas aussi grave que cela, Matt.

Rogers était indigné.

— Donc, à votre avis, faire exploser une bombe dans une université ne constituerait pas un crime grave ?

— Le mur dans le bureau de la doyenne a été quelque peu endommagé, dit Ames, il y a eu de légers dégâts du fait de la chaleur ainsi que le bris d'une vitre. L'ensemble n'atteint probablement pas cent dollars. Un bon avocat pourrait amener un juge compréhensif à disqualifier ce prétendu crime en contravention. D'ailleurs, la bombe a été posée par un agent des services gouvernementaux.

— Grand Dieu !

Ames se tortillait sur son siège, sa grosse tête remuant comme si elle devait ajuster les différentes parties de son corps au fauteuil.

— Nous vivons dans un monde dingue, Matt. Voyez-vous, si on infiltre un agent dans une organisation extrémiste telle que les Weathervanes, celui-ci, en l'occurrence c'est celle-ci, ne peut pas se contenter d'être là en simple observateur. Dans ces groupuscules, chacun doit donner sa pleine mesure. Et si la personne infiltrée passe à l'action, elle n'en est que mieux vue. Il faut s'en accommoder.

Rogers hocha la tête en signe d'approbation.

— En l'occurrence, il ne s'agissait pas de causer de gros dégâts, il fallait uniquement discréditer le groupe qui avait envoyé une délégation à la doyenne. D'abord, il était question d'organiser une sorte de contre-manifestation. Mais, lorsque l'agente du gouvernement apprit que la délégation se présenterait chez la doyenne un vendredi après-midi alors que l'université est pratiquement déserte, elle décida de saisir l'occasion. Cachée à l'intérieur du bâtiment, elle fit sauter une petite charge tout de suite après le départ de la délégation. Il s'agissait de faire porter à cette dernière le chapeau pour un acte considéré par tout le monde comme blâmable.

— Et vous dites que cet agent opérationnel des services secrets est une femme ?

— Un tout petit bout de femme, mais avec un cœur de patriote gros comme ça.

Rogers regarda son adjoint d'un air interrogateur, doutant de son sérieux.

— Mais, nom de Dieu, Brad, il y a eu des dommages et mort d'homme !

— Ah non, actuellement nous savons qu'il n'y a aucun rapport entre l'explosion et la mort de Hendryx.

— Oui, il y a ce Fine. J'espère qu'il ne s'avérera pas que lui aussi est un agent secret ou quelque chose de ce genre ; en êtes-vous sûr, au moins ?

— Ne vous en faites pas. (Ames rit.) Nous avons un dossier solide contre lui.

— Très bien. (Rogers se frotta les mains de satisfaction.) Et cette fille, elle doit avoir une position en béton chez les Weathervanes ; après une telle prouesse, elle ne peut être qu'au-dessus de tout soupçon ?

— Comme la femme de César.

— Comment ? Ah, oui, je vois !

Il rit.

— Et pour nous, elle est également insoupçonnable.

— Naturellement...

— Vous est-il jamais venu à l'esprit, Matt, que la situation est pourrie dès lors que nous nous servons d'agents doubles pour maintenir un semblant de loi et d'ordre ? Que nous devons fermer les yeux sur une infraction à la loi pour en empêcher une autre ? Que nous nous autodésignons comme seuls arbitres pour juger laquelle des deux est la plus grave ? A ce stade, ne présentons-nous pas les caractéristiques d'un Etat totalitaire policier ?

Rogers le regarda avec hésitation. Il semblait parfaitement sérieux dans son discours gauchiste. Puis, Ames se mit à rire et Rogers comprit que le train restait sur les rails.

40.

Pourquoi les Juifs ne mangent-ils pas de jambon ?
Pourquoi portent-ils des calottes noires pour prier ?
Dieu est mort. Vrai ou faux ?
Pourquoi... ?
Pourquoi... ?

Debout dans l'encadrement de la porte de la salle de cours, le rabbin regardait avec stupéfaction la longue liste de questions sur le tableau noir, tracée chacune par une écriture différente.

— Vous avez dit qu'aujourd'hui nous pourrions poser des questions, expliqua Harvey Shacter.

— Effectivement, monsieur Shacter.

Il entra dans la salle, l'œil toujours fixé sur le tableau noir.

— Vu la longueur de la liste, il vaut mieux commencer tout de suite. Nous les prendrons dans l'ordre. La première question, au sujet du jambon, concerne nos préceptes diététiques. En quelques mots, nous n'avons le droit de manger la chair d'un animal que s'il a le sabot fendu et s'il est un ruminant. Les deux conditions doivent être remplies pour qu'une viande soit cachère *, c'est-à-dire rituellement consommable. Les poissons doivent être munis à la fois d'écailles et de nageoires, ce qui élimine les mollusques et les crustacés ; il en est de même pour les oiseaux qui ont le bec recourbé et des serres, c'est-à-dire les oiseaux de proie, également interdits. Certains tentent de justifier ces lois par des considérations scientifiques : les animaux sains, dont la viande est nourrissante, sont acceptés, alors que ceux qui sont sujets à des maladies, ou moins appropriés à la consommation humaine, seraient tabous, mais il s'agit de spéculations rationalistes. Selon la tradition, nous observons les préceptes diététiques parce que cela nous est commandé par la Bible. Pour en revenir au porc, celui-ci n'est pas un ruminant, donc impropre à la consommation.

— Mais n'avons-nous pas une aversion particulière contre le porc que nous n'avons pas à l'encontre des autres animaux non cachères ?

— Oui, monsieur Leventhal. Nous éprouvons une aversion particulière pour le porc, peut-être parce qu'il a été l'objet d'un culte chez beaucoup de peuplades païennes. Cependant, je suis enclin à avancer une raison plus plausible. Tous les autres animaux domestiques présentent une certaine utilité pour l'homme tant qu'ils sont vivants : la vache donne son lait, le mouton sa laine, le cheval accomplit un travail et sert aux loisirs, le chien garde la maison, le chat chasse les souris. A l'exception du porc, tous les animaux domestiques, qu'ils soient ou non cachères *, servent à autre chose qu'à la boucherie. Or, notre religion interdit la cruauté envers les animaux. En fait, on trouve dans la Bible et dans les gloses rabbiniques des douzaines de prescriptions ordonnant de traiter les animaux avec bonté ; ainsi, il est interdit de museler le bœuf qui moud le grain ; un âne et un bœuf ne doivent pas être attelés ensemble ; les animaux de trait ont droit au repos du sabbat ; la chasse en tant que sport est interdite. Par l'étude de notre tradition, on comprend facilement qu'élever un animal uniquement pour la boucherie constitue quelque chose de répugnant à notre point de vue.

Le rabbin cocha cette question sur le tableau noir.

— Bon, passons à la suivante, la calotte noire. A propos, qui en est l'auteur ?

Harvey Shacter leva la main.

— Je n'ai jamais entendu désigner la kippa * de cette façon, dit le rabbin en souriant, mais il s'agit d'une bonne description. Pourquoi la portons-nous ? C'est simplement une coutume, monsieur Shacter. Il n'y a pas de précepte biblique à ce sujet ; toutefois, il arrive qu'une coutume acquière force de loi. Il n'est dit nulle part que cela doit être une calotte, ni qu'elle doit être noire. Tout couvre-chef peut remplir l'office. Il y eut des époques où la coutume voulait que l'on soit nu-tête et d'autres où il fallait être couvert ; actuellement, c'est le second terme qui l'a emporté, sauf dans quelques synagogues réformistes où les fidèles prient nu-tête.

Il cocha cette question puis, après un moment d'hésitation, passa à la suivante, en commençant par une remarque :

— « Dieu est mort » concerne bien davantage les théologiens protestants que les rabbins.

— Pourquoi cela ? s'écria Henry Luftig.

— Est-ce votre question, monsieur Luftig ?

— Oui monsieur.

— Il s'agit d'une question théologique et nous n'avons pas de théologie, du moins pas au sens généralement admis pour ce terme.

— Pourquoi pas ?

— Parce que nous n'en avons pas besoin, répondit simplement le rabbin. Notre religion est fondée sur l'idée d'un Dieu unique, un Dieu de justice. A y réfléchir, le concept de justice impose l'unicité de Dieu car il implique une norme unique. Et comme Il est infini, Il est insondable pour des esprits limités. Nous n'interdisons pas qu'on L'étudie, comprenez-moi, mais nous estimons que cela ne sert pas à grand-chose. Nous considérons cela un peu comme un ingénieur expérimenté qui verrait un de ses jeunes collègues tenter de construire une machine à mouvement perpétuel. Il lui dirait : « Allez-y si cela vous amuse, mais vous perdez votre temps, car il est théoriquement impossible que vous puissiez aboutir. » Donc, comme nous estimons inutile de sonder l'insondable, nous n'avons pas de théologie.

— Alors pourquoi les chrétiens en ont-ils une ? questionna Luftig.

— J'avais l'intention de consacrer cette heure à vos questions sur le judaïsme et non sur le christianisme, dit le rabbin sur un ton réprobateur.

— Comment pouvons-nous approfondir nos connaissances sur le judaïsme, si nous ne disposons pas d'éléments de comparaison ? demanda Shacter.

Le rabbin se mordit les lèvres et réfléchit :

— Vous avez tout à fait raison, monsieur Shacter. Très bien, j'essaierai de vous expliquer. Comme nous, les chrétiens croient en un Dieu unique. Mais ils ont en plus un autre être divin, Jésus, fils de Dieu. Et comme toute filiation implique une mère, ils ont également Marie, qui est pour le moins un personnage semi-divin. Or, ces relations d'ordre familial entre Dieu et Jésus, Marie et Jésus, Marie et Dieu, et toutes les autres combinaisons possibles, pour ne pas parler de la nature à la fois humaine et divine de Jésus, ne sont pas faciles à expliquer.

— Est-ce cela qu'ils appellent la Sainte Trinité ?

— Non, dit le rabbin. Ce dont nous parlons est la Sainte Famille. La Trinité se compose du Père, du Fils et du Saint Esprit ; les relations entre ces personnages forment la matière de la théologie chrétienne. Il y a, à ce sujet, de très subtiles différences entre les diverses Eglises chrétiennes.

— Oui, mais s'agit-il d'autre chose que de jeux de mots pratiqués par les prêtres et les dignitaires de ces Eglises ?

— Des dizaines de milliers d'hommes ont été tués dans les guerres de religion depuis l'époque de Constantin au IVe siècle jusqu'aux temps modernes uniquement à cause de ces prétendus jeux de mots, dit le rabbin. Non, monsieur Luftig, on ne peut pas traiter avec autant de légèreté les discussions des théologiens.

Lillian Dushkin leva la main.

— Je connais un garçon qui appartient au mouvement des Juifs pour Jésus ; d'après lui, Jésus est le Messie attendu par les Juifs et il est venu pour sauver l'humanité.

— La sauver de quoi ? intervint un jeune homme qui prenait de copieuses notes et le rabbin se dit que, pour une fois, comme la plupart des autres, il écoutait au lieu d'écrire.

— De l'enfer bien entendu, intervint dédaigneusement Mazelman. N'est-ce pas, monsieur le rabbin ?

— Oui, c'est bien l'intention, enchaîna le rabbin. L'enfer était une tentative de réponse à l'éternelle question : pourquoi les justes souffrent-ils tandis que les méchants triomphent et prospèrent ? Toutes les religions ont été confrontées à ce problème. Les Hindous l'ont résolu par le truchement de la réincarnation : vous trouverez la juste récompense de vos actes durant cette vie dans une vie future. La doctrine chrétienne affirme que les méchants endurent des tourments éternels en enfer, tandis que les vertueux jouissent d'une félicité éternelle au paradis.

— Comme des coqs en pâte, ironisa Luftig.

— Vous vous exprimez d'une façon plutôt irrévérencieuse, monsieur Luftig.

— Quelle est la réponse juive ? demanda Lillian Dushkin. Ne croyons-nous pas au paradis et à l'enfer ?

— Pas vraiment, mademoiselle Dushkin. Le concept est apparu de temps à autre, mais il n'a jamais pris racine. Notre « réponse », comme vous dites, est le mieux formulée dans le Livre de Job, et je crains qu'elle ne soit pas très encourageante. Nous estimons que le monde est fait de cette façon, le soleil brille avec autant de clarté pour le méchant que pour le juste, mais la bonté de ce dernier trouve en elle-même sa propre récompense, tandis que le mal charrie son propre châtiment. Cela a pour le moins l'avantage de focaliser notre attention sur ce bas monde, dans le but de l'améliorer, tandis qu'on peut affirmer que la conception chrétienne met l'accent sur le monde futur, en considérant celui-ci comme un simple lieu de passage. Bien entendu, cette évolution s'est forgée à une époque troublée où, comme actuellement, les valeurs et les cadres traditionnels s'écroulaient.

— Comme actuellement ?

— Parfaitement, monsieur Luftig. Il suffit de voir partout dans le monde la révolte des jeunes contre ce qu'ils appellent l'establishment.

— Peut-être bien que cela prouve que Dieu est mort ! lança Luftig en défi. Je ne sache pas qu'il y ait un essor des religions ou de quelconques nouveaux cultes...

— Non ? ponctua le rabbin. Comment expliquez-vous la fascination de votre génération pour l'astrologie, le yoga, le zen, les sectes, le tarot, les régimes macrobiotiques, les drogues, la vie communautaire — est-il utile que je continue ? —, tout cela promettant instantanément l'évasion, la connaissance ou l'extase mystique.

Au silence attentionné qui régnait, le rabbin réalisa qu'il avait parlé avec son cœur. Pour détendre l'atmosphère, il continua sur un ton neutre :

— Fondamentalement, le christianisme est une religion mystique, offrant les satisfactions psychologiques que réclament les mystiques. En d'autres termes, il est orienté vers le ciel, tandis que notre religion est tournée vers ce monde ici-bas. Nous nous opposons à ce qui, dans ce monde, est mauvais et nous nous réjouissons des bonnes choses, tant sur le plan spirituel que matériel. Nous ne fuyons pas le monde dans l'ascétisme et n'essayons pas de nous hisser au-dessus de lui au moyen du mysticisme, qui n'a jamais trouvé beaucoup d'échos dans la principale mouvance du judaïsme.

— Et le hassidisme * ? risque Mark Leventhal.

Le rabbin acquiesça.

— Oui, il tend au mysticisme, mais je ne dirais pas que le hassidisme * occupe une position centrale dans notre tradition. Il est notable que Martin Buber, le principal chantre moderne du hassidisme *, a subi bien plus l'influence de théologiens chrétiens que des penseurs juifs. Nous ne croyons pas qu'une union avec Dieu durant un court instant d'extase suffise pour vous conférer la vertu pour l'éternité. Ce qui nous paraît important, c'est de pratiquer de façon consciente et jour après jour la justice et la vertu. Et la vertu à laquelle nous aspirons est à l'échelle humaine, non la vertu surhumaine des saints. Notre religion nous appelle à nous adapter au monde tel qu'il est. C'est une religion de travail et de repos, de vie et de mort, de mariage et d'enfants avec leur formation et leur éducation, des joies de la vie et de la nécessité de savoir gagner sa vie.

— Cependant, leur religion semble bien fonctionner,

observa Shacter. Elle dispose d'une clientèle bien plus considérable que la nôtre.

La classe rit et le rabbin fit de même, relâchant la tension.

— Oui, monsieur Shacter, le christianisme est une religion très agréable. Il offre une foule de réponses très tentantes aux questions qui obsèdent l'homme depuis la nuit des temps. L'homme craint la mort et trouve la vie trop courte ; l'Eglise lui propose une vie éternelle après la mort. La seule perspective que nous puissions lui offrir est l'espoir qu'il continuera à vivre par ses enfants et dans la mémoire de ses amis. Il voit le juste souffrir et le méchant prospérer ; l'Eglise lui donne l'assurance que dans le monde futur tout sera compensé. Tout ce que nous trouvons à dire est que le monde est fait comme ça. En contrepartie des épreuves et des tribulations de la vie, l'Eglise offre à l'homme la paix qui lui est dévolue s'il s'abandonne à la merci du Christ, ainsi que les bons offices d'innombrables saints qu'il peut invoquer pour leur assistance, voire pour des miracles. En outre, le catholique peut ressourcer périodiquement sa foi par la communion avec son Seigneur grâce à un acte magique. Pour nous, il n'y a ni magie, ni raccourci, uniquement une vie d'efforts. A mon avis, cela donne à la locution « il est dur d'être juif » une signification quelque peu différente de celle qu'on lui attribue habituellement.

Lillian Dushkin était abasourdie.

— Mais si leur religion est tellement meilleure, qu'est-ce que nous attendons pour y adhérer ?

Le rabbin sourit.

— Il y a juste un petit hic, mademoiselle Dushkin. Il faut y croire. Et nous n'arrivons pas à y croire.

— Alors qu'y a-t-il de positif chez nous ?

— Ce qu'il y a de positif, pour reprendre votre

expression un peu terre à terre, c'est la satisfaction de faire face à la réalité.

Il vit que maintenant toute la classe était attentive.

— Notre doctrine ne nous permet pas d'esquiver les problèmes, mais elle nous aide à les résoudre, ne serait-ce qu'en nous faisant prendre conscience de leur existence. Après tout, n'est-ce pas ce que le monde moderne commence à faire ? Ainsi, après des milliers d'années, notre style semble enfin devenir moderne. Pour en revenir à votre affaire et à sa clientèle, monsieur Shacter, regardez autour de vous et vous constaterez que les récents mouvements de pensée et d'attitude, qui ont donné naissance à notre civilisation occidentale, vont dans le sens de ce que recommande la religion juive : égalité des peuples, droits de la femme, accès de tous les hommes aux conquêtes de la science, amélioration des conditions de vie, protection des animaux, rôle central de l'éducation.

— Voulez-vous dire que le monde a découvert toutes ces notions chez nous ?

— Peu importe qu'il les ait trouvées chez nous ou que finalement il les ait élaborées de son propre chef. Ce qui compte, c'est que dès l'origine, elles étaient inhérentes à notre religion, ce qui prouve que les préceptes de celle-ci s'accordent à la réalité.

La sonnerie retentit et le rabbin réalisa que l'heure était déjà écoulée. Il réalisa, par la même occasion, qu'il n'avait pas procédé au comptage habituel, et ce n'est qu'à ce moment qu'il constata qu'il y avait vingt et un étudiants présents, soit davantage qu'à aucun de ses cours antérieurs du vendredi. Il sourit et leur donna congé d'un signe de tête.

41.

Annabelle Fisher fut enchantée quand Selma Rosencranz lui téléphona pour l'inviter à venir chez elle vendredi après-midi. C'était tout à fait Selma, téléphoner sur l'impulsion du moment pour réunir quelques amies, de but en blanc.

— Je ferai quelques gâteaux aux noisettes, promit Annabelle.

La maison de Selma était moderne, intérieurement et extérieurement. L'immeuble en béton était enjolivé de plaques de verre noir enchâssées dans des cadres en chrome ; il avait été conçu par un architecte et cité dans un magazine. Selma s'arrangeait toujours pour signaler ce point à toute personne qui venait chez elle pour la première fois :

— Il a le don de savoir créer un cadre de vie fonctionnel, disait-elle tout en cherchant l'article dans le magazine. Tenez, lisez-le vous-même ; c'est expliqué bien mieux que je ne saurais le faire.

Annabelle appuya sur le bouton de la sonnette et aussitôt un carillon lui répondit par les quatre premières notes de *Chantons sous la pluie*. A chaque fois cela la faisait rigoler ; Selma avait toujours de ces idées farfelues. Ainsi, elle venait ouvrir la porte dans un élégant deux-pièces d'intérieur et avec des pantoufles argentées aux pieds, pour annoncer à la criée :

— C'est Annabelle Fisher ; elle a apporté des gâteaux aux noisettes. Si l'une d'entre vous, les nanas, n'a encore jamais goûté les gâteaux aux noisettes d'Annabelle, elle peut être sûre de se régaler.

Annabelle tendit à Selma son manteau et la boîte de gâteaux avant d'entrer dans le vaste living situé en contrebas. Flossie Bloom y était déjà installée avec plusieurs autres femmes, qu'Annabelle connaissait plus ou moins.

Au retour de Selma, Annabelle lui demanda si elle voulait organiser deux tables.

— Si nous nous décidons à jouer, répondit Selma. Nous étions en train de bavarder en attendant que tu arrives et nous pensions qu'il serait amusant que nous allions toutes à la synagogue ce soir. Tu y as déjà été, n'est-ce pas ? A quoi cela ressemble-t-il ?

— L'office du vendredi soir ? J'y ai certainement été une ou deux fois avec Joe. Pourquoi ? Cela ressemble à un office de vendredi soir. L'officiant chante, les gens prient, puis le rabbin prononce un sermon.

— Il prononce un sermon ? demanda Selma. Es-tu sûre ? Tous les vendredis soir ?

— A chaque fois que j'y étais le vendredi, il y avait un sermon. Pourquoi ?

— Oh ! parce que s'il n'y avait pas de sermon du rabbin, nous ne voudrions pas y aller ! formula Selma.

Flossie Bloom gloussa.

— Sans ce sermon, où serait l'intérêt ?

— Combien de temps dure-t-il ce sermon ? s'inquiéta Nathalie Wolf.

— A ce jour, je ne l'ai jamais chronométré, répondit Annabelle heureuse d'être le centre d'intérêt, mais je dirais entre vingt minutes et une demi-heure.

— Alors tablons sur dix minutes, dit Flossie Bloom en papillotant des yeux en direction des autres, ou mettons quinze minutes. Quelle est la suite du programme, Annabelle ?

— Après, sauf erreur de ma part, l'officiant chante de nouveau, les fidèles récitent une ou deux prières ; ensuite, tout le monde descend à la salle de réunion pour la collation.

— J'estime que le mieux serait d'agir tout à fait au début, dit Selma.

— Tu as raison, approuva Nathalie Wolf, comme ça, nul n'imputera notre action au contenu du sermon.

Le regard d'Annabelle passa de l'une à l'autre en quête d'explication, son gracieux sourire figé sur sa figure.

— Vous avez l'intention d'y aller toutes ensemble ? C'est vraiment très intéressant et ce n'est pas trop long. Je ne pense pas que vous allez vous ennuyer.

Remarquant leur air ironique, elle se demanda si elle n'avait pas dit une sottise. Bien entendu, elle les connaissait toutes, mais plus ou moins vaguement. Elle savait que Nathalie était divorcée, et que d'après les mauvaises langues, elle ne se faisait pas prier longtemps pour la bagatelle. Cela étant dit, étant l'amie de Selma, ce ne pouvait être qu'une fille bien. Quant à Geneviève Fox et Clara Nieman, elle les avait bien rencontrées un certain nombre de fois, mais en fait elles évoluaient dans un monde différent. Geneviève conduisait une Jaguar blanche et Clara, une célibataire, occupait un luxueux studio au bord de mer.

— C'est ce dont nous sommes convenus, expliqua Selma. Y aller toutes ensemble en groupe. Aimerais-tu être des nôtres ?

— Magnifique ! Je ne demande pas mieux. Je dois naturellement en parler à Joe. Au cas où il aurait l'intention d'y aller ce soir, j'irais bien entendu avec lui.

42.

L'office du vendredi soir commençait à huit heures trente, toujours à l'heure. Les fidèles arrivaient dès huit heures, mais ils restaient au foyer, se retrouvant entre amis, avant d'entrer vers le quart dans l'oratoire. Une fois à l'intérieur, ils prenaient place et baissaient la voix, compte tenu de la consécration du lieu.

D'habitude, la femme du rabbin était déjà assise à sa place, au douzième rang, d'où elle pouvait juger si son mari parlait assez fort pour être entendu partout et, le cas échéant, lui faire signe d'élever la voix. Les gens la saluaient de la tête et elle répondait par un sourire et par un « Chabat Chalom * » qu'on pouvait lire sur ses lèvres. Sur l'estrade, à côté de l'arche sainte, étaient assis le rabbin et l'officiant, ce dernier, imposant dans sa tunique noire, avec son long châle de prière en soie et sa calotte de velours, frangée et ornée de broderies. Il était assis tout droit, sans rien perdre de sa grande taille, inclinant la tête quand occasionnellement le rabbin lui murmurait quelque chose à l'oreille, pour opiner gravement après.

Le rabbin, plus petit, et encore rapetissé du fait qu'il n'était pas assis droit dans sa chaire en forme de trône, faisait triste figure à côté de l'officiant. En dépit de l'insistance de la commission des offices, il refusait de porter une robe noire, et son châle de prière, bien que blanc et net, avait un aspect jaunâtre, du fait qu'il était en laine, comparé à la blancheur étincelante du châle en soie de l'officiant. Sa calotte, également, ne se distinguait guère du bout d'étoffe noire que portaient la plupart des membres de la communauté. Depuis qu'il avait été nommé rabbin de la communauté, ses chaussures noires, parfaitement exposées à la vue de tous les fidèles, étaient invariablement poussiéreuses. Pourtant, il y avait une brosse au vestiaire, mais malgré les objurgations de Myriam, il oubliait régulièrement de s'en servir.

L'importance de l'assistance était variable de semaine en semaine, fluctuant en grande partie en fonction des conditions atmosphériques. Par beau temps, il y avait une centaine de personnes. Alors, les fidèles avaient tendance à s'agglomérer vers le milieu, dans la nef centrale à partir de la troisième ou de la quatrième rangée. Après quelques minutes de conversations chuchotées, ils commençaient à feuilleter leurs livres de prières, comme pour se mettre dans l'ambiance de l'office. Ceux qui arrivaient juste avant le début de l'office ou en retard prenaient place à l'arrière aussi discrètement que possible.

Ce soir-là, au moment où le rabbin s'avança pour annoncer que l'officiant allait commencer par le chant du cantique *Ma Tovou* « Qu'elles sont belles tes tentes, Jacob », une demi-douzaine de jeunes femmes apparurent au fond du sanctuaire. Elles regardèrent autour d'elles, puis empruntèrent résolument l'allée centrale pour prendre place dans la deuxième rangée. Le rabbin attendit qu'elles fussent installées avant de faire son annonce.

Mme Nathanson, gênée comme la plupart des assistants par cette intrusion, chuchota à son mari :

— Tiens, Selma Rosencranz et sa bande ; elles viennent se mêler au bas peuple.

Mais avant que M. Nathanson ait pu répondre, l'officiant, la tête rejetée en arrière, tenant son livre de prières à bout de bras, entonna le cantique.

Il continua en saluant l'arrivée de la Princesse Sabbat par Le'ha Dodi * et la communauté se joignit au chant. Après, la communauté lut en alternance avec le rabbin un psaume en anglais. Ensuite, l'officiant chanta Hashkivénou *, prière qu'il affectionnait particulièrement car elle lui permettait d'étaler ses possibilités vocales. Après cela, l'ensemble de la communauté récita le Chema * à voix haute, puis se leva pour prononcer en silence l'Amida *. Durant tout ce temps, les jeunes femmes de la deuxième rangée se conduisirent fort civilement, se levant quand il fallait se lever et récitant rituellement les répons.

Le rabbin attendit que tout le monde eût terminé la prière silencieuse, puis, ajustant son châle de prière et effleurant sa calotte pour s'assurer qu'elle était bien en place, il s'avança vers le lutrin, devant l'estrade, pour prononcer son sermon. Les fidèles fermèrent leurs livres de prières et se tinrent cois sur leurs sièges.

— Dans le passage de la Bible que nous lirons demain... commença-t-il pour s'arrêter aussitôt.

Les jeunes femmes au deuxième rang s'étaient levées d'un seul mouvement avec un maximum de bruit et, d'un pas aussi résolu qu'à leur arrivée, elles sortirent par l'allée centrale.

Il y eut un moment de silence offusqué, puis un bruit de chuchotements étouffés entre voisins.

Le rabbin attendit que la porte de l'oratoire se soit refermée sur les jeunes femmes, puis murmura d'une voix à peine audible dans les premières rangées « Elles doivent connaître tout cela par cœur », avant de reprendre fermement :

— Dans le passage de la Bible que nous lirons demain…

Ils marchèrent en silence jusqu'au croisement à partir duquel ils ne voyaient plus la synagogue. Là, Myriam dit :

— Tu t'es très bien débrouillé, David. Tu ne semblais absolument pas être en colère ou troublé.

— Je ne l'étais pas. Mais c'était plutôt gênant, non ?

— Que veux-tu dire, David ? demanda Myriam. Je ne comprends pas.

— Je ne suis pas sûr de comprendre moi-même, dit le rabbin. J'aurais dû piquer une colère. Les circonstances l'auraient justifiée certainement, mais je n'étais pas irrité. Simplement, je m'en fichais. Je ne sais pas pourquoi.

Il s'arrêta de marcher, regardant son épouse, comme s'il attendait un assaut de sa part. Devant le silence persistant de celle-ci, il enchaîna :

— Il se peut que mon indifférence soit due au fait que je n'ai jamais eu une haute opinion de cet office du vendredi soir dans nos synagogues non orthodoxes, où nous chantons Le'ha Dodi * pour saluer l'entrée du sabbat, arrivé depuis des heures, avant de délivrer un sermon, ne constituant qu'un changement de rythme par rapport à la prière, soigneusement élaboré de façon à ne fatiguer personne. Je trouve déplorable qu'alors que nous rassemblons une centaine de personnes le vendredi soir, nous réunissons difficilement un minyan * pour l'office du soir en semaine.

— Mais cela a toujours été comme cela, observa-t-elle enfin.

— Peut-être, mais jusqu'à présent je n'avais jamais de base de comparaison.

Elle le regarda.

— Tu veux dire parce que, actuellement, tu es enseignant ?

— Il se peut qu'il y ait un rapport, admit-il. Je suis loin d'être satisfait de mon cours à l'université, mais j'ai au moins le sentiment de faire quelque chose d'utile. Pour ici, j'en suis moins sûr. Ces femmes, continua-t-il en se tournant vers son épouse, les connais-tu toutes ? Il me semblait en connaître quelques-unes, mais il y avait d'autres dont je suis persuadé que je ne les ai jamais vues précédemment.

— C'était Selma Rosencranz et ses partenaires de bridge, expliqua Myriam de façon élusive.

— Oh ! j'ignorais qu'elles fussent tellement intéressées par la religion ! Elles ont choisi une méthode plutôt voyante pour exprimer leur opinion sur l'office du vendredi soir, ou peut-être sur moi, puisqu'elles sont parties au moment précis où je commençais mon sermon.

— David, cria Myriam, elles se fichent et se contrefichent de l'office et de ton sermon !

— Pourtant elles...

Il s'arrêta.

— Myriam, y a-t-il quelque chose que tu saches et que j'ignore ?

— Bon, dit-elle. Selma est très liée à Edie Fine ; or il y a des rumeurs, j'ai peine à croire que quiconque puisse prendre de tels ragots au sérieux, selon lesquelles tu aurais fait libérer le jeune Selzer en indiquant à la police que Roger Fine était beaucoup plus crédible comme suspect.

— Oh non !

Elle confirma ses dires en hochant la tête en silence.

Cette fois-ci, il était en colère. Elle s'en rendait compte à son allure, tellement accélérée qu'elle avait de la peine à le suivre.

43.

— Qu'est-ce que c'était que ce jeu stupide ? demanda Sumner Rosencranz. Serais-tu une espèce de hippie ? Qu'est-ce que tu attends pour te munir d'une pancarte pour dissuader les gens d'aller à la synagogue ? De quoi ai-je l'air quand ma femme se lève au milieu de l'office et tourne les talons au moment où le rabbin prend la parole ?

— Je croyais qu'il t'était indifférent, répondit Selma sans élever la voix.

— Quel est le rapport ? Il y a une foule de gens qui me laissent indifférent sans que pour autant je m'aventure à les insulter en pleine figure devant un vaste public. Je n'apprécie pas particulièrement ta mère et pourtant...

— Tu le montres bien. Tu le montres à chaque fois qu'elle vient.

— Je ne lui ai jamais adressé ne fût-ce qu'une fichue parole qu'une quelconque personne douée de raison puisse juger insultante.

— Tiens donc ? Parlons de ton attitude quand elle t'a offert cette chemise pour ton anniversaire, et de ton comportement quand elle t'a demandé de t'arrêter au drugstore pour acheter une lotion de beauté.

— Ecoute-moi une minute, rien qu'une minute, veux-tu ? Je m'en suis déjà expliqué à toi des douzaines de fois. Tout ce que j'ai dit était que cela ne lui ferait aucun bien. Ces lotions hors de prix ne sont que des attrape-nigauds et elle aurait été mieux inspirée de dépenser son argent à meilleur escient. C'est ce que je voulais lui expliquer ; un point, c'est tout. En ce qui concerne la chemise, bon..., je n'ai émis de critique que contre celle-ci. Cela n'a rien d'insultant pour ta mère. Et si on parlait de la façon dont tu traites ma mère, quand elle vient ?

— Ecoute, rétorqua Selma, je traite ta mère exactement comme elle me traite. Si elle veut venir en qualité d'invitée, elle est tout à fait bienvenue ; toutefois, une invitée n'est pas censée farfouiller dans le frigo ou formuler des appréciations sur mes amies. Mes amies ne concernent que moi et je prendrai toujours leur parti. Edie Fine est ma meilleure amie depuis des années. Nous avons été ensemble à l'école ; aussi, dès lors que quelqu'un s'avise d'alléguer qu'elle est l'épouse d'un assassin et, plus fort, d'aller à la police pour le désigner en tant que tel, alors qu'elle est enceinte et a besoin de calme, eh bien, peu importe qu'il soit rabbin de notre synagogue ou le grand rabbin d'Israël, je lui montre sans ménagement ma façon de penser sans m'occuper du reste.

— Comment le sais-tu, Clara ? Comment sais-tu que c'est le rabbin qui a dénoncé ce Fine ?

— Oh ! Mike, c'est connu ! Tout le monde est au courant.

— Mais comment le sait-on ? insista-t-il. Toi, par exemple, qui te l'a appris ?

— A vrai dire, personne. Je veux dire personne dont je puisse citer le nom. Nous étions simplement assises à bavarder. Comment sais-tu que Christophe Colomb a découvert l'Amérique ? Quelqu'un l'a appris à quelqu'un qui l'a répercuté sur quelqu'un. Comment est-ce que tout le monde a su que c'est le rabbin qui a fait libérer le jeune Selzer ? Tout le monde le savait et nul ne l'a contesté. Et c'est de la même façon qu'il est avéré que c'est le rabbin qui a accusé Fine.

— Bon, si Fine est coupable et que le rabbin le sache, n'est-il pas censé le dire ? N'est-ce pas le devoir d'un bon citoyen ?

— Mike, comment peux-tu parler comme ça ? Un rabbin n'a pas à réagir comme un quelconque autre citoyen. Les rabbins, les curés, et *tutti quanti,* ne sont même pas forcés de comparaître en justice ; je veux dire, qu'on ne peut pas les obliger à déposer comme témoins. C'est ce qu'on appelle la liberté religieuse. D'ailleurs, si ce n'est pas le rabbin qui a dénoncé Fine, pourquoi ne le démentirait-il pas carrément ?

– Tu viens de marquer un point.

— C'est ma façon de penser. Cela étant dit, Selma Rosencranz est une de mes meilleures amies. Elle a pris cette initiative devant les copines et nous étions toutes d'accord. Pour ma part, je ne regrette rien.

Il ne pouvait se défendre d'éprouver une certaine admiration.

— Je dois reconnaître que cette sacrée Selma a un drôle de culot. Il en faut pour se lever et faire un tel éclat.

— Ecoute, en ce qui me concerne, j'estime que ce Fine n'est qu'un fichu vaurien. J'aime bien Edie. C'est une chic fille ; mais son mari...

— Tu le connais à peine.

— Je ne le connais que trop. L'illustre professeur ! Rappelle-toi la discussion politique que nous avons eue chez Al Kaufman et comment il m'a attaqué. J'avais l'impression d'avoir affaire à un vrai gauchiste, sinon un communiste. Et dès qu'on avait le malheur d'élever une quelconque objection à un de ses propos, on se faisait pratiquement traiter d'idiot. Oh ! toujours très poliment et bien enveloppé avec des mots à dix dollars pièce, mais tout un chacun qui était en désaccord avec lui en prenait pour son grade ! Moi, après avoir entendu son discours de coco, je n'ai aucun mal à le croire coupable. Tu sais, pour eux il ne s'agit pas d'assassinat ; ils « liquident » ceux qui leur déplaisent.

— Crois-moi. Tu l'as mal compris.

— Ouais ? Eh bien, si tu veux connaître mon opinion, du moment qu'il l'a accusé, le rabbin savait ce qu'il faisait et ce salaud de Fine est archicoupable.

— Est-ce une façon de se comporter pour des femmes juives ? Sur le coup, je n'ai pas compris ce qui se passait. Je pensais que l'une d'elles était malade ou quelque chose de ce genre. Je suppose que, comme moi, le rabbin ne savait pas de prime abord ce qui arrivait. Par la suite, il ne pouvait pas ne pas savoir. Aussi, s'il s'était mis en colère, qui l'en aurait blâmé ? Crois-moi, à sa place, j'aurais été très mauvais, de même que n'importe qui. J'aurais prononcé des paroles très désagréables, tu peux me faire confiance. Mais ce n'est pas le style du rabbin. Il est resté calme. Il a même souri et a risqué une petite plaisanterie. Il a dit que normalement les gens partent après le sermon, mais qu'est-ce que c'est que ces personnes qui se sauvent avant ?

— C'était ça, sa plaisanterie ?

— Je viens de te le dire.

— Je ne la trouve pas bien drôle.

— Sur le coup, elle paraissait drôle ; tout le monde a ri. Au demeurant, ce qui importe ce n'est pas que la plaisanterie fût drôle ou pas, mais qu'à ce moment-là, il ait eu le cœur à plaisanter.

Gladys Lanigan apporta à son mari son gin-tonic et s'en prépara un pour elle-même.

— Ce matin, j'ai été acheter du café au supermarché, débuta-t-elle. Deux femmes discutaient à côté de moi, de sorte que je n'ai pu m'empêcher d'entendre ce qu'elles disaient.

— Telle que je te connais, tu as dû te pencher pour ne rien perdre de leurs paroles, ai-je tort ? remarqua affectueusement le commissaire Lanigan.

— Mais non ! (Elle rit.) Elles parlaient tellement fort que c'était superflu. Il semble qu'il y ait eu du grabuge hier soir à la synagogue. Un groupe de femmes se serait levé spectaculairement pour quitter l'office au moment où le rabbin Small s'apprêtait à prononcer son sermon.

— Elles ont fait cela ? Pourquoi ?

— Je n'ai pas pu vraiment comprendre la raison. Cependant, j'ai cru saisir que ces femmes étaient liées aux Fine, celui qui a été arrêté pour cette affaire de Windemere. Elles avaient dans l'idée que c'était la faute du rabbin. Sais-tu quelque chose à ce sujet, Hugh ?

Il secoua la tête, perplexe.

— Pourquoi les gens pensent-ils de telles sottises ? s'exclama-t-elle. Pourtant, le rabbin est un jeune homme tellement gentil !

— Sans doute, par pure méchanceté.

Il secoua de nouveau la tête, cette fois-ci avec philosophie.

— Ils veulent s'en débarrasser. Et sais-tu pourquoi ? Simplement, parce qu'il a le tort d'être là. Chez eux ce n'est pas comme chez nous. Il y a beaucoup de gens qui n'aiment pas particulièrement le père Aherne, mais nul ne songerait à entreprendre quelque chose pour le chasser. On ne saurait même pas comment procéder. En effet, il a été nommé par l'archevêque, sans qu'on ait demandé notre avis. Tandis qu'eux rémunèrent le rabbin et, par conséquent, ils peuvent le licencier. Néanmoins, je vais te dire quelque chose, Gladys ; malgré ses dehors affables, David Small est un dur à cuire. Il restera ici aussi longtemps qu'il le voudra. Nul ne saura le déloger.

Il posa son verre.

— J'ai l'intention de faire un saut chez lui, demain.

— Oh ! je ne ferais pas cela à ta place ! dit-elle rapidement.

— Pourquoi pas ?

— J'ai cru comprendre qu'une des raisons invoquées pour expliquer le rôle néfaste du rabbin était les liens amicaux qu'il entretient avec toi.

Il la fixa avec incrédulité et colère.

44.

Bien que ce fût le sabbat, jour de repos et de relaxation, où le juif pratiquant est censé bannir de son esprit les pensées profanes et les soucis, le rabbin fut absorbé durant toute la journée, adressant à peine la parole à Myriam. Puis, en début de soirée, après la clôture du sabbat, il se rendit au salon pour se plonger dans un livre.

— Crois-tu que c'est lui ? demanda Myriam d'un ton morose. Roger Fine, crois-tu qu'il est coupable ?

Il haussa les épaules :

— Comment veux-tu que je le sache ? Et se replongea dans son livre.

— Alors, ne vas-tu rien entreprendre dans cette affaire ?

Il ferma le livre avec un soupir d'impatience.

— Que puis-je faire ?

— Tu pourrais déjà aller le voir, rétorqua-t-elle.

— Je ne suis pas certain que ce serait judicieux, répliqua-t-il. Fine n'a pas demandé à me voir, ni personne de sa famille. D'ailleurs, ils seraient plutôt mal venus compte tenu des frottements désagréables qui ont eu lieu avant la célébration de son mariage et bien plus encore après l'incident d'hier soir à la synagogue. S'ils sont capables de faire courir la rumeur que je l'aurais accusé ou dénoncé à la police, Dieu sait ce qu'ils inventeraient si j'allais le visiter en prison.

— Tu ne t'es jamais soucié de ce que les gens pensaient, observa-t-elle calmement. Tu as toujours agi selon ta conscience, quelle que soit l'opinion des gens.

— Alors, il se peut que je me sois légèrement assagi, fit-il avec cynisme.

Elle leva promptement les yeux vers lui. Cela lui ressemblait tellement peu ! Saisissant son regard, il estima devoir s'expliquer.

— Je n'ai jamais eu ici à Barnard's Crossing un succès retentissant, dit-il posément. Au début, je pensais que c'était la faute de la communauté et que dès que celle-ci se serait habituée à moi tout irait mieux. Chaque fois qu'il y avait une crise — il y en avait une pratiquement chaque année depuis mon arrivée —, je croyais qu'une fois que la crise serait réglée, tout serait pour le mieux dans le meilleur des mondes, pour me retrouver avec une nouvelle crise sur les bras. Comme pour notre première voiture, te rappelles-tu ? Nous avons commencé par avoir des ennuis avec l'allumage ; quand il a été remis à neuf, nous pensions que tout baignait. Puis ce fut le tour du radiateur. Nous l'avons remplacé et moins d'une semaine plus tard le pot d'échappement a lâché. Ensuite, ce fut l'embrayage ; on nous a demandé pour la réparation, combien encore ? deux cents dollars ? trois cents dollars ?

— Trois cents dollars, c'est le prix que nous avions payé pour la voiture, murmura-t-elle.

— Chaque fois que quelque chose clochait, nous pensions que c'était le fait du hasard et qu'une fois la réparation faite, tout irait bien. Mais après une série de hasards, on ne peut plus parler de hasard ; c'est l'application de la loi de Murphy.

— La loi de Murphy ?

— Exact. J'en ai entendu parler pour la première fois alors que j'étais aumônier à l'armée. La loi de Murphy stipule que dès lors qu'un accident ou une panne est possible, il ou elle interviendra. Aussi, au bout d'un certain temps me suis-je dit que c'était peut-être moi le fautif et non la communauté.

Il sourit tristement.

— Tu connais le vieil adage talmudique : « Si trois personnes te disent que tu es ivre, rentre te coucher. »

— Donc, tu vas te coucher.

— Myriam, si toi tu ne me comprends pas...

— J'essaie, David, dit-elle avec passion. J'essaie de toutes mes forces.

— Ecoute, toutes les fois précédentes quand il y avait du ramdam, j'avais le sentiment de jouir du respect de la communauté. Nous pouvions avoir des différends sur des questions de principe, mais cela ne les empêchait pas de me respecter. Tandis que cette fois-ci, il s'agissait d'une démonstration dirigée contre ma personne par ma propre communauté.

— Certaines de ces femmes ne sont même pas membres de la communauté.

— Mais certaines le sont.

Elle était décontenancée.

— David, essaies-tu de m'expliquer que tu en as ras le bol du rabbinat ?

Il sourit avec amertume.

— Non, mais cela pourrait se produire un de ces jours.

— Que veux-tu dire ?

Il se leva pour marcher de long en large.

— Mon grand-père était le rabbin d'une petite communauté orthodoxe. Il n'adressait pas d'allocutions aux garçons célébrant leur bar-mitzwa *. Il ne se levait pas durant les offices des jours de fête pour indiquer telle page du rituel de prières. Il passait essentiellement son temps à étudier. Lorsqu'un membre de sa communauté était confronté à un problème d'ordre religieux, il venait le trouver ; mon grand-père consultait le Talmud * et lui donnait la solution. Quand un différend s'élevait entre deux ou plusieurs membres de la communauté, ceux-ci venaient à lui. Après avoir entendu l'ensemble des parties, il rendait sa sentence. Tout le monde se soumettait à son verdict. Il remplissait le rôle traditionnel du rabbin.

— Mais ton père...

— Mon père était un rabbin conservateur [1]. Sa communauté était ancienne et bien implantée. Les membres sentaient et comprenaient en quoi consistent les fonctions du rabbin et lui accordaient implicitement leur confiance. Ils ne venaient pas le trouver afin qu'il arbitre leurs conflits ni ne se préoccupaient des problèmes soumis à mon grand-père. Toutefois, le judaïsme était quelque chose qui comptait pour eux et ils se fiaient à mon père pour leur servir de guide dans son sein.

— N'est-ce pas ce que tu fais ?

— C'est ce que j'ai essayé de faire. C'est ce que je ferais si la communauté m'en laissait le loisir. Mais ils me guettent à chaque tournant. Au début, je pensais pouvoir gagner leur appui graduellement pour pouvoir servir cette communauté comme mon père a servi la sienne.

— Mais...

---

1. Le judaïsme américain comprend trois tendances : une tendance orthodoxe ou de stricte obédience, une tendance conservatrice assez proche de la tendance dite « libérale » en France et une tendance libérale, moins traditionaliste. (*N.d.T.*)

— Mais maintenant, je constate que le rabbinat n'est pas ce que je croyais.

Elle le regarda. Il avait l'air si malheureux !

— Tout change d'une génération à l'autre, David, commença-t-elle avec douceur. Tu t'es engagé dans le rabbinat, parce que tu as été inspiré par la vue de ton grand-père rendant la justice. Pense au fils du médecin qui s'est senti une vocation pour la médecine pour avoir vu son père passer des nuits entières au chevet d'un malade dont le cas était désespéré. A l'heure actuelle, il est sans doute spécialiste, consultant cinq jours par semaine et faisant relâche le mercredi après-midi. Au lieu de traiter toutes les maladies, il s'occupe uniquement du cœur ou de l'estomac. Il en est de même pour les métiers. Lorsque M. Mc Farlane était venu réparer les fenêtres, il m'a expliqué que son père avait construit la maison où ils habitaient de a à z, à lui tout seul. Et durant l'hiver, il fabriquait par-dessus le marché une bonne partie de leurs meubles. Tandis que notre M. Mc Farlane, exception faite de quelques menus travaux et à-côtés, ne fait rien d'autre que poser des planchers. Les méthodes changent, mais les professions demeurent. Les médecins s'occupent toujours de la guérison des malades, les charpentiers de la construction des maisons et les rabbins de la direction des communautés juives et de la pérennité du judaïsme. Et si on parlait des professeurs ?

— Dans ce domaine non plus, je n'ai pas l'impression d'avoir bien réussi, dit-il d'un ton maussade.

— Ce que tu dis là est absurde ! explosa-t-elle. Tu es un excellent rabbin et également un excellent professeur. Si tu as des ennuis avec ta communauté, c'est justement parce que tu es un bon rabbin.

— Que veux-tu dire par là ?

— Si tu veux bien t'entendre avec ta communauté, si

tu veux être populaire, David, il suffit d'aller dans leur sens plutôt que de les diriger et les guider. Tu ne dois jamais les confronter à des vérités désagréables. De même, pour être populaire auprès de ses étudiants, il suffit pour un professeur de renoncer à leur faire apprendre quoi que ce soit.

— Bien entendu...

Elle sentit que son humeur avait changé. Avec un beau mépris de la logique, elle formula :

— Tu n'as pas à visiter ce Fine en prison, du moins pas dans l'immédiat. Je serais d'avis que pour commencer tu ailles voir ce Bradford Ames afin d'explorer la situation. Après tout, il est ton obligé pour l'avoir aidé à se dépêtrer en ce qui concerne Selzer.

Le rabbin réfléchit.

— Je pourrais essayer de le voir.

— Pourquoi ne l'appelles-tu pas sur-le-champ chez lui ? Il ne doit pas y avoir une foule de Bradford Ames, même à Boston.

Ames semblait content d'entendre sa voix :

— Je serais heureux de vous rencontrer, monsieur le rabbin. Il se trouve que je descends demain à Barnard's Crossing pour fermer notre maison avant l'hiver. Savez-vous où elle est située ?... Je vous attends dans le courant de la matinée à l'heure qui vous convient.

45.

La maison des Ames était située sur une pointe de terre rocheuse faisant saillie à l'entrée du port. C'était une vaste maison à colombage avec une grande véranda qui en faisait le tour complet ; le côté orienté vers le port surplombait la digue et donnait directement sur l'eau à marée haute, de sorte qu'on avait l'impression d'être à bord d'un bateau. C'était une chaude journée de l'été indien. A l'arrivée du rabbin, Ames était installé sur la marquise dans un fauteuil en osier.

— Montez là, monsieur le rabbin, cria-t-il, autant profiter du soleil tant qu'il est là.

David Small s'avança jusqu'au garde-fou et jeta un coup d'œil sur l'eau au-dessous.

— Joli, très joli, apprécia-t-il tout en s'emplissant les poumons de l'air chargé d'embruns.

— Je suis toujours un peu triste quand vient le moment où il faut fermer la vieille maison familiale à l'approche de l'hiver, dit Ames. Je mets un point d'honneur à choisir une journée de beau temps et, après m'être installé ici pour voir l'océan une dernière fois avant la mauvaise saison, je me verse un verre ou deux avant de retourner à la grande ville.

Il désigna la bouteille posée sur la table en osier recouverte de verre.

— Puis-je vous servir quelque chose, monsieur le rabbin ? Sauf erreur de ma part, votre religion n'interdit pas la consommation d'alcool, n'est-ce pas ?

— Allez-y, il n'y a pas de contre-indication.

Ames remplit les verres et les deux hommes, confortablement installés dans leurs fauteuils en osier, burent en silence quelques gorgées.

— Je suppose que vous vous intéressez à Roger Fine, dit enfin Ames. Sans doute est-il membre de votre communauté ?

— Non, mais il est juif, il est domicilié à Barnard's Crossing et étant le seul rabbin de cette ville...

— Vous vous sentez quelque responsabilité. (Ames rit.) Par ailleurs, comme vous êtes le seul rabbin enseignant à l'université Windemere, vous êtes tout aussi responsable pour tout membre juif de cette université, non ?

— Je n'y avais pas pensé, reconnut le rabbin, mais maintenant que vous l'avez mentionné...

Ames se tortillait sur son fauteuil comme s'il voulait se gratter le dos contre le dossier.

— Bon, je suis tout disposé à parler avec vous de Fine, monsieur le rabbin. Je vous dois bien cela, car vous m'avez tiré une épine du pied en amenant ces étudiants à demander leur libération sous caution.

Il s'était tellement tortillé que sa grosse tête se trouvait à peu près à hauteur de la table.

— J'en parle, monsieur le rabbin, pour bien vous montrer que je ne suis pas de ceux qui, lorsqu'ils croient tenir un coupable, refusent de lâcher prise.

— Très bien.

— Je vais vous faire connaître toutes les charges pesant sur Fine. Je vous dévoilerai l'intégralité du dossier. Je mettrai toutes les cartes sur la table.

Il leva la tête vers le rabbin.

— Maintenant, vous allez me demander pourquoi je fais cela ?

Le rabbin sourit.

— Très bien, pourquoi tenez-vous à faire cela ?

— Parce que je veux venir en aide à ce jeune homme. Oh ! j'ai un dossier fourni contre lui et j'obtiendrais un verdict de culpabilité ! Mais l'échelle des peines est très vaste ; la condamnation peut varier entre ceci et cela.

Il tint ses deux pouces à deux centimètres l'un de l'autre, puis écarta entièrement les bras.

— Si je comprends bien, vous aimeriez que j'incite le professeur Fine à plaider coupable ?

— Ce serait une bonne chose pour lui, admit Ames, si vous arriviez à le persuader dans ce sens. Oh ! il n'y a aucun coup fourré dans ma suggestion ! J'en ai discuté avec son avocat, maître Jerry Winston.

— Et ?

Ames se redressa dans son siège.

— Nous nous livrons à une sorte de jeu, monsieur le rabbin. Dans la salle d'audience, nous sommes poliment distants l'un de l'autre, moi le procureur adjoint et lui l'avocat de la défense. Cela ne nous empêche pas de temps en temps de nous jouer des tours juridiques ou de nous engueuler. Mais une fois que nous avons quitté le tribunal, nous sommes amis. Cela ne signifie pas que Winston ne défend pas son client du mieux qu'il peut, de même que moi je soutiens l'accusation. Voyez-vous, nous sommes des professionnels. Cependant, il y a une différence importante : Winston se battra bec et ongles pour aboutir à un acquittement, tandis que moi, je m'acharnerai uniquement à décrocher une condamnation, si je suis convaincu de la culpabilité de l'accusé. Car, bien qu'étant l'adversaire de l'avocat, le procureur a également la tâche de veiller à la protection de l'innocent.

— Je comprends.

Ames but une autre gorgée.

— Bon, je vais vous décrire les éléments dont nous disposons et ensuite je vais vous expliquer comment vous pouvez prêter votre concours. Vous devez comprendre que le professeur Fine était suspect de prime abord, simplement parce qu'il se trouvait à l'intérieur du bâtiment au moment des faits. Mais nous avons vraiment commencé à nous intéresser à lui au moment où nous avons cessé de vous considérer comme le suspect n° 1.

Il éclata de rire en voyant l'air de surprise qui se lisait sur le visage du rabbin.

— Oui, pendant un certain temps, vous étiez le suspect n° 1 du sergent Schroeder. Il était pratiquement à même de bâtir un dossier démontrant votre culpabilité. Ainsi, vous aviez omis de mentionner le fait que vous aviez quitté votre cours avant l'heure normale.

— Comment est-ce que...

— Ensuite, alors que vous auriez pu prendre congé de Hendryx et rentrer aussitôt chez vous, vous êtes resté enfermé avec lui durant une heure environ. Ainsi, vous êtes restés seul à seul dans un petit bureau avec une seule table et vous, installé sur la seule chaise de visiteur, branlante et inconfortable, comme je puis personnellement le certifier. (Il s'enfonça dans son fauteuil.) Il est absolument impossible que vous fussiez tous les deux assis, chacun absorbé par son travail, par exemple la correction de copies. Donc, durant une heure vous étiez là à parler, vous, un rabbin, et quelqu'un généralement considéré comme antisémite. En une heure, on a largement le temps de se disputer, de s'énerver et dès lors que vous étiez assez en colère...

— Je vois. Je me suis tellement mis en colère que j'ai décidé de le tuer. Et comment m'y suis-je pris ? La statue était trop en hauteur pour que je puisse l'atteindre et la tirer vers le bas. Le brave sergent a-t-il trouvé une solution à ce problème ?

— Ne vous moquez pas, monsieur le rabbin. Le dossier que le sergent a constitué est solide. Il y a beaucoup de livres de bibliothèque sur ces rayons ; il vous suffisait de monter sur un des rayons sous prétexte de prendre un livre pour tirer la statue vers le bas et mettre un point final à votre dispute, si je puis m'exprimer ainsi. Le sergent a même indiqué que votre geste aurait pu être accidentel.

— Il est trop bon.

Ames eut un petit rire.

— Donc, vous êtes évidemment bouleversé. Votre premier mouvement est d'aller avertir quelqu'un, à commencer naturellement par la doyenne, mais au moment précis où vous arrivez en vue de son bureau vous voyez la porte de celui-ci se fermer. Peut-être prenez-vous cela comme un signe du destin ; ou peut-être en déduisez-vous qu'elle n'a rien entendu de ce qui s'est passé en contrebas de son bureau. En tout cas, vous quittez l'université. Cependant, vous avez l'esprit en ébullition ; par conséquent, vous roulez pendant un bout de temps dans votre voiture en vous demandant ce qu'il y a lieu de faire. Voilà pourquoi vous êtes rentré en retard. Une fois que vous avez regagné vos pénates, vous apprenez qu'une bombe a explosé et vous réalisez que cela pourrait conférer une dimension différente à l'affaire. Aussi, lorsque le sergent vous téléphone, vous vous trouvez une excuse pour ne pas le rencontrer dans l'immédiat afin de vous laisser le temps de vous renseigner sur les faits survenus et d'établir une version à votre convenance.

— Tout cela fait un dossier qui se tient, admit le rabbin.

— Puis-je ajouter qu'étant en possession d'une clé du bureau, vous pouviez y entrer sans que Hendryx se lève de son fauteuil. Toute autre personne aurait dû frapper. Le dossier est vraiment solide, conclut Ames presque à regret.

— Pourtant, vous n'avez pas adopté cette version.

Ames secoua la tête, sa bouche s'élargissant en un large sourire.

— Je ne sais pas si Schroeder lui-même y a cru. Je le soupçonne d'avoir mis tout cela sur pied simplement pour vous embêter.

— M'embêter, pourquoi m'en voudrait-il ?

— Eh bien, quand il vous a téléphoné, il a dû juger votre attitude plutôt cavalière. Il a été ulcéré. Il faut comprendre un homme comme Schroeder. Avec le grade de sergent de la police judiciaire, il a pratiquement son bâton de maréchal ; il opère essentiellement de son propre chef. Bien entendu, il reçoit des ordres de ses supérieurs, mais pour le public, surtout dans les grosses affaires, il tient à apparaître comme son propre patron et apprécie fort peu que son autorité soit contestée.

— Cependant, il ne m'a pas embêté.

— Parce que je m'y suis opposé. Je lui ai dit que je vous questionnerai moi-même. D'autre part, vos excuses concernant le temps que vous avez mis ce vendredi-là pour rentrer ainsi que le fait d'avoir omis d'indiquer au sergent que vous aviez quitté votre cours prématurément témoignaient d'une telle candeur que je n'ai pu faire autrement que d'y croire.

Le rabbin sourit.

— Toutefois, ce n'était qu'une réaction instinctive de ma part. En mon âme et conscience, je ne pouvais pas écarter de but en blanc la version du sergent. Mis sur la sellette, un homme stupide expliquera ses actions suspectes d'une façon qui lui semblera plausible, mais comportant des lacunes évidentes, de sorte qu'on arrivera sans peine à l'enfermer dans ses propres contradictions. Quelqu'un de plus intelligent donnera une explication plus plausible, sans lacunes ni contradictions apparentes. Cela ne dissipera pas nécessairement nos soupçons, mais nous obligera probablement à nous mettre en quête d'éléments de preuve supplémentaires pour battre sa théorie en brèche.

Il fit une pause.

— Un homme supérieurement intelligent, monsieur le rabbin, peut fournir des explications totalement invraisemblables !

— Voulez-vous dire que je suis toujours suspecté ? interrogea le rabbin.

Ames secoua la tête.

— Non, vous vous êtes affranchi en relevant la contradiction entre le rapport du médecin légiste et le témoignage de la femme de ménage. Si vous étiez coupable, vous n'auriez eu aucun intérêt à démontrer que le livre et la pipe dans l'appartement de Hendryx pouvaient constituer un alibi, pour aussitôt faire la preuve du contraire.

— Je suis soulagé d'apprendre que je ne suis plus suspecté, dit le rabbin, même s'il ne m'était jamais venu à l'esprit que je pusse l'être. Mais vous avez dit que vos soupçons s'orientaient sur Roger Fine au fur et à mesure que vous me mettiez hors de cause.

— C'est exact. Les présomptions pesant sur vous nous ont incités à rechercher comment la statue avait pu être renversée, dès lors que nous étions certains qu'elle n'avait pas été descellée par l'explosion de la bombe. Elle aurait pu être poussée par quelqu'un qui serait monté à cette fin sur le rayonnage mais, comme vous, nous pensions que c'était peu probable. D'abord, elle est bien lourde ; on n'arrive pas à culbuter comme cela une trentaine de kilos par un petit geste de la main, d'autant plus que Hendryx ne serait pas resté assis à regarder.

— C'était ce que j'avais pensé quand vous avez évoqué cette hypothèse pour la première fois, observa le rabbin. C'est là-dessus que j'aurais bâti ma défense.

Ames acquiesça.

— Alors, comment s'y est-on pris pour la faire dégringoler ? Nous avons recollé les morceaux pour procéder à l'expérience. On n'y arrive pas avec un bâton, à défaut de point d'appui pour faire levier. Avec une longue perche, telle que celles dont on se sert pour fermer les vasistas, c'était possible, à condition de la passer derrière la statue pour tirer ensuite ; cela aurait fonctionné, toutefois la statue serait tombée latéralement. Par contre, avec un bâton muni d'un crochet à l'cxtrémité...

— Un bâton muni d'un crochet ?

— ... Comme une canne, c'est un jeu d'enfant. Vous passez le crochet de la canne derrière la statue et vous tirez. Il y avait donc le larron, Fine se trouvait dans le bâtiment, et l'occasion, il n'y avait personne, ainsi que l'arme...

— Mais en l'occurrence, l'arme était la statue et n'importe qui pouvait s'en servir, objecta le rabbin.

Ames secoua la tête.

— D'accord, mais uniquement une personne munie d'une canne pouvait la faire fonctionner. Or, seul le professeur Fine se déplace toujours avec une canne à l'université.

Un moment, le rabbin resta silencieux, puis il demanda sans élever la voix :

— Et le motif ? Quel était son motif ?

Ames repoussa l'objection d'un geste de la main.

— Qui peut dire ce qui motive réellement un homme ? Fréquemment, lui-même l'ignore. Nous ne pouvons qu'échafauder des hypothèses et des supputations jusqu'au moment où il se confesse. Nous savons qu'ils s'étaient disputé, que Fine le considérait comme antisémite...

— Il lançait de petites vannes ou risquait occasionnellement une plaisanterie, rien qui aurait pu justifier plus qu'une réplique bien sentie, remarqua le rabbin.

— De votre part. Mais le professeur Fine est bien plus jeune que vous. Cependant, je suis d'accord avec vous, cela ne constitue pas un motif suffisant pour commettre un meurtre. Après que nous eûmes mis la main sur cet Ekko, le cinquième membre de la délégation des étudiants, celui-ci s'est décidé à parler au bout d'un moment. Ainsi, il s'est avéré que le professeur Fine s'était opposé à la réunion avec la doyenne et même à la campagne menée par certains étudiants pour amener l'université à renoncer au projet de licenciement le concernant.

— Mais pourquoi ? s'étonna le rabbin.

— Justement, répondit Ames. C'est ce que nous n'arrivions pas à comprendre. Jusqu'au moment où Ekko a révélé que Fine lui avait confié confidentiellement que, lors de la session d'été, il avait divulgué à une étudiante le sujet de l'examen final. Hendryx, ayant découvert la fraude, en a fait part à qui de droit.

— Fine a-t-il reconnu ces faits ?

— Par écrit, monsieur le rabbin, par écrit, rétorqua Ames. Sa confession écrite se trouve dans le coffre-fort de la doyenne pour éviter toute contestation du fait du non-renouvellement de son contrat.

— Et Ekko aurait essayé de faire sauter le coffre-fort pour détruire ce papier ?

— Non, non, fit rapidement Ames. C'est ce que nous avions pensé dans un premier temps. Mais il est apparu qu'Ekko n'a rien à voir avec l'explosion de la bombe, absolument rien.

Le rabbin s'attendit à des révélations sur l'auteur de l'explosion, mais constatant qu'Ames n'en dirait pas plus, il avança :

— Vous n'allez quand même pas plaider que Fine a tué Hendryx parce que celui-ci l'avait dénoncé à la doyenne ?

— Cela constitue un motif, observa Ames.

— Vous dites que tout cela s'est produit l'été dernier. Il aura attendu pour se venger, remarqua sèchement le rabbin.

— Parfois la vengeance est un plat qui se mange froid, expliqua Ames.

— Quand on rumine son ressentiment, généralement, il s'évanouit complètement et on finit par oublier l'affaire, dit le rabbin.

— Mais admettez que le jour du meurtre quelque chose susceptible de réactiver vivement ce ressentiment se soit produit, quelque chose pouvant faire penser que jamais plus Fine ne retrouverait un poste d'enseignant. Selon vous, quelle aurait été la réaction de Fine ?

— Qu'y a-t-il eu ? questionna le rabbin.

— J'admets ne pas savoir grand-chose sur les modalités d'embauche des professeurs d'université, dit lentement Ames. Toutefois, je crois savoir que si on peut aisément se passer d'un certificat délivré par le chef intérimaire d'un département dont les fonctions sont purement administratives, il n'en est pas de même en ce qui concerne le certificat d'un chef de département en titre. Or, monsieur le rabbin, le jour du meurtre,

Hendryx avait été nommé chef du département d'anglais.

Le rabbin se mordit les lèvres.

— Hendryx ne m'en a pas parlé.

— Il n'avait pas à le faire tant que sa nomination n'était pas annoncée officiellement. Le président Macomber avait recommandé à la doyenne de ne pas en faire état jusqu'à la réunion du conseil d'administration prévu pour ratifier cette décision.

— Alors comment Fine pouvait-il savoir ?

— Oh ! je suppose que Hendryx le lui aura dit !

Il regarda le rabbin, jouissant visiblement du désarroi de celui-ci.

— Voyez-vous, Hendryx et Betty, la fille du président, allaient se marier et c'est elle qui a pesé sur son père pour qu'il procède à cette nomination. (Il gloussa.) La doyenne Hanbury avait insisté longtemps pour l'obtenir, sans succès, mais dès que la fille du président, la fille unique, s'y est mise, le morceau était enlevé. Je comprends que le président Macomber ait pu difficilement lui résister.

Le rabbin ne voyait toujours pas en quoi cela impliquait Fine.

— Allons, monsieur le rabbin, faites preuve d'un peu d'imagination. Rappelez-vous, cet Ekko nous a déclaré que Fine s'était opposé à ce que les étudiants fassent campagne pour lui parce qu'il avait promis à la doyenne, et sans doute aussi à Hendryx, qu'il ne ferait pas d'histoires. Et voilà que cet après-midi-là une délégation vient présenter une pétition en sa faveur. La doyenne étant occupée, Fine se rend au bureau de Hendryx pour assurer à celui-ci qu'il n'était pour rien dans cette démarche. Je vois Hendryx, qui la veille au soir avait appris sa nomination de la bouche de Betty Macomber, en train de s'arc-bouter dans son fauteuil de la façon que vous avez décrite, pour goûter son triomphe. Je l'imagine prenant un malin plaisir à informer son jeune interlocuteur que dorénavant il était le directeur en titre du département, que Fine ne devait pas compter sur un certificat de sa part, voire qu'il serait peut-être mieux inspiré de s'orienter vers une autre branche d'activité.

— Peut-être, fit le rabbin. Cependant, il me semble que cette motivation est essentiellement l'œuvre de votre imagination.

— Là vous ne parlez pas objectivement, monsieur le rabbin, rétorqua Ames sur un ton de reproche. Vous parlez comme l'avocat de la défense. Nous n'en sommes pas encore là.

— Très bien, continuez. Est-ce tout ? Qu'en est-il du faux alibi ? Avez-vous établi comment Fine a pu entrer dans l'appartement de Hendryx ?

Ames était rayonnant.

— Je ne suis pas mécontent de moi sur ce point. J'ai questionné une seconde fois la femme de ménage, et il semble qu'elle avait l'habitude d'entrer et de sortir, par exemple pour aller vider la poubelle, en bloquant la serrure pour éviter que la porte se rabatte. En partant, elle aura oublié de débloquer la serrure. C'est caractéristique pour une femme de ménage, je vous assure.

— Mais comment Fine l'aurait-il su ? Ou alors, à votre avis a-t-il tenté sa chance à tout hasard ?

— Nous disposons de témoignages d'autres membres du département établissant que Hendryx se plaignait constamment de sa femme de ménage, notamment parce qu'elle avait la fâcheuse habitude de partir sans fermer la porte à clé.

Le rabbin était silencieux et Ames fit une courte pause avant de continuer :

— Ainsi tous les éléments sont réunis : l'occasion, le motif, l'arme, celle-ci particulièrement appropriée à être utilisée par le suspect. En conséquence, nous avons arrêté Fine pour le questionner. Bien entendu, il nie tout et refuse de nous fournir son emploi du temps durant cet après-midi.

— C'est son droit, n'est-ce pas ? demanda le rabbin.

— Evidemment. Mais pourquoi le cacherait-il ? S'il a un alibi, il suffit qu'il nous en fasse part. Nous le contrôlerons et s'il tient la route, il sera relâché. Toutefois, si ce n'est pas un très bon alibi, mais un alibi tiré par les cheveux et brandi à l'audience, de façon que nous ne puissions pas le vérifier avant celle-ci, c'est le genre d'idée qui peut germer dans l'esprit d'un jeune homme intelligent tel que Fine, alors, monsieur le rabbin, vous lui rendriez service en le convainquant qu'il n'a aucun intérêt à s'amuser à ce petit jeu. Car, croyez-moi, nous saurions en prouver l'inanité. Et une telle tentative pourrait avoir une influence défavorable sur la cour et, partant, sur le verdict. J'en ai touché un mot à maître Winston.

— Et qu'est-ce qu'il en dit ?

Ames sourit.

— Oh ! les avocats de la défense ne reconnaissent jamais rien ! Cela fait partie de la règle du jeu. Même s'ils plaident les circonstances atténuantes, ils n'admettent pas la culpabilité de leur client. Je ne pense pas que Jerry s'appuierait sur un alibi le sachant faux, mais en cas de doute, il en serait capable.

— Puis-je le voir ?

— Fine ? Je pense que oui. Cependant, je tiens d'abord à en parler avec Jerry Winston. Je lui téléphonerai demain et vous pourrez voir Fine mardi.

46.

Elle était petite et mince. Elle portait une longue robe maxi en coton, traînant presque par terre ; des broderies sur la poitrine étaient destinées à faire ressortir celle-ci, d'autant plus que visiblement elle ne portait pas de soutien-gorge. Un grand crucifix en argent, suspendu à un ruban noir, se balançait à son cou. Ses cheveux bruns étaient peignés tout droit vers l'arrière, les branches de sa monture de lunettes les empêchant de lui balayer la figure. Avec ses grands yeux noirs, elle était assez attirante malgré son air triste et soucieux.

— Rabbin Small ?

Elle l'avait attendu à la porte de sa salle de cours.

— Oui ?

— Je suis... Je m'appelle Kathy Dunlop et je vous prie de me consacrer quelques minutes pour un entretien.

— Certainement mademoiselle Dunlop.

Il la regarda d'un air interrogateur.

— A quel sujet voulez-vous me parler ?

— Ben, cela pourrait prendre un peu plus que quelques minutes. Si vous aviez un peu de temps...

— Bien sûr. Pourquoi ne viendriez-vous pas dans mon bureau ?

Elle acquiesça avec gratitude et le suivit dans le corridor. Une fois au bureau, il lui désigna le siège prévu pour les visiteurs et s'installa dans le fauteuil pivotant, derrière la table.

Elle tripota un peu le crucifix sur sa poitrine, puis prenant son courage à deux mains, elle commença :

— Eh bien, ma copine, monsieur le rabbin, elle est chrétienne comme moi. Elle n'est pas étudiante ici, mais je lui ai parlé de vous, c'est-à-dire que je lui ai expliqué que vous êtes rabbin et chargé d'un cours à l'université, alors, elle m'a demandé de vous demander.

— Je vois.

— Donc, comme je vous l'ai dit, elle est chrétienne et elle aime un garçon qui est juif.

— Et ils veulent se marier ? compléta le rabbin.

— Pas dans l'immédiat, vous savez. Elle l'aime et il l'aime. Elle en est sûre. Je veux dire, je les connais bien tous les deux et c'est hors de doute.

— Bon, je vous crois sur parole.

— Bien, ce que je voudrais savoir, c'est-à-dire ce qu'elle voudrait savoir, ce qu'elle voulait que je vous demande, c'est si elle décidait de passer au...

— Se convertir au judaïsme ?

— Exact, dit Kathy. Que devrait-elle faire ?

Il sourit.

— Bien, il faudrait qu'elle aille voir un rabbin.

La fille lâcha la croix.

— Evidemment, je sais qu'un rabbin devrait s'en occuper, mais elle, que faut-il qu'elle fasse ?

David Small se renversa dans son fauteuil.

— Cela dépend du rabbin qu'elle trouvera. La plupart des rabbins lui conseilleraient de laisser tomber ce garçon et de se chercher quelqu'un qui soit son coreligionnaire.

— Vous voulez dire qu'un rabbin n'accepterait pas de

la convertir ? dit-elle avec surprise. Mais ce n'est pas correct. J'aurais pensé que si vous admettez que votre religion est la vraie religion, vous vous sentiriez le devoir de montrer le chemin à quiconque s'y intéresse, pour chercher à le convaincre, lui offrir son salut.

— Nous ne faisons pas commerce de salut, mademoiselle Dunlop, fit-il.

— Non ? Mais il y a des gens que vous convertissez, car je connais un converti.

— Oui, mais nous n'encourageons pas la conversion, reprit-il. Il n'est pas facile d'être juif, de sorte que les rabbins découragent généralement les candidats à la conversion, pour leur propre bien. Théoriquement nous n'admettons la conversion pour nulle autre raison que la conviction et non, par exemple, parce que quelqu'un aurait l'intention d'épouser un juif.

— Eh bien, si quelqu'un est amoureux d'un juif et veut, comment dirais-je, tout partager avec lui, donc penser comme il pense, je pense que ce n'est pas correct ! répéta-t-elle. Je veux dire, si vous connaissez quelque chose que j'ignore, dont vous pensez que c'est la vérité, ne devriez-vous pas être disposé à m'en faire profiter ? L'amour que cette fille éprouve pour ce garçon ne pourrait-il pas servir de point de départ pour sa conversion, je veux dire sa conviction ?

— Oui, admit-il. En fait, c'est de cette façon que beaucoup de rabbins raisonnent dans ce genre de cas.

Il soupira. Comment procéder avec cette fille, si exaltée, si sérieuse ? Il se demandait si elle n'était pas enceinte et dans quelle mesure ce qu'il lui dirait l'aiderait à résoudre son problème immédiat.

— Pourquoi portez-vous cette croix ? demanda-t-il.

— Oh ! est-ce qu'elle vous gêne ?

— Non, mais cela m'étonne. La portez-vous tout le temps ou ne l'avez-vous mise qu'aujourd'hui ?

Il lui demanda si elle la considérait comme une sorte de talisman destiné à la protéger lorsqu'elle parlait à un rabbin.

— Je la porte parce que je suis chrétienne, expliqua-t-elle. Je vous ai précisé ce point.

— Oui, mais la plupart des chrétiens ne portent pas de grandes croix en argent.

— C'est un cadeau, un cadeau spécial de mon père. Il est pasteur, exposa-t-elle. Il convertit continuellement des gens. C'est-à-dire qu'une partie de son ministère consiste effectivement à amener des gens à Jésus.

— Et comment les convertit-il ? demanda le rabbin.

— Il leur prêche. Il les convainc que les voies de Jésus les rendront meilleurs, que ce sera pour eux comme une nouvelle naissance, qu'ils seront débarrassés de leurs péchés.

— Et que doivent-ils faire ?

— Il leur suffit d'accepter Jésus. C'est tout ce qu'on leur demande, être disposés à accepter Jésus, à ouvrir leur cœur afin qu'Il puisse y entrer, car tout ce qu'on leur demande c'est d'avoir foi en Lui.

— Chez nous, c'est quelque peu différent, expliqua-t-il. Voyez-vous, en ce sens, nous n'avons pas de religion. Les choses auxquelles nous croyons, beaucoup de gens qui ne sont pas juifs y croient également. Ils ne sont pas juifs pour autant. D'autre part, il y a beaucoup de Juifs qui n'ont pas foi en ces croyances et qui n'en demeurent pas moins juifs. Il y a un principe en vertu duquel quiconque est né d'une mère juive et ne s'est pas converti à une autre religion est juif. Il s'agit plutôt d'une appartenance au peuple juif, à une famille, que de l'acceptation de certains dogmes.

— Mais je ne comprends pas. Si c'est une religion...

— Avez-vous jamais étudié l'histoire romaine ?

Elle semblait surprise.

— Oui, au collège, mais quel est le rapport ?

— Savez-vous ce qu'étaient les lares et les pénates ?

— Un instant s'il vous plaît, fit-elle comme si elle devait réciter une leçon en classe. N'était-ce pas des espèces d'idoles et de statues que les Romains avaient dans leurs foyers ?

— C'est à peu près cela, lui accorda le rabbin. C'était les dieux du foyer, les dieux familiaux. Les dieux que chaque famille emmenait dans ses pérégrinations. Eh bien, mademoiselle Dunlop, c'est un peu comme ça chez nous. Le judaïsme est une religion familiale. C'est une série de croyances, de pratiques, de rites, un mode de vie, particuliers à notre peuple, à nos familles, à la descendance d'Abraham. La conversion, c'est comme l'adoption par une famille. Les convertis prennent d'ailleurs un nouveau prénom, très souvent Abraham pour un homme et Sara pour une femme.

— Alors que faut-il faire ? demanda-t-elle, cette fois-ci sur un ton d'impatience. Je veux dire pour être adopté ?

— D'abord, spécifia-t-il, il faut apprendre les pratiques et les rites.

— Tous les Juifs les connaissent-ils ?

— Non, concéda-t-il, mais les convertis doivent les connaître.

— Cela prend-il longtemps ?

— Des mois, quelquefois des années.

— Des années ? Mais cela ne me semble pas normal, du moment qu'il y a des Juifs qui ne les connaissent pas.

— Je suppose qu'il s'agit en premier lieu de décourager les conversions, dit-il. Cependant, selon une autre théorie, quiconque est né juif acquiert le savoir et le mode de vie inconsciemment, pour ainsi dire avec le lait maternel. Alors que les autres doivent y travailler.

— Mais des années !

Le rabbin hocha la tête avec compréhension.

— Il ne me semble pas que cela en vaille la peine, n'est-ce pas ? Pourquoi ne conseilleriez-vous pas à votre amie d'essayer d'oublier ce garçon, de rompre avec lui ? De prime abord, cela lui paraîtra impossible, il lui semblera ne pas pouvoir vivre sans lui, puis elle verra que c'est parfaitement possible. Voyez-vous, les gens tombent souvent amoureux de personnes qu'ils ne peuvent pas épouser, par exemple parce qu'elles sont déjà mariées. (Il sourit.) Eh bien, d'habitude ils ne meurent pas pour autant.

Elle resta silencieuse, sans esquisser un mouvement de départ.

— Est-ce que ce que je vous ai dit vous a choquée ? demanda-t-il avec gentillesse.

— Non, car c'est ce qu'il m'avait expliqué.

Elle respira profondément et une nouvelle détermination était visible sur sa figure.

— Monsieur le rabbin, vous connaissez le professeur Fine, n'est-ce pas ? Celui qui a été arrêté ?

— Oui, je le connais. Pourquoi ?

— Eh bien, il n'est pas coupable. Cela ne peut pas avoir été lui, car il était avec moi au moment du crime.

Le rabbin remit lentement le dossier de son fauteuil à la verticale.

— Oui ? Et où ça ?

— Dans un motel, à *l'Excelsior,* sur la route 128. J'y avais loué une chambre pour nous, ensuite je lui ai téléphoné à l'université et il est arrivé sur-le-champ.

— A quelle heure a-t-il quitté l'université ?

— A deux heures et quart.

Il la regarda.

— Comment se fait-il que vous soyez tellement sûre de l'heure ?

— Parce qu'après avoir loué la chambre, je... je

n'étais pas sûre de moi, expliqua-t-elle. J'éprouvais une sorte de frayeur. Je n'avais jamais fait rien d'analogue auparavant. Et puis cette façon dont la femme du motel m'a regardée quand je lui ai dit que mon mari faisait quelques courses avant de me rejoindre… C'est que le motel se trouve près d'un centre commercial. J'ai pensé retourner à la réception pour dire que j'avais changé d'avis et redemander mon argent. Ensuite, j'ai envisagé de partir au volant de ma voiture en laissant tomber l'argent. Finalement, je me suis dit que j'attendrai jusqu'à deux heures et quart.

— Pourquoi deux heures et quart ?

— Parce que c'était tout juste quelques minutes plus tard et le quart me semblait une bonne heure pour prendre une décision définitive. D'autre part, ma montre indique les quarts, mais non les minutes. Regardez.

Elle lui tendit le poignet.

— Et c'est donc au quart que vous l'avez appelé ?

Elle fit un signe d'acquiescement.

— Faut-il passer par le standard du motel ou peut-on appeler l'extérieur directement de la chambre ?

— Oh ! je ne me suis pas servie du téléphone de la chambre ! J'ai utilisé une cabine se trouvant sur le parking. Je craignais que la femme du motel puisse écouter la communication.

— Je vois. Et comment êtes-vous venue à ce motel ? demanda-t-il.

Elle baissa les yeux.

— Une des filles du foyer universitaire m'a dit que l'endroit était convenable.

— Je vois. Et à quelle heure le professeur Fine s'est-il mis en route ?

— Je… je ne sais pas exactement. Mais il m'a dit qu'il partait sur-le-champ et que, venant me rejoindre, il ne perdrait pas de temps…

— Je ne pense d'ailleurs pas qu'il ait été long, dit gentiment le rabbin. Puis : Auriez-vous par hasard noté l'heure à laquelle il est arrivé ?

Elle secoua la tête avec lenteur.

— Je n'ai pas regardé l'heure jusqu'au moment où j'ai eu peur qu'il se mette en retard. Toutefois, il m'a rassurée en me disant qu'il avait tout son temps. Sa femme avait été invitée et il lui a raconté qu'il resterait en ville.

— La police est-elle au courant de cette histoire ?

— Bien sûr que non ; autrement il serait libre à l'heure qu'il est, non ?

— A condition qu'elle soit crue, rectifia-t-il. Quelqu'un vous a-t-il vus ensemble au motel ?

Elle fit un signe vigoureux de dénégation.

— Je suis sûre que non. Nous avons été très prudents. Il ne voulait pas être vu. C'est pour cette raison que nous étions convenus que moi, je louerais la chambre. Il avait peur de se faire remarquer à cause de sa canne et de sa chevelure rousse.

— Je vois.

— Il n'en parlera pas à la police, dit-elle avec insistance, car il ne voudrait pas que je sois compromise.

— Même si cela doit signifier pour lui un séjour en prison ?

— Ah oui ! affirma-t-elle avec conviction.

47.

David Small remplit son formulaire de permis de visite et le glissa sous l'épais verre pare-balles du guichet.

— Comme à la banque, remarqua-t-il.

Le gardien rit automatiquement. Il entendait cette réflexion des douzaines de fois par jour.

— Oui, c'est comme à la banque. Maintenant, veuillez vider vos poches et passer au contrôle.

Le rabbin déposa son portefeuille, des pièces de monnaie et sa montre-bracelet avant de passer sous un portique.

— Revenez en arrière.

L'aiguille sur le cadran avait bougé.

— Vous avez encore du métal sur vous.

Le rabbin tâta ses poches. Il introduisit la main dans la poche de sa veste et sentit ce trou dans la doublure dont il oubliait régulièrement de faire part à Myriam pour qu'elle le raccommodât. Il retira un bout de crayon.

— Il s'était glissé sous la doublure, expliqua-t-il. Je n'y pensais plus.

— Bon. Repassez. Cette fois-ci, c'est impeccable.

— Ce crayon a été détecté ?

— Le bout de métal maintenant la gomme, précisa le gardien.

Le rabbin ramassa ses objets et fut conduit par un petit corridor à travers une lourde porte à barres d'acier qui se referma bruyamment derrière lui.

— Première porte à gauche, cria le gardien dans son dos. Vous attendez là-bas.

La pièce était petite et avait pour tout mobilier quelques chaises et une table. Tout en attendant, le rabbin se demandait ce qu'il allait dire. Fine savait-il ce qui s'était produit à la synagogue vendredi soir ? Devait-il le questionner à ce sujet ? Devait-il lui révéler qu'il venait sur la suggestion du procureur adjoint Ames ? La porte s'ouvrit pour laisser le passage à Fine, escorté par un gardien noir d'âge moyen.

— Il faut que j'attende là à côté, monsieur Fine, dit le gardien. Mais vous avez le droit de fermer la porte.

— Okay, John, merci. A propos, voici le rabbin Small. Il enseigne également à Windemere. Monsieur le rabbin, je vous présente John Jackson ; son fils est étudiant à Windemere.

— Très heureux, monsieur le rabbin, fit le gardien avant de refermer la porte derrière lui.

— Son fils fait partie des jeunes auxquels j'ai donné des leçons particulières l'été dernier et que j'ai pu faire entrer à Windemere, dit Fine. C'est un garçon bien.

— J'ai entendu parler de votre action, dit le rabbin. Je pense qu'il fallait un courage considérable.

— Du courage, non ; une prise de conscience. Il se laissa tomber sur une chaise et appuya la poignée de sa canne sur le bord de la table. Il semblait avoir maigri depuis que le rabbin l'avait vu pour la dernière fois et avait les traits tirés.

— Et comment cela s'est-il terminé ? demanda le

rabbin. Ceux auxquels vous avez donné vos leçons particulières, ont-ils tous réussi ?

Fine haussa les épaules.

— Certains s'en sont très bien tirés ; d'autres moins bien. Mais vous-même, monsieur le rabbin, vous frayez avec les gens de l'establishment ; apprenez-moi ce qu'ils en pensent.

Le rabbin eut un rire bref.

— Je n'appellerais pas ça frayer, boire occasionnellement un express ensemble à la cafétéria. Encore n'ai-je pas l'impression qu'il s'agisse de l'establishment, mais plutôt de quelques professeurs blanchis sous le harnais. D'après ce qu'ils m'ont dit, le groupe qui a bénéficié de vos leçons se composait essentiellement de gens qui n'avaient pas terminé leurs études secondaires, issus du quartier de Roxbury, et la plupart avaient quitté les bancs de l'école depuis un certain nombre d'années.

— Qu'est-ce que cela signifie ? s'insurgea Fine. L'expérience de la vie dans un quartier de H.L.M. est dix fois plus valorisante qu'un cours de latin ou d'algèbre dans un lycée.

— Peut-être bien, répliqua le rabbin, mais ce n'est pas ce qui importe. Evidemment, un cours d'algèbre n'est peut-être pas très utile dans un quartier de H.L.M. mais il constitue sans doute une préparation nécessaire pour apprendre la physique et la chimie dans une université.

— C'est la raison pour laquelle nous leur donnons des cours particuliers en été, dit Fine avec emportement.

— Et quel est le résultat que vous pouvez espérer atteindre ? De deux choses l'une, ou vous arrivez à leur faire rattraper en quelques mois de leçons particulières plusieurs années de lycée, et alors notre système d'enseignement secondaire est une vaste fumisterie, ou votre projet de cours particuliers bénévoles n'est qu'un trompe-l'œil uniquement destiné à les faire accéder à des études qu'ils seront incapables de suivre avec profit.

— Et alors ?

— Et alors ? reprit le rabbin en écho.

— Et alors ? Certainement ! (Fine eut un rire méprisant.) A votre avis, qu'est-ce que Windemere ? Ou n'importe quelle autre université ? Une institution fossilisée comme... le collège électoral, la monarchie britannique ou la Chambre des lords. Actuellement, l'université est simplement une institution destinée à maintenir le règne du capitalisme. Elle est conçue pour...

Sa voix s'éteignit lorsqu'il vit son interlocuteur suivre fixement du regard quelque chose derrière lui. Se retournant il vit un cafard rampant sur le mur. Il l'abattit de sa canne, puis l'écrasa du pied.

— Ce n'est pas le *Ritz,* mais c'est gratuit. (Il rit). C'est ce qu'on dit ici. Ce n'est pas que ce soit très drôle, mais cela aide probablement à garder le moral.

Le rabbin acquiesça et après une courte pause enchaîna :

— C'est curieux, le professeur Hendryx pensait également que le but de l'université ne consistait plus à former les jeunes générations. A son avis, sa fonction essentielle était de faire vivre confortablement le corps professoral.

— C'était bien lui ! observa Fine. Toutefois, si vous regardez bien son rôle dans la société, vous constatez qu'en premier lieu, l'université sépare les torchons et les serviettes, les cols blancs des cols bleus.

— Dans ce cas, je suis étonné que vous acceptiez d'en faire partie, remarqua le rabbin sur un ton badin.

— Ah mais il s'agit d'un de ces effets secondaires

avec lesquels l'establishment n'a pas compté ; c'est pour cela que nous avons pris ce train et organisons ces cours bénévoles...

— C'est-à-dire ?

— Tout individu, né du mauvais côté de la barrière et arrivant à la franchir, monte automatiquement dans l'échelle sociale. Il est incontestable que l'université constitue la meilleure voie d'ascension. C'est un fait reconnu par tous les sociologues et la majorité des pédagogues.

— Au risque de vous décevoir, je dois avouer que je n'ai pas la même foi que vous dans la sagesse des sociologues et des pédagogues.

— Mais bon Dieu, monsieur le rabbin...

— Naturellement, mon point de vue est celui de la tradition juive, continua-t-il imperturbablement, à savoir que l'étude doit être poursuivie pour elle-même. Une université, comme Windemere, où l'on enseigne les sciences humaines, est un endroit destiné à des gens voulant acquérir de nouvelles connaissances devant s'ajouter à celles qu'ils ont apprises au lycée. Si vous en faites un simple instrument de promotion sociale ou quelque chose d'uniquement pratique, elle ne remplit plus sa fonction.

— Vous voulez dire que vous admettriez uniquement pour l'étude des sciences humaines les gosses les plus intelligents ?

— Pas du tout, bien que j'ignore ce que vous entendez par les gosses les plus intelligents et quel mode de sélection vous choisiriez. Habituellement, les bonnes notes récompensent les étudiants les plus dociles, ceux qui se conforment aux opinions de leurs professeurs. Il n'y a rien de compétitif dans l'étude, chacun doit étudier pour lui-même. Un homme obèse qui se joint à un cours de gymnastique pour perdre du poids ne cherche pas à rivaliser avec tel autre individu qui y va pour développer sa musculature, ni même avec un troisième qui désire également maigrir. Chacun y poursuit son propre objectif.

— Donc, selon vous, seuls devraient aborder l'étude des sciences humaines ceux qui...

— ... ne sont pas forcément les plus intelligents, mais qui désirent vraiment y aller pour accroître leurs connaissances, compléta le rabbin.

Fine eut peine à dissimuler un petit sourire de triomphe en formulant :

— Alors, pourquoi vous opposez-vous à notre programme d'accession des Noirs à l'université ?

— Je ne m'y oppose pas, répliqua le rabbin, pas du tout désarçonné. Pour ceux qui veulent apprendre, je n'ai pas la moindre objection, à condition qu'ils aient les bases appropriées. Car autrement, ils seraient incapables de faire le travail nécessaire, de même que notre obèse de tout à l'heure ne saurait faire de la gymnastique si son état cardiaque ne le permet pas. Insister dans ce cas-là ne lui rendrait pas service. Tout au contraire.

Le jeune homme à la chevelure rousse s'arc-bouta sur sa chaise et secoua lentement la tête d'étonnement. Puis il sourit, finalement il partit d'un éclat de rire.

— Ai-je dit quelque chose de comique ? questionna le rabbin.

— Non, vous êtes parfait, monsieur le rabbin. Savez-vous, quand mon avocat m'a annoncé votre visite, je me suis demandé quel pouvait en être le but ? Alliez-vous venir pour inciter l'inculpé à passer aux aveux ? A vrai dire, je n'y tenais pas plus que ça, mais Winston, mon avocat, avait l'air de penser que cela serait utile. Et voilà que nous sommes assis dans la petite pièce servant de parloir à la prison et nous nous entretenons de théories pédagogiques et de philosophie. Admettez, monsieur le rabbin, que ce n'est pas triste.

Le rabbin sourit.

— Vous avez raison, c'est comique.

Fine se pencha en avant.

— J'aurais aimé me rallier à votre théorie, mais le système lui-même milite contre votre précieux amour de l'étude. Suivre des cours dans une douzaine de matières différentes sans continuité, ni association, le principal sujet de l'examen étant oublié dès le lendemain dudit examen, tout cela empêche toute personne normalement constituée d'acquérir une culture digne de ce nom. Cela explique pourquoi le diplômé moyen est incapable de rédiger correctement un paragraphe...

— A qui la faute? rétorqua le rabbin. Vous avez abaissé le niveau dès lors que vous avez estimé que votre fonction ne consistait plus à enseigner mais à favoriser la promotion sociale, sans vous occuper comment celle-ci se réalise. De toute façon, ce qui vous importe c'est que l'étudiant soit reçu à son examen, peu importe dans quelles conditions.

Fine jeta sur le rabbin un regard intense.

— S'agit-il d'une appréciation d'ordre général ou faites-vous allusion à un petit problème qui m'a opposé à Hendrix et à la doyenne?

— Je suis au courant.

— Ah oui, vous avez partagé un bureau avec Hendryx.

— Mais ce n'est pas lui qui m'en a parlé, dit rapidement le rabbin.

— Alors qui... (Fine secoua la tête.) Peu importe maintenant.

— Dites-moi, enchaîna le rabbin, connaîtriez-vous une certaine Kathy Dunlop?

L'atmosphère se rafraîchit immédiatement de façon perceptible.

— Oui, je connais Kathy, admit Fine d'un ton prudent. Qu'y a-t-il à son sujet ?

— Elle est venue me voir hier.

— Et elle vous a dit ?

— Non, elle ne m'a pas parlé de l'examen. Elle voulait savoir comment il fallait procéder pour se convertir au judaïsme. Cela concernait soi-disant une de ses amies qui aurait une liaison avec un garçon juif.

Fine semblait mal à l'aise et remuait sur sa chaise.

— Ah bon ?

— De toute évidence, poursuivit le rabbin, elle parlait pour elle-même. Très souvent, les sondages préliminaires se font de cette façon. Etait-ce vous qu'elle pensait épouser ?

L'homme resta silencieux. Le rabbin attendit et comme il lui semblait que Fine ne parlerait pas, il enchaîna :

— Elle a dit que vous étiez amants.

Fine se leva d'un coup et se mit à marcher autour de sa chaise.

— Oui, confessa-t-il. J'aime Kathy. Mais n'allez pas croire que je lui aie jamais donné à penser que j'envisage de divorcer pour l'épouser.

Il se jucha sur le bord de la table.

— Apparemment, elle a cette idée en tête.

Fine haussa les épaules.

— Sans que j'y sois pour quelque chose. Je lui ai même dit que je n'épouserais jamais une fille qui ne soit pas juive, et j'étais sincère. Me croyez-vous ?

Le rabbin réfléchit un instant.

— Oui, je vous crois.

— Est-ce que cela vous surprend ?

— Non.

— Eh bien, moi, cela me surprend.

Il se rassit sur sa chaise.

— Cela n'a aucun sens pour moi, mais c'est comme ça ; c'est là mon sentiment. Je me considère comme quelqu'un de moderne, éclairé, intellectuel et, sans fausse modestie, intelligent. Ma raison me dit que tout ce qui est religion, prière, foi, tout le saint-frusquin n'a aucun sens. Je regrette, monsieur le rabbin, mais c'est ma façon de penser. Néanmoins, j'ai épousé une fille juive et je n'aurais pas épousé une non-juive. Je suppose que c'est pour ne pas faire de peine à mes parents ; pourtant, je ne suis pas particulièrement proche d'eux. C'est dingue, ne trouvez-vous pas ?

— Ce n'est pas si dingue que cela, fit le rabbin. Je connais un juif complètement éloigné du judaïsme qui ne met jamais de beurre sur son pain pour accompagner la viande quand il mange à la maison[1]. Soi-disant, son estomac ne le supporte pas. Cependant, au restaurant il accompagne toujours sa viande de beurre.

— Je ne saisis pas très bien le rapport. Si, je crois saisir. Vous voulez dire que pour certaines choses, le plus rationnel des hommes peut se conduire d'une façon irrationnelle.

— Dites-moi, comment vos parents prennent-ils votre séjour en prison ?

— Ils ne sont pas au courant. Ils participent à un de ces voyages organisés de trois semaines en Israël. J'espère que je serai sorti de ce cauchemar avant leur retour.

— Et sinon ?

---

1. Un des préceptes essentiels de la cashrout * interdit la consommation simultanée de viande et d'aliments lactés. (*N.d.T.*)

Le jeune homme porta la main au front en signe de désespoir.

— Kathy..., fit brusquement le rabbin, vous l'avez vue cet après-midi-là. Cet appel téléphonique que vous attendiez, c'était d'elle ?

— Qu'est-ce que cela vient faire là-dedans ? demanda-t-il d'un ton irrité.

— Cela peut vous sortir d'ici. Cela vous fournirait un alibi.

Fine se pencha en avant et parla avec emportement.

— Si elle ou vous allez à la police pour y raconter cette histoire, je la contesterai. Je dirai qu'il s'agit d'une gamine un peu folle, à l'imagination débordante, qui s'est entichée de moi. Elle n'a aucun moyen de prouver la véracité de ses dires ; j'ai pris mes précautions pour ne pas être vu.

— Mais pourquoi ?

— Parce que cela ruinerait mon mariage, probablement d'une façon définitive, expliqua-t-il. Ne comprenez-vous pas ? J'aime ma femme.

— Vous venez de reconnaître que vous aimez Kathy.

— Et après ? La monogamie est une institution sociale ; ce n'est pas une loi naturelle, même pas un trait de psychologie humaine. Je n'aurais pas accepté de coucher avec Kathy, si je ne l'aimais pas. Mais cela ne signifie nullement que je n'aime pas ma femme. Si vous aviez dix ans de moins et n'étiez pas rabbin, vous auriez sans doute compris.

— Il fut un temps où j'avais dix ans de moins et n'étais pas rabbin, dit-il d'un air enjoué, et j'ai bonne mémoire. Cependant, j'aimerais comprendre.

— Très bien, fit Roger Fine. Ma femme et moi formons un couple heureux. Nous nous entendons bien au lit. A l'heure qu'il est, elle porte un enfant de moi, et je suis heureux à l'idée d'avoir un enfant avec elle.

Néanmoins Kathy… Ecoutez, Edie est une gentille fille juive, honnête, issue des classes moyennes. C'est un bon cru, mais avec des limites. Tandis que Kathy, nous avions une telle envie l'un de l'autre que lorsque nous nous sommes rencontrés, c'était une fusion totale des têtes, des cœurs et des corps. C'était tellement bon, donc cela ne pouvait être mauvais.

— Je vois.

— Vous voyez ? demanda Fine avec empressement. Vraiment ?

— C'est évident. Vous voulez à la fois le gâteau et l'argent du gâteau.

48.

— Savez-vous que je cours de gros risques, dit le commissaire Lanigan au volant de sa voiture bleue de service, munie de l'insigne de la police de Barnard's Crossing, se frayant péniblement un chemin dans le trafic encombrant la route 128.

— Parce que c'est à Swampsdale et non à Barnard's Crossing ? demanda le rabbin. C'est juste de l'autre côté de la ligne de délimitation.

— Oh ! Swampsdale n'est pas un problème ! Barney Rose est un bon ami à moi et ne me ferait pas d'histoires pour un contrôle de routine que je viens effectuer dans sa circonscription. Non, je pense à la police de Boston. C'est leur dossier et ils pourraient ne pas apprécier que quelqu'un d'autre vienne y fourrer son nez.

— Je vois ce que vous voulez dire, répondit le rabbin.

Puis sa figure s'éclaircit.

— A strictement parler, vous venez vérifier les allégations de Kathy Dunlop. Si vous établissez qu'elle n'était pas seule, mais qu'elle était accompagnée au motel par un homme, un rouquin affligé d'une claudication, cela pourrait concerner le professeur Fine, domicilié à Barnard's Crossing et tombant par conséquent dans votre ressort.

— Mais oui, David, peut-être que cette façon de couper les cheveux en quatre impressionnerait vos amis rabbins, mais je préfère ne pas m'essayer à ce petit jeu avec Schroeder ou Bradford Ames.

Il lança un coup d'œil à son compagnon.

— Non que je me fasse vraiment des soucis ; je suis simplement en train de rouspéter. C'est ainsi que les flics mènent la conversation.

— En tout cas, je vous sais gré de vous déranger.

— Oh ! ce n'est pas un dérangement !

Lanigan réfléchit un instant et se mit à rire.

— Etes-vous certain que cela ne vous embêterait pas que le gars du motel vous prenne pour le mari de la fille ?

— Eh bien, cette idée m'était également venue à l'esprit, dit le rabbin en ricanant. Savez-vous quelque chose au sujet de l'établissement, de sa réputation ?

— C'était un élevage de poulets, dit Lanigan, changeant apparemment de thème. Voilà un gars travaillant toute sa vie pour un salaire ; ayant réalisé quelques économies, il décide qu'il en a marre, ras le bol de la ville, de la saleté et du bruit. Lui et sa bourgeoise désirent s'établir à la campagne et là-dessus quelqu'un vient leur proposer un élevage de poulets. Juste assez de travail pour ne pas s'encroûter, le bon air de la campagne et un revenu régulier grâce aux œufs et aux poulets. Joe Gargan, qui a pris sa retraite avec le grade de lieutenant, était complètement emballé. Durant sa dernière année d'activité, il emmenait la littérature spécialisée au commissariat. Il m'expliquait ce qu'il aurait à payer pour la nourriture, puis à combien il vendrait les œufs et la volaille. C'est un coup qui ne pouvait pas rater. A moins que, bien sûr, la nourriture augmente dans de telles proportions qu'il ne vous reste aucun profit, ou encore qu'une maladie vienne décimer votre cheptel. Puis, il y a tous les autres frais, auxquels on ne pense pas en établissant ses calculs.

» Bon, maintenant l'élevage de poulets a passé de mode. Si j'ai bien compris, à l'heure actuelle c'est le franchisage. Vous versez toutes vos économies et vous vous endettez pour bien plus afin de pouvoir vous charger d'un éventaire où vous vendez des hamburgers, des hot dogs ou des glaces qu'un tiers met à votre disposition. On vous dit comment vous devez procéder et on vous démontre par a + b que vous êtes obligé de réussir.

Il secoua la tête, étonné.

— Durant un certain temps c'était les motels. Votre unique travail consistait à faire les lits le matin et à changer les serviettes à la salle de bains. Un travail ne prenant que la matinée d'un homme et de son épouse, ou de la seule épouse, l'homme s'occupant du bureau.

— L'*Excelsior* est-il dirigé par un couple ?

— Oui. Il est à proximité d'un petit centre commercial. Vous savez ce qu'il en est de ces motels. S'ils sont bien placés et font de bonnes affaires, les propriétaires respectent scrupuleusement les dispositions légales. En revanche, si le client se fait rare, ils ont tendance à se montrer moins regardants et louent des chambres à des putains ou à des collégiens en quête de parties de jambes en l'air.

— Et comment marchent les affaires à l'*Excelsior ?*

— Couci-couça. Kathy vous a-t-elle précisé ce qui l'a amenée à y louer la chambre ?

— Elle s'est contentée d'expliquer que l'établissement lui avait été recommandé par une copine du foyer universitaire, dit sèchement le rabbin.

— Cela ne m'étonne pas. Bon, nous y voilà.

Une plaque de cuivre fixée sur un bloc en acajou mentionnait « Alfred R. JACKSON » ; M. Jackson, habillé d'une chemise sport et d'un chandail, vint à leur rencontre et se présenta :

— Que puis-je pour vous, messieurs ?

— J'aimerais me servir de votre téléphone, répondit Lanigan.

— Certainement, allez-y.

Il lui passa l'appareil.

— Quelque chose qui ne va pas ? demanda-t-il au rabbin tandis que le commissaire composait son numéro.

Le rabbin Small secoua la tête en signe de dénégation. Lanigan prononça quelques paroles et reposa l'appareil.

— Simple enquête de routine, expliqua-t-il. Puis-je voir votre registre concernant le 13 de ce mois ?

— Est-ce que cela concerne particulièrement une personne ? s'enquit Jackson en s'approchant du fichier. Le 13, c'était un vendredi ?

— Oui. Katherine ou Kathleen Dunlop. Elle a dû être inscrite dans le courant de l'après-midi.

— Voilà une Mme Kathy Dunlop. Automobile immatriculée Mass. 863-529. Elle a été inscrite à 13 h 52.

Il sortit la carte du fichier pour la mettre sur la table.

— Ce n'est pas madame, observa le rabbin, c'est mademoiselle.

— Ah oui, c'est vrai. Le M.L.F. !

Il rit comme s'il s'agissait d'une bonne plaisanterie.

— Etait-elle seule ? demanda Lanigan.

— Mince alors, je ne m'en souviens pas, mon capitaine... chef. Je me rappelle pourtant bien cette journée, car c'était un vendredi 13. Ce n'est pas que je sois superstitieux, mais...

— Kathy m'a dit avoir vu une femme à la réception, remarqua le rabbin à destination de Lanigan.

— Qu'avez-vous à dire à ce sujet ? questionna le commissaire.

— Oh ! c'était sans doute ma femme ! Une minute, s'il vous plaît.

Il ouvrit une porte et appela :

— Martha, voudrais-tu venir un moment ?

Ils furent rejoints par une femme en robe d'intérieur, les cheveux enroulés autour de bigoudis.

— J'ai l'air d'une souillon, s'excusa-t-elle. J'étais en train de me préparer pour sortir.

— Ces messieurs s'intéressent à une Kathy Dunlop qui a loué une chambre chez nous le vendredi 13 en début d'après-midi. Te rappelles-tu d'elle ? C'est toi qui l'as inscrite.

— Parfaitement. Un beau brin de fille, et gentille avec ça.

— Qu'est-ce qui vous fait dire cela ? demanda Lanigan.

— Je ne sais pas vraiment, bien entendu, sauf qu'elle était calme et polie et, ah oui, elle portait une croix en sautoir, de sorte qu'elle ne ressemblait pas à ce genre de filles que l'on voit trop souvent de nos jours. Elle m'a raconté qu'ayant conduit sans interruption depuis la veille au soir, elle avait besoin de sommeil ; aussi l'ai-je mise au 6 afin qu'elle ne soit pas dérangée par les gens venant plus tard. Ah oui, elle m'a également demandé s'il y avait le téléphone dans la chambre ; je lui ai répondu qu'il y avait une cabine sur le parking et qu'elle pouvait également se servir du téléphone au bureau.

A son mari, elle glissa :

— Ne te rappelles-tu pas, Al ? Je t'avais dit que ce vendredi 13 ne nous portait pas chance, car nous avions des ennuis avec le standard, ce jour-là.

Lanigan demanda si elle avait utilisé le téléphone du bureau.

— Pas que je me souvienne. D'ailleurs, la cabine du parking est plus proche de la chambre qu'elle occupait.

— A-t-elle reçu des visiteurs ?

— Je n'ai pas pour habitude d'espionner les clients, s'indigna vertueusement l'hôtelière. Dès lors qu'un client a loué une chambre, il est chez lui et peut recevoir qui bon lui semble. Je ne passe pas mon temps à fouiner.

— Avez-vous vu quelqu'un avec elle ? Un rouquin s'aidant d'une canne pour marcher ? lança Lanigan.

Mme Jackson secoua énergiquement la tête.

— Y avait-il d'autres clients dans le même laps de temps ? s'enquit le rabbin.

Elle regarda son mari d'un air interrogateur.

— Ce couple du Texas ?

— Non ils sont partis dans la matinée, vers onze heures. Nous devions être vides à cette heure-ci, dit-il.

Elle appuya :

— A cette époque de l'année, les gens commencent à arriver en fin d'après-midi ou en début de soirée.

Elle parcourut le fichier :

— Voyez 16 h 20, 16 h 38, 17 h 02...

— A quelle heure Mlle Dunlop est-elle partie ? questionna Lanigan.

La femme rougit légèrement.

— Pourquoi ? Je crois me rappeler qu'elle a déposé la clé dans la soirée en disant qu'elle allait manger un morceau. Je ne pense pas, non, je suis sûre qu'elle n'est pas revenue. Tu te rappelles, Al, je t'ai dit qu'elle était sans doute allée au cinéma.

Lanigan demanda à Mme Jackson si, en faisant la chambre le lendemain matin, elle avait eu l'impression qu'on avait dormi dans le lit.

— Je ne me souviens pas, dit-elle avec circonspection. Ce dont je suis sûre, c'est que le lit avait servi ; dans le cas contraire, je me le serais rappelé.

— A une ou à deux personnes ?

— Comment le saurais-je ?

— Oh ! vous le savez parfaitement !

— Je... je ne me rappelle pas.

Alors qu'ils repartaient dans la voiture, Lanigan dit :

— Je suis désolé, David, mais votre ami Fine n'a pas d'alibi. Ni l'hôtelier ni sa femme ne l'ont vu, il n'y avait pas d'autres clients au motel, et comme le téléphone était en panne, personne n'a pu le joindre au téléphone de façon à confirmer qu'il y était à une heure donnée.

— Il y a la fille...

Lanigan secoua la tête.

— Peu valable. Rien pour confirmer ses dires. En outre, elle est visiblement amoureuse de lui, de sorte qu'on croira facilement qu'elle ment pour le tirer d'affaire. Bien entendu, l'avocat de Fine pourrait la faire venir à la barre des témoins en espérant qu'elle fera bonne impression sur les jurés. C'est fort possible, jusqu'au moment où le procureur adjoint lui volera dans les plumes. Il la fera passer pour la dernière des traînées, même pire, simplement pour avoir entretenu unc liaison avec un homme marié.

49.

Lorsque Lanigan et le rabbin entrèrent au commissariat, le sergent de service se manifesta.

— Pardon, chef, Grace vient de téléphoner de chez le voisin ; elle a claqué la porte derrière elle en laissant la clé à l'intérieur. Puis-je faire un saut pour lui ouvrir ?

— Okay, fit Lanigan. Je m'occupe du standard en attendant.

Il jeta un coup d'œil sur la main courante.

— Comment se fait-il que vous n'ayez pas inscrit son appel ?

— Comment, il s'agit de mon épouse, chef ! C'est un appel personnel.

— Du moment qu'une citoyenne téléphone pour indiquer qu'elle ne peut pas accéder à son appartement et que je lui dépêche un sergent pour la dépanner, c'est une affaire de service. Tout appel doit être inscrit, vous le savez. Bon, allez-y.

Tout en inscrivant l'appel, Lanigan secoua la tête.

— Avez-vous l'intention d'aller voir Mme Fine, David ?

La question surprit le rabbin.

— Pourquoi irais-je la voir ? demanda-t-il.

Lanigan le regarda.

— Eh bien, vous avez visité son mari en prison, non ? Je sais que s'il s'agissait d'une des nôtres, le prêtre estimerait naturel d'aller la voir.

— Mais je ne suis pas un prêtre. Je n'ai pas ce genre de relations avec les gens de ma communauté. Par ailleurs, ajouta-t-il, j'ai eu quelques difficultés avec elle, il y a quelque temps.

— Oh ? fit Lanigan.

— Rien de sérieux, conclut le rabbin.

Alors qu'il se dirigeait vers la maison au volant de sa voiture, le rabbin était loin d'être convaincu qu'il devait aller voir Mme Fine. En outre, il croyait savoir qu'elle n'était pas chez elle ; elle était probablement revenue chez ses parents et il n'avait nulle envie de se trouver face à face avec M. et Mme Chernow.

Cependant, apercevant une lumière allumée alors qu'il passait devant la maison des Fine, il s'arrêta.

Edie Fine vint ouvrir suite à son coup de sonnette.

— Ah c'est vous, monsieur le rabbin, fit-elle visiblement surprise. Je... j'étais justement sur le point d'aller chez mes parents.

— Puis-je entrer ?

— Venez, mais je n'ai guère le temps. Je suis attendue pour le dîner.

Elle l'amena au salon.

— Je suppose que vous voulez m'indiquer que vous n'y êtes pour rien en ce qui concerne Roger... Je tiens à vous dire pour l'histoire de vendredi soir que ce n'est pas moi qui les ai poussées, vous savez.

— Je ne vous en veux absolument pas, madame Fine. En fait, j'ai vu votre mari ce matin. Il n'avait pas trop mauvais moral.

— Je suis heureuse de l'apprendre. Cela étant dit, je suis certaine qu'il s'agit d'une abominable erreur, cela peut arriver à n'importe qui, mais cela vous donne à penser.

— Qu'est-ce que cela vous donne à penser, madame Fine ?

— Toutes sortes de choses. Y a-t-il une justice en ce bas monde ? Au sujet de la police et de l'appareil judiciaire et... si cela vaut la peine de se conduire convenablement...

— Madame Fine ! (Son ton se fit sévère.) Je suis heureux de vous faire connaître que votre mari subit son épreuve avec courage. Je suppose que cela est dû au fait qu'il se sent innocent. Lorsque je le reverrai, j'aimerais pouvoir lui dire la même chose de vous.

Elle le regarda fixement et sembla être revenue à plus de raison. Elle lui dit d'une voix calme et assurée :

— Oui, vous pouvez le lui dire ; je vous en remercie.

En arrivant à la maison, il ne salua pas Myriam selon l'habitude, mais l'étreignit en l'embrassant fougueusement.

— Eh bien, dit-elle surprise, qu'est-ce qui t'arrive ?

— J'ai eu une journée très désagréable, expliqua-t-il, mais cela m'a permis d'apprendre que je t'aime très fort.

— Si tu as appris cela, tu dois tout me raconter.

— Je ne peux pas.

— Alors laisse-moi au moins te servir un verre pour te remonter.

— Non, mais une tasse de café me ferait du bien.

— A moi également.

Elle alla à la cuisine pour mettre l'eau à chauffer.

Il se débarrassa de ses chaussures et s'allongea sur le divan. Un instant après le téléphone sonna. C'était le procureur adjoint.

— Oui, monsieur Ames. Que puis-je pour vous ?

— Le sergent Schroeder vient de passer chez moi. Il

est très irrité contre vous. Et moi-même, je ne suis pas précisément enchanté.

— Je regrette d'entendre cela, dit le rabbin. S'agit-il d'un sentiment diffus ou me reproche-t-il une action quelconque ?

Ames eut un petit rire satisfait.

— Il aimerait que je vous fasse mettre en garde à vue pour être entendu comme témoin. Il s'agit en quelque sorte d'un délit d'omission. Une certaine Kathy Dunlop est venue vous voir pour vous donner des renseignements afférents à l'affaire ; Schroeder estime que vous auriez dû les transmettre à la police.

— Je vois. Donc, elle est venue vous trouver avec son histoire.

— Effectivement.

— Bon, dit le rabbin. Après y avoir réfléchi, j'ai estimé que son histoire, dont la véracité n'est pas prouvée, ne serait pas d'un grand secours pour la police, alors que sa divulgation risquerait d'entraîner de très sérieuses répercussions dans un domaine où j'assume quelque responsabilité. Aussi ayant pesé le pour et le contre, j'avais décidé de garder cela pour moi durant un certain laps de temps.

— Vraiment ? Et quel est ce domaine, monsieur le rabbin ?

— Il s'agit des relations entre M. et Mme Fine ; voyez-vous, c'est moi qui ai célébré leur mariage.

— Vous aviez peur que Schroeder aille voir Mme Fine ?

Il fit une pause.

— Soit, monsieur le rabbin ; j'accepte cela. Mais comment justifiez-vous votre démarche au motel *Excelsior ?* Il s'agit d'une affaire qui est strictement du ressort de la police.

— Je puis également justifier cela.

— Ne prenez pas cette peine, monsieur le rabbin. Venez plutôt me rejoindre demain matin après votre cours à l'appartement de Hendryx. Vous aurez le loisir de tout m'expliquer. Et j'espère, dit-il pour conclure, que vos explications seront plausibles.

Il raccrocha au moment où Myriam fit son entrée dans la pièce avec son plateau.

— Encore des embêtements ? demanda-t-elle d'un air préoccupé.

— Rien de sérieux. Et rien dont j'aie à me soucier avant demain. Maintenant, j'espère passer une soirée tranquille à la maison.

Entendant le bruit d'une voiture, elle alla à la fenêtre.

— David, la voiture de patrouille de la police vient de s'arrêter sur notre parking.

On frappa énergiquement à la porte et Myriam vint ouvrir. Le policier souleva sa casquette.

— Bonsoir, madame Small, je viens vous apporter les billets pour le bal de la police.

— Vous les livrez à domicile maintenant ? demanda le rabbin.

— Le commissaire pense que c'est bon pour les relations publiques. Il faut que nous fassions connaissance avec les gens. Actuellement, nous avons un programme de relations publiques au commissariat.

— Eh bien, je trouve que c'est une excellente idée, intervint Myriam. Dans le même esprit, je vous propose d'entrer prendre une tasse de café.

— C'est très gentil de votre part, madame Small, mais mon collègue est resté dans la voiture.

— Qu'à cela ne tienne, dites-lui de venir également.

— C'est le dernier cri de l'activité policière, exposa le brigadier alors que lui et son collègue, assis sur la pointe des fesses, avalaient en hâte leur café. Les relations publiques. C'est à cause de ce racisme antipolicier que l'on voit poindre chez certains jeunes. Dès qu'on doit arrêter l'un d'eux, il est question de brutalités policières. Le propos de notre campagne est d'amener le public à connaître sa police, afin qu'il l'appuie. Je pense que ce n'est pas mal, encore qu'à mon avis personnel, ceux qui ne cherchent pas d'histoires savent que la police est présente pour les protéger ; tandis que les autres nous en veulent justement parce que nous constituons un obstacle à leurs méfaits.

— Etes-vous également de cet avis ? demanda Myriam à l'autre policier.

— Ben, dans les grandes villes c'est sans doute différent. Mais ici, à Barnard's Crossing, tout le monde connaît les policiers. Je considère donc les relations publiques comme un surcroît de travail.

— C'est-à-dire que vous vous en passeriez volontiers, hé ? demanda le rabbin.

— Ce n'est pas ce que je voulais dire, répondit-il rapidement. Nous sommes volontaires. Il est agréable de rencontrer des gens comme vous, qui nous offrent le café et avec lesquels on bavarde ; cela nous change de nos tâches habituelles.

— On devrait essayer la même chose dans les grandes villes, suggéra Myriam.

Le policier secoua la tête.

— Cela ne marcherait pas là-bas. Voyez les jeunes ; ici, nous les connaissons tous. Il m'est arrivé d'arbitrer des matches où ils jouaient alors qu'ils étaient minimes et mon copain Joe a été, durant des années, entraîneur d'une équipe de base-ball. Ils nous appellent par nos prénoms. Tandis que dans les grandes villes, ils ne connaissent pas les policiers et ceux-ci ne les connaissent pas. Les mêmes gars, qui ici se montrent gentils et aimables envers nous, peuvent, une fois qu'ils sont dans une grande ville, se transformer en une bande de dangereux excités en cas d'affrontement avec la police.

Il se tourna vers son collègue.

— Te rappelles-tu comment ils se sont comportés le jour où nous avons ramené Mlle Hanbury à l'université ?

— Oui, le jour où il y a eu l'attentat. Ils étaient drôlement montés, je vous assure.

— Vous avez ramené la doyenne Hanbury après l'explosion de la bombe ? interrogea le rabbin. Comment cela se fait-il ?

— A peine arrivée chez elle, expliqua Joe, elle nous a téléphoné pour nous informer qu'une de ses fenêtres avait été ouverte. Beaucoup de gens partent en laissant des fenêtres ouvertes et, oublieux, une fois rentrés, se précipitent sur le téléphone pour avertir la police qu'on les a cambriolés.

Se tournant vers Myriam :

— Que cela ne vous empêche pas de nous appeler, madame Small, si à un moment quelconque vous avez l'impression qu'il y a quelque chose d'anormal. Cela ne nous gêne nullement. Nous ne sommes que trop heureux s'il apparaît qu'il s'agit d'un simple oubli de fermer la fenêtre. Donc, nous nous sommes rendus sans tarder à la maison de Mlle Hanbury ; j'ai cherché des empreintes de pas ou la marque d'une pince-monseigneur sur le cadre de la fenêtre, mais je n'ai rien trouvé.

— Tandis qu'il cherchait, enchaîna son collègue, nous apprîmes par radio qu'une bombe venait d'exploser à l'université. La police de Boston tenait à entendre dès que possible Mlle Hanbury et comme celle-ci venait de quitter son volant, nous avons proposé de l'emmener. A notre arrivée à l'université, il y avait autour de celle-ci une bande de jeunes chahutant les policiers qui gardaient le bâtiment. Ils brocardaient et huaient des hommes qui ne faisaient que leur devoir. Si une telle chose se produisait dans notre petite ville, nous aurions vite fait d'en parler aux parents de ces jeunes.

Quand ils furent partis, Myriam alla préparer le dîner. Tout en travaillant, elle parlait, évoquant les enfants, les conversations qu'elle avait eues ce matin même au supermarché. Sa voix était assez forte pour être entendue au salon ; cependant, le rabbin restait muet.

Lorsque finalement elle vint lui annoncer que le dîner était prêt, il dit :

— Je crois que je ne prendrai rien pour le moment, Myriam.

— Y a-t-il quelque chose qui ne va pas, David ?

— Non, simplement, je n'ai pas faim. Je... j'ai du travail.

Il se leva pour aller à son bureau.

Tard, bien plus tard, il y était toujours, sans lire, sans travailler, mais absorbé, regardant le vide. Lorsqu'elle lui demanda s'il voulait se coucher, il ne répondit pas, mais secoua la tête dans un soudain mouvement d'irritation.

50.

Ce matin-là, le trafic routier était plus intense que d'habitude et le rabbin ne trouva une place pour se garer qu'à neuf heures passées de quelques minutes. Le temps qu'il arrive à son bureau il était neuf heures dix. Il était sûr et certain que ses étudiants étaient déjà repartis, mais néanmoins il se hâta vers la salle de cours dans l'espoir qu'il y avait quelques acharnés pour l'attendre. A sa surprise, il trouva en arrivant une classe complète.

— Il y avait un bouchon sur le pont, s'excusa-t-il, et la circulation ne se faisait que sur une file.

— C'est très bien, monsieur le rabbin, fit Harvey Shacter, magnanime. Nous avions décidé, par un vote, de vous attendre jusqu'à neuf heures et quart.

— C'est très aimable à vous tous, dit le rabbin en souriant. Cela démontre que vous commencez à adopter la position juive traditionnelle à l'égard de l'instruction et des études.

— Voulez-vous dire que nous avons une position particulière ? demanda Shacter.

— Bien entendu, dit son ami Luftig d'un ton méprisant. Tu te paies une mention « très bien » et à toi les honneurs académiques et les bourses d'études.

— Non, monsieur Luftig, ce n'est pas cela, reprit le

rabbin. C'est même exactement le contraire. Les rabbins estiment que l'instruction ne doit pas servir de bêche pour creuser, ce qui dans leur esprit signifie qu'il ne faut pas en faire un usage pratique ou matériel. Pour nous, l'acquisition du savoir et l'étude constituent un devoir religieux et non un objet de compétition. Les mentions, les bourses sont les récompenses décernées aux participants d'une compétition.

— Alors, si on ne doit en tirer aucun profit sur le plan pratique, à quoi bon ? demanda Shacter.

— La soif du savoir, du savoir comme un but en soi, distingue l'homme de l'animal. Tous les animaux s'intéressent à acquérir des connaissances pratiques : le meilleur emplacement pour trouver de la nourriture, pour se camoufler ou gîter, mais seul l'homme se dérange pour tenter d'apprendre une matière pour le seul plaisir de la connaître. L'esprit de l'homme a soif de savoir de la même façon que son corps a faim de nourriture ; l'instruction qu'il emmagasine ne sert qu'à lui exclusivement, comme les aliments qu'il avale.

— Voulez-vous dire qu'il n'est pas cachère * qu'un gars fasse des études pour devenir médecin ou avocat ? demanda Shacter.

— Il veut dire qu'il n'est pas censé se faire rémunérer pour ses connaissances, intervint Mazelman.

— Non, monsieur Mazelman, ce n'est pas ce que je veux dire. Le savoir que l'on acquiert pour devenir médecin ou avocat, menuisier ou plombier, est d'une nature différente. Il s'agit d'études pratiques destinées à servir la société. Nous favorisons également ce genre d'études. Il existe un adage talmudique stipulant qu'un père qui n'apprend pas un métier à son fils en fait un voleur. Comme vous pouvez le constater, il y a deux sortes d'études : une pour soi-même et une autre pour la société.

— Ce qu'apprend un médecin ou un avocat n'est

point pour lui-même ? interrogea Lillian Dushkin.

— Il est certain que cela meuble son esprit, de même que tout ce que l'on apprend. Cependant, il se prépare en premier lieu à servir la société. Un docteur n'acquiert pas des connaissances sur toutes sortes de maladies uniquement pour se guérir. Certaines branches de la médecine ne peuvent en aucun cas s'appliquer à lui, par exemple l'obstétrique...

— Elle s'applique aux femmes médecins.

— Vous avez tout à fait raison, mademoiselle Draper, admit le rabbin.

Luftig eut une illumination.

— S'il y a deux sortes d'études, n'y aurait-il pas également deux sortes d'enseignements ?

Le rabbin réfléchit.

— C'est une bonne remarque, monsieur Luftig. Les études professionnelles doivent déboucher sur la pratique. Je ne vois pas l'utilité d'enseigner le droit canonique médiéval à un étudiant en droit ou la théorie des humeurs à un étudiant en médecine.

— Toutes les études ne doivent-elles pas être ainsi ? demanda Luftig.

— Pourquoi ? Pourquoi cela vaudrait-il pour les sciences humaines ? Si vous êtes intéressé par quelque chose, et cela *peut* être le droit canonique médiéval ou l'épigraphie latine, vous devez l'étudier. Ou, pour formuler cela autrement, en matière de sciences humaines, tout *doit* trouver une application.

— Dans ce cas, comment justifiez-vous les examens ? demanda Mark Leventhal. N'enfreignez-vous pas vos propres règles en décernant des notes ?

— Je pense que vous avez raison. Toutefois, je dois me conformer aux dispositions régissant l'université.

— Que feriez-vous si vous pouviez agir à votre guise ? insista Leventhal.

Le rabbin réfléchit un moment.

— Dès lors que vous tirez un profit de la réussite d'un examen, je dois établir une distinction entre ceux qui ont fait un effort et les autres. Par conséquent, je me limiterais à deux notes : admis et recalé. J'essaierais également d'instaurer un examen faisant davantage appel à l'analyse qu'à la mémoire.

— Comment feriez-vous ?

— Je ne puis pas vous répondre de but en blanc. Peut-être laisserais-je le choix de répondre soit à toute une série de questions, soit plus longuement à quelques questions, soit à fond à une seule question.

— Voilà une bonne idée.

— Parfait. Alors pourquoi ne procéderait-on pas de cette façon ?

— Peut-être que les autres professeurs...

— Dites, monsieur le rabbin, continuerez-vous vos cours le prochain semestre ?

C'était une question parmi beaucoup d'autres, mais après que Shacter l'eut posée, il se fit un silence, comme si elle avait été à l'esprit de tout le monde.

— Ce n'est pas dans mes prévisions, dit le rabbin.

— Peut-être pourriez-vous devenir professeur à temps complet, avança Lillian Dushkin.

Réalisant que leurs questions prouvaient que sa façon d'enseigner était appréciée, il en fut heureux.

— Pourquoi ferais-je cela, mademoiselle Dushkin ? demanda-t-il.

— Ben, parce que cela doit être bien plus agréable que de... rabbiniser.

— Oui, mais cela rapporte moins, indiqua Shacter.

— Oh ! ça, il s'en fiche ! rétorqua Luftig.

— De toute façon, un rabbin est un maître, précisa Leventhal. C'est le sens même du terme.

David Small se rendit compte qu'au début de l'année, il aurait considéré comme une impertinence une telle discussion sur sa carrière future, mais il avait parcouru un chemin considérable depuis ses premiers pas dans l'enseignement.

— Vous avez tout à fait raison, monsieur Leventhal, dit-il. Et vous aussi, mademoiselle Dushkin, enseigner est plus facile. Cependant, je tiens à rester rabbin et à m'occuper d'une communauté.

Jetant un regard par la fenêtre, il vit que des hommes, qui étaient probablement des policiers, faisaient les cent pas entre la maison où avait habité Hendryx et une voiture garée devant celle-ci. Se retournant vers la classe, il dit dans un sourire forcé :

— Vous m'avez parlé du prochain semestre, je ne suis même pas certain de pouvoir terminer celui-ci.

Alors qu'il se dirigeait vers son bureau après la fin du cours, Mark Leventhal vint le rejoindre.

— Savez-vous, monsieur le rabbin, mes parents veulent que j'aille à Cincinnati, quand j'aurai terminé ici. Ils voudraient que je devienne rabbin.

— Vraiment ? Et vous, qu'en pensez-vous ?

— Moi-même, j'avais l'intention de faire des études du troisième cycle, pour me diriger ensuite vers l'enseignement.

Ils atteignirent le bureau et le rabbin chercha sa clé.

— Avez-vous cours, monsieur Leventhal ?

— Oui, mais je peux le sécher.

— Alors entrez.

Il désigna au jeune homme la chaise et s'installa dans le fauteuil derrière la table.

— Cherchez-vous un conseil au sujet de votre orientation ? questionna-t-il.

— Oh ! j'aimerais connaître votre avis, puisque vous exercez les deux professions entrant en ligne de compte.

Le rabbin acquiesça.

— Bien entendu, les choses ont changé, commença-t-il. Dans les bourgades-ghettos d'Europe orientale, qui constituaient jusqu'en 1914 le principal centre de culture juive, le rabbin était bien plus engagé par la bourgade que par une synagogue. Les Juifs habitant la bourgade le payaient afin qu'il consacre l'essentiel de son temps à l'étude, son service à la communauté consistant occasionnellement à dire le droit. Il ne conduisait pas les offices et ne prononçait guère de sermons. On ne lui demandait de s'adresser que deux fois par année à la communauté, et généralement il ne s'agissait pas d'un sermon, mais plutôt d'une thèse sur quelque sujet religieux ou biblique.

Au fur et à mesure qu'il s'adressait au jeune homme, il réalisait qu'il parlait autant pour mettre ses idées au clair que pour répondre à son interlocuteur.

— En général, il jouissait d'un grand respect de la communauté, essentiellement parce qu'il était le plus savant dans les matières connues par ses membres : la religion, la Bible, le Talmud *. Ici en Amérique, les choses sont entièrement différentes. Il ne rend plus la justice, il y a des tribunaux pour cela. Et son savoir n'est désormais plus le seul connu : il n'est même plus considéré comme très important par sa communauté. La médecine, le droit, les sciences, la technologie sont appréciés davantage dans le monde moderne et naturellement aussi par les membres de la communauté.

— Vous voulez dire qu'il ne jouit plus du même respect ?

Le rabbin sourit.

— Vous l'avez dit. Il doit remplir sa fonction, qui est en grande partie administrative et..., disons le mot, politique.

— Politique ?

— Exactement. De deux points de vue : il sert habituellement de contact entre sa communauté et les autres citoyens ; il faut qu'il sache maintenir sa position. Par ailleurs, comme tout homme public, il doit faire face à une opposition.

Il se rappela ce que Myriam avait dit : « Cependant, bien que le métier ait beaucoup changé, au fond il est resté le même. »

— Que voulez-vous dire ?

— Fondamentalement, la fonction du rabbin consistait à guider et à enseigner la communauté. Eh bien, c'est toujours sa tâche, étant entendu qu'actuellement, ladite communauté est moins modelable, moins docile, moins intéressée et même moins encline à être guidée. L'exercice de cette profession est bien plus dur que dans le temps, monsieur Leventhal, et bien, bien plus dur qu'enseigner dans une université, où l'activité du professeur est insérée dans un cadre rigide d'heures, d'examens, de crédits...

— Dans ce cas, pourquoi préférez-vous le rabbinat à l'enseignement universitaire ? demanda le jeune homme.

Le rabbin sourit, car désormais il savait qu'il avait trouvé sa propre réponse.

— On dit qu'il est dur d'être juif, donc il est encore plus dur d'être rabbin, c'est-à-dire un genre de Juif professionnel. Toutefois, monsieur Leventhal, n'avez-vous pas encore constaté, dans votre propre vie, que plus une tâche est dure, plus elle vous apporte de satisfactions ?

51.

Le rabbin appuya timidement sur la sonnette de l'appartement de Hendryx.

— Ah, c'est vous ! fit le sergent Schroeder sur un ton belliqueux. J'ai à vous parler.

— Il n'y a pas le feu, sergent, dit Bradford Ames. Entrez, monsieur le rabbin.

La pièce était illuminée par des projecteurs montés sur des supports amovibles et plusieurs inspecteurs de police s'activaient à mesurer, à photographier et à relever des empreintes digitales. Ames expliqua que des parents de Hendryx allaient venir de l'Ouest pour prendre possession de ses effets, de sorte que c'était la dernière occasion pour tout examiner.

— Qu'en est-il de la commode ? Voulez-vous que je prenne des photos des tiroirs, sergent ? demanda le photographe.

— Oui, prenez chacun des tiroirs, cela nous donnera une sorte d'inventaire.

Ames désigna au rabbin le lit.

— Asseyez-vous là, vous n'y serez pas en plein dans le chemin, dit-il. J'accepte votre explication au sujet de cette Kathy Dunlop, mais j'aime autant vous dire qu'en ce qui concerne votre petite enquête au motel *Excelsior,* eh bien, cela dépend de ce que vous en avez obtenu.

Il ne montra aucune colère, mais son ton était ostensiblement froid.

Le rabbin leur précisa ce qu'il y avait appris, que nul à l'*Excelsior* n'avait vu Roger Fine et que ce jour-là le standard téléphonique du motel était en panne, de sorte que personne ne pouvait l'avoir appelé de l'extérieur.

Schroeder se frotta les mains.

— Alors, c'est très bien. C'est parfait.

De son côté, Ames sourit de satisfaction. Sa voix se fit plus amicale. Il expliqua :

— Voyez-vous, s'il en avait été autrement, s'il y avait eu une possibilité d'alibi, on aurait pu vous soupçonner d'avoir voulu influencer le témoin, voire même lui suggérer une version.

— En fait, je ne m'attendais pas à ce qu'un alibi se dégage de l'histoire de Kathy, formula le rabbin. Tout ce dont elle se souvenait était l'heure à laquelle elle lui avait téléphoné à l'université. Elle a exposé que, si Fine venait d'avoir tué quelqu'un, il ne lui aurait sans doute pas rendu visite immédiatement après.

— Cependant, intervint Ames, on trouve justement des cas analogues dans la littérature. Si j'ai bien compris, cela donne un piquant particulier aux ébats amoureux.

— Le lendemain, enchaîna le rabbin, en visitant Fine en prison, j'ai cherché à lui faire dire s'il y avait un élément qui avait échappé à Kathy ; mais il ne voulait pas que l'on sache qu'il avait été avec elle. Il a précisé que même si ce fait lui offrait un alibi, il refuserait de s'en servir. Voulant avoir le cœur net au sujet de l'histoire de Mlle Dunlop, j'ai décidé de la vérifier en interrogeant les patrons du motel.

— Je peux comprendre votre raisonnement, admit

Ames, cependant la conduite de l'enquête aurait dû être laissée à la police.

— Sergent, s'exclama le photographe, regardez, le tiroir du bas est vide.

Ames s'approcha, rejoint par le rabbin, sentant qu'on ne lui demandait plus de rester assis sur le lit.

— Hendryx se servait probablement du tiroir du bas pour y mettre son linge sale, émit Ames. C'est ce que je fais quand je suis à l'hôtel.

— Je ne pense pas, monsieur, observa Schroeder. Il y a une corbeille à linge dans la salle de bains.

— Alors, il ne lui restait sans doute rien à mettre dans ce dernier tiroir, dit Ames.

— Pourtant, les autres tiroirs sont pleins, même archipleins, objecta le rabbin.

— Réellement ? (Ames rit.) A l'allure que cela prend, il me faudra sans doute avoir recours à cette astuce talmudique dont vous m'avez parlé, attendre si je ne me trompe le retour du prophète Elie qui nous donnera la solution du problème.

— Les talmudistes ne s'en servent qu'une fois qu'ils ont épuisé toutes les autres possibilités, dit le rabbin sur un ton de reproche.

— Vous savez, reprit Ames, après notre conversation, j'ai tenu par simple curiosité à me documenter sur le sujet ; selon l'article de mon encyclopédie, une bonne partie de votre Talmud * consiste en un recueil d'histoires, contes de bonnes femmes et autres récits moralisateurs. Même la partie réservée au droit se compose essentiellement de discussions désordonnées concernant parfois des cas extrêmement improbables.

— Le Talmud * contient un peu de tout, admit le rabbin, mais sa fonction la plus utile réside peut-être dans la méthode qu'il développe.

Les techniciens avaient terminé et étaient en train de

plier bagage. Schroeder demanda à Ames s'il pouvait le reconduire en ville.

— Une minute, sergent. Le rabbin me donne un cours de Talmud *. (Il rit.) Et en quoi consiste cette méthode ?

— Fondamentalement, reprit le rabbin sur un ton sérieux, elle consiste à examiner chacun des aspects d'un problème de tous les points de vue possibles ; je pense que c'est à cela que faisait allusion votre encyclopédie en parlant de l'évocation de cas hautement improbables. Ils disposaient de beaucoup de temps les anciens talmudistes, de même d'ailleurs que les plus récents, de sorte qu'ils n'étaient pas habités par ce souci, que l'on trouve dans la Common Law[1] d'écarter ce qui est étranger au sujet, immatériel et en dehors de la compétence légale. Prenez par exemple ce tiroir vide...

— Oui, qu'auraient dit vos talmudistes à propos d'un tiroir vide dans une commode ?

Le rabbin sourit.

— Eh bien, ils auraient certainement envisagé les deux possibilités : A) Le tiroir n'avait jamais été garni ; B) Il avait été garni, puis vidé.

— Je ne vous suis pas, dit Schroeder. Sans vouloir médire de votre Talmud *, qu'est-ce que cela peut faire qu'il ait été garni puis vidé, ou qu'il n'ait jamais été garni. Actuellement, il est vide.

— S'il s'avère qu'il n'a jamais servi, ne seriez-vous pas surpris ? s'étonna le rabbin. A l'évidence, ce ne serait pas parce qu'il n'y avait rien à y mettre. Voyez ces pulls empilés sur les maillots de corps.

— Peut-être que Hendryx n'aimait pas trop se baisser.

---

1. La « Common Law » est le droit coutumier anglo-saxon, sur lequel sont fondés en grande partie les droits britannique et américain. (*N.d.T.*)

— Il fallait bien qu'il se baissât. Ses chaussures se trouvaient dans le bas de l'armoire.

— Très bien, fit Ames avec impatience, admettons qu'originellement, il y avait quelque chose dans ce tiroir. A quoi cela nous mène-t-il ?

— A la question suivante : qui l'a vidé ? Hendryx ou quelqu'un d'autre.

— Voilà qui est très logique, ironisa Schroeder. Vous pourriez également dire moi ou quelqu'un d'autre, le président des Etats-Unis ou quelqu'un d'autre.

Ames ricana, cependant le rabbin continua comme s'il n'avait pas été interrompu.

— A moins que ce n'ait été les deux.

— Il semble peu probable qu'il ait fallu deux personnes pour vider le tiroir d'une commode, lança Ames.

— Je n'ai pas voulu dire qu'elles l'aient fait ensemble, expliqua le rabbin. J'évoquai une hypothèse selon laquelle Hendryx a probablement vidé le tiroir pour pouvoir y loger autre chose ; et ensuite cette autre chose a été enlevée.

— Enlevée par quelqu'un d'autre ? Est-ce à cela que vous voulez en venir ? questionna Ames.

Le rabbin acquiesça.

Le sergent eut soudain une illumination.

— Je comprends où il veut en venir ! Hendryx vide le tiroir pour y mettre quelque chose de spécial, par exemple des papiers ou des documents. Ensuite il est tué, et voilà le point fort de la démonstration, Roger Fine fait irruption pour récupérer ce qui a tellement d'importance pour lui, ses aveux et les documents afférents à l'examen. Ils constituent la seule preuve de sa tentative de fraude. Une fois qu'il est entré en possession de ce qu'il cherchait, il constate qu'il serait très facile de faire apparaître que Hendryx serait revenu à l'appartement après le départ de la femme de ménage, ce qui le laverait, lui Fine, de tout soupçon, car il dispose d'un alibi ; par conséquent, il met la pipe dans le cendrier et fait brûler quelques allumettes.

Le rabbin secoua la tête en signe d'approbation.

— Très bien vu, sergent, sauf que ce ne pouvait pas être Roger Fine.

— Pourquoi pas ?

— Parce que Fine n'a pas d'alibi. D'autre part, Hendryx n'avait sans doute aucune raison de vider ce tiroir pour y ranger les papiers dont vous avez parlé. Il les a probablement gardés dans un meuble de bureau.

— Alors qu'avait-il mis dans ce tiroir ?

— Je suppose qu'il y avait mis ce que tout un chacun y met, des effets d'habillement.

— Vous voulez parler d'habits qui auraient appartenu à l'assassin, que celui-ci est venu récupérer ? demanda Ames. Mais pourquoi ? Je ne vois toujours pas.

— Dites plutôt celle-là, formula le rabbin. *Elle* est venue les récupérer.

— Une femme ?

Ames prit un instant de réflexion.

— Si elle était...

— Et pourquoi pas ? s'exclama Schroeder. Le gars était célibataire, de sorte qu'il est normal que de temps en temps, il y ait eu une nana.

Se rappelant de la présence d'Ames, il s'arrêta.

— Ne vous en faites pas, sergent, le rassura Ames, je connais la vie.

— Bon, tout ce que je voulais dire, c'est que de temps en temps il ramenait une femme et que naturellement elle passait la nuit chez lui.

— Naturellement.

— Elle avait peut-être là sa chemise de nuit ainsi qu'un peu de lingerie si elle venait assez souvent. (Il claqua des doigts.) Mais c'est bien sûr ! Betty Macomber ! Ils étaient secrètement fiancés. Actuellement, on n'attend plus de passer devant M. le Maire et M. le Curé. A y penser, elle ne semblait pas terriblement affectée pour une fille dont le fiancé vient de trouver la mort.

— Vous avez dit que son père, non plus, n'était pas excessivement bouleversé, remarqua Ames.

— C'est exact. A propos, c'est un fana de golf, cria Schroeder de plus en plus excité. Le genre de bonhomme qui emmène ses clubs au bureau. Lorsque je suis allé le voir, il était effectivement en train de faire des exercices de putting sur le tapis.

— Quel est le rapport ? demanda sèchement Ames.

— Ne voyez-vous pas, monsieur ? Un club de golf est une canne munie d'un crochet.

— Hum.

Ames secoua lentement la tête.

— Le père et la fille. Il n'était peut-être pas enchanté de ce prochain mariage...

— Ou peut-être a-t-il découvert qu'elle couchait avec lui, suggéra Schroeder.

— Et alors il l'aurait tué ?

Le rabbin montrait son scepticisme.

— Bien qu'ils fussent fiancés ! Et il serait venu récupérer sa chemise de nuit pour que son honneur ne soit pas entaché ?

— De la façon dont vous exposez la chose, cette version semble peu vraisemblable, admit Ames.

Le rabbin poussait son avantage.

— Le président Macomber dispose-t-il d'un alibi ? Ou sa fille ?

— Apparemment, personne ne dispose d'un alibi, reconnut Schroeder.

— Sauf Millicent Hanbury, trancha le rabbin.

— La doyenne ? s'exclama Schroeder. Vous voulez rire ?

— Une femme attrayante, persista le rabbin. Encore jeune et non mariée. C'est vous qui l'avez mentionnée en premier, sergent.

— Moi ?

— Lorsque vous êtes venu me voir pour la première fois avec Lanigan, vous avez laissé entendre qu'elle pouvait être impliquée. Pour autant que je me souvienne, nous avons tourné votre suggestion en dérision, continua doucement le rabbin, cependant, il s'avère maintenant que les intuitions d'un enquêteur chevronné ne doivent pas être prises à la légère.

— Oui, j'ai effectivement émis cette hypothèse, n'est-ce pas ?

Ames rit de bon cœur.

— Cet alibi dont vous avez parlé...

— En fait, elle en a plusieurs, expliqua le rabbin. La rencontre avec la délégation d'étudiants à deux heures et demie ; si j'ai bien compris, c'est elle qui avait fixé l'heure. Ensuite, le fait de se lever pour couper court à l'entretien constitue un excellent alibi, car à première vue, il n'est pas perçu en tant que tel. Demander l'heure à quelqu'un rend automatiquement suspect. Tandis que quitter une réunion pour ne plus revenir, c'est s'assurer qu'au bout d'un moment vos interlocuteurs s'impatienteront et regarderont l'heure. Mais le trait de génie était d'appeler la police, à son retour à Barnard's Crossing, pour faire constater qu'une fenêtre était ouverte chez elle. Bien entendu, il ne s'agissait pas d'établir qu'elle avait été cambriolée, mais elle savait pertinemment que l'heure de son appel serait inscrite au commissariat. Tout à fait par hasard, j'ai pu constater que l'on était très strict à ce sujet à la police de Barnard's Crossing.

— C'est le cas dans tous les commissariats, dit Ames.

Toutefois, le meurtre a été commis vers deux heures vingt et tous ces alibis se situent plus tard.

— C'est la raison pour laquelle elle a tenu à faire croire que Hendryx était encore vivant *après* qu'elle fut partie. En outre, les étudiants étaient là pour confirmer son alibi.

— Mais que faites-vous du rapport d'autopsie ? argumenta Ames. Elle aurait dû savoir que le médecin allait déterminer avec précision l'heure du décès.

— Ah, mais c'est uniquement parce qu'il a examiné le cadavre peu de temps après le décès, dit le rabbin. Et ceci uniquement par suite de l'explosion de la bombe. Autrement, le corps n'aurait été découvert que lundi matin, probablement par moi, lorsque je serais venu faire mon cours. C'est-à-dire une soixantaine d'heures plus tard, et alors, aucun expert médical n'aurait pu indiquer à une heure près le moment du décès. En outre, la mise en scène à l'appartement était destinée à prouver que Hendryx était vivant bien après qu'elle eut quitté l'université.

Ames acquiesça.

— Sachant que nous allions perquisitionner l'appartement de Hendryx, elle s'y serait arrêtée pour récupérer sa chemise de nuit ? des collants ? des bas ? Comment aurions-nous pu les identifier comme lui appartenant ?

— Et s'il y avait quelque chose de plus personnel ?

— De plus personnel que des collants ? demanda Ames en souriant.

— Je pensais à un nécessaire de tricot, expliqua le rabbin.

— Ah oui, fit Ames, je comprends qu'elle s'en soit occupée.

— Ecoutez, intervint Schroeder, il se peut que je ne sois qu'un flic borné, mais vous n'avez toujours pas expliqué comment elle a tiré la statue sur lui, sans qu'il y ait eu lutte. (Il réfléchit un instant.) Même en tenant compte du fait qu'elle est une ancienne prof de gym.

Ames dirigea vers le rabbin un regard inquisiteur.

— Revenons au Talmud *, enchaîna le rabbin, c'est-à-dire examinons toutes les hypothèses possibles. Une statue dans un rayonnage peut dégringoler par suite d'une secousse, due notamment à l'explosion d'une bombe. C'était le point de vue de la police lorsqu'elle a arrêté les étudiants. Elle peut également être tirée vers le bas, c'est de cela que vous soupçonniez, sergent, d'abord le professeur Fine et tantôt les Macomber. Mais elle peut également avoir été *poussée* de façon à tomber du rayonnage et, à mon avis, c'est ce qui s'est passé.

— Poussée ? s'étonna Ames. Comment pouvait-elle avoir été poussée ?

Le rabbin continua d'une voix tranquille :

— Le téléphone de notre bureau est relié à celui de la doyenne ; le fil passe à travers un trou percé dans le mur au-dessus du dernier rayonnage, près du plafond. La statue se trouvait précisément devant ce trou. En fait, l'installateur a dû la déplacer pour forer le trou.

— Donc il y a un trou dans le mur par lequel passe un câble téléphonique, dit Ames d'un ton ennuyé. Qu'est-ce que cela prouve-t-il ?

— Le câble y passe, mais le trou est assez large pour que l'on puisse également y passer une fine mais néanmoins solide baguette en acier, dit le rabbin.

— Une fine baguette en acier... comme une aiguille à tricoter ! s'exclama Ames.

Le rabbin acquiesça.

A mon avis, m'ayant entendu partir, et on entend tout à travers la simple cloison qui sépare les deux bureaux, la doyenne a approché sa table de la cloison pour y monter. Une fois en haut, elle a passé une aiguille à tricoter par le trou pour déséquilibrer la statue. Elle savait que Hendryx était assis directement au-dessous et qu'en dégringolant, la statue lui fracasserait le crâne.

Ames resta silencieux. Au bout d'un moment, il finit par articuler :

— Et le motif, monsieur le rabbin ? Disposez-vous d'une théorie concernant le motif ?

— J'ai ma théorie, dit le rabbin précautionneusement. Sauf erreur de ma part, elle pensait qu'elle et Hendryx se marieraient dès qu'il aurait été nommé chef du département d'anglais. Ce n'était pas un secret qu'elle appuyait sa candidature, mais sans succès. Aussi Hendryx avait-il sans doute estimé qu'il aurait davantage de chances d'aboutir s'il était appuyé par la fille du président ; en conséquence, il lui a fait un brin de cour et ils se sont fiancés. Vendredi matin, le président Macomber, en annonçant à la doyenne la nomination de Hendryx, lui avait probablement spécifié dans quel contexte elle intervenait, car il ignorait totalement la nature spéciale des relations liant son futur gendre et la doyenne.

— Votre théorie est plausible, monsieur le rabbin, admit Ames, elle semble répondre à toutes les questions, mais vous réalisez certainement que vous ne disposez pas de l'ombre d'une preuve.

— Je ne suis pas tellement sûr qu'elle réponde à toutes les questions, observa Schroeder. Vous dites qu'elle a déplacé sa table afin d'y monter.

— Je suis certain que c'est comme cela que ça s'est passé, confirma le rabbin. N'importe quelle chaise aurait été trop basse.

Schroeder secoua lentement la tête en signe de dénégation.

— La table se trouve à un bon mètre du mur et ses pieds sont rivés au sol. Elle ne pouvait donc pas l'avoir déplacée.

Le rabbin se renfrogna. Bradford Ames se mit à rire nerveusement.

— Un mètre, avez-vous dit ?

— Oui, je pense que c'est cela.

La figure du rabbin s'éclaircit.

— Dans ce cas, je suis même en mesure de vous fournir la preuve, sergent.

Se levant de son siège, il se mit à environ un mètre du mur, se penchant en avant, le bras gauche étendu, la main appuyée au mur pour se maintenir. De l'autre main, il sortit un stylo à bille de sa poche et le piqua contre le mur.

— Tout en haut du mur, il y a de bonnes chances de trouver des empreintes.

Elle leva la tête du tricot lorsque les trois hommes firent irruption dans son bureau.

— Vous vous souvenez de moi, n'est-ce pas, madame ? demanda poliment Schroeder.

— Oh oui, vous êtes de la police.

— Et voici M. Bradford Ames, procureur adjoint. Il dirige l'enquête.

— Très heureuse, monsieur Ames. Et ce monsieur ? demanda-t-elle.

— C'est notre spécialiste en matière d'empreintes digitales, mademoiselle Hanbury, répondit Ames. Allez-y, Bill.

L'homme regarda le mur.

— Il faudrait quelque chose sur quoi je puisse monter, dit-il.

— Pourquoi ne sautez-vous pas sur la table ? suggéra Ames. Je vais mettre ce papier afin que vous ne l'abîmiez pas avec vos chaussures.

Elle suivit avec intérêt les mouvements de Bill montant sur la table pour examiner le mur.

— Très bien, fit-il, une empreinte complète, la paume et les cinq doigts. C'est parfait.

Elle sourit tout en continuant à se pencher sur son tricot.

— Alors, vous savez.

— Oui, mademoiselle Hanbury, nous savons.

52.

Plus tard, Ames vint rejoindre le rabbin à l'appartement.

— Je prendrais bien une tasse de café, formula Ames. Il me semble avoir vu une boîte de café soluble à la cuisine.

Avec la longue pratique que lui avait conférée son célibat, il s'activa à la cuisine, mettant de l'eau à bouillir, rinçant les tasses, dressant la table.

Alors qu'ils étaient tous deux attablés devant leurs tasses fumantes, Ames dit :

— Malgré votre embrouillamini talmudique, vous deviez à peu près savoir où vous vouliez en venir. A ce sujet, je vous serais reconnaissant de m'épargner votre explication trop facile selon laquelle ce serait ce bon sergent Schroeder qui vous aurait donné l'idée de la culpabilité de la doyenne Hanbury. Dites-moi ce qui vous a réellement mis sur la voie.

Le rabbin reposa sa tasse.

— A partir du jour où je l'avais rencontrée pour la première fois, Millicent Hanbury me faisait gamberger. Je pense que cela est dû à notre conception générale des choses régie notamment par le précepte biblique : « Croissez et multipliez. » A nos yeux, la femme non mariée, la vieille fille, est une figure tragique, car il ne lui est pas donné d'accomplir le cycle normal de la vie. Dans les Chtettel *, les bourgades-ghettos de Russie et de Pologne où pour se marier chaque fille devait être pourvue d'une dot, la communauté dotait les filles pauvres et les orphelines afin de les préserver d'une vie de célibat. Même si elles étaient laides, on se débrouillait pour leur trouver chaussure à leur pied. Il n'y avait pas de vieilles filles au Chtettel *.

— Et les vieux garçons ?

— Occasionnellement, il s'en trouvait un. (Le rabbin sourit.) On ne les considérait pas comme des figures tragiques, mais plutôt comme des gens qui ne remplissent pas leur tâche, qui ne supportent pas leur part du fardeau.

— Vous aussi ?

En réponse au regard interrogateur du rabbin, il expliqua :

— Presque toute ma vie, on me harcèle dans ma famille, soi-disant parce que je ne remplis pas ma tâche, je ne supporte pas ma part du fardeau. Toutefois, on ne me blâme pas en l'occurrence pour mon célibat, ce qu'on me reproche, c'est de ne pas être devenu un avocat de renom. D'après la remarque dont on me gratifie habituellement, je n'exploite pas mes potentialités.

Le rabbin sourit.

— Dans notre système moderne, où l'on se marie par amour, c'est plus ou moins une question de chance de se marier ou non. Mais je me permets d'affirmer qu'avec l'ancien système des mariages arrangés, vous ne seriez sans doute pas resté célibataire et Mlle Hanbury certainement pas. Elle est très attrayante, de sorte que je me suis surpris moi-même à me demander pourquoi elle ne s'était pas mariée. Etait-ce pour sauvegarder sa carrière universitaire ?

Il s'interrompit comme si une pensée avait surgi à son esprit.

— Vous savez, si vous étiez marié, il y a de bonnes chances pour que votre épouse eût tout mis en œuvre afin que vous deveniez cet avocat de renom.

Ames eut un petit rire.

— Dans ce cas, il est heureux qu'il n'y ait plus de mariages arrangés.

Le rabbin eut un sourire plein de compassion.

— Peu après cette première rencontre avec Millicent Hanbury, je suis tombé sur le commissaire Lanigan qui m'a exposé qu'elle était une Hanbury, et que les Hanbury ne frayaient pas avec n'importe qui. Etant donné qu'elle appartenait à une branche désargentée de la famille, elle ne fréquentait même pas du coup les gens qu'elle considérait comme ses égaux. Cela lui était impossible en raison d'un sentiment de fierté que sa famille lui avait inculqué. Cette éducation l'a rendue infirme sur le plan sentimental.

— J'ai eu connaissance de cas similaires, observa Ames.

— Je m'en doute. Sur ces entrefaites, voilà qu'arrive Hendryx qui avait quitté Barnard's Crossing alors qu'il était à peine adolescent. Or, les Hendryx appartenaient à la même classe sociale que les Hanbury. Elle le connaissait déjà à l'époque et il se peut qu'en dépit de la différence d'âge, elle ait déjà eu le béguin pour lui.

— Ou à cause de la différence d'âge.

— D'accord. Et voici qu'il revient vers elle pour solliciter un poste. En outre, il n'est pas marié. Non seulement, elle lui obtient ce poste, mais par-dessus le marché elle s'arrange pour le faire nommer chef intérimaire de son département.

— Etait-il un vrai universitaire ?

— Oui. Sans être exceptionnel, il avait un bon niveau et il avait même effectué plusieurs publications.

— Alors comment se fait-il qu'il n'ait pas eu de poste à son arrivée à Windemere ? demanda Ames. Nous avons remonté la piste et avons découvert qu'il avait changé plusieurs fois de place durant les dix dernières années.

— C'était sans doute dû à sa personnalité, allégua le rabbin. D'un caractère fier et hautain, il avait tendance à faire des remarques acerbes, voire blessantes. Dans beaucoup d'universités, c'est l'assemblée des professeurs d'un département qui décide des nominations et des promotions ; je suis sûr que les traits que je viens de citer ont pu indisposer un certain nombre de gens, comme cela a été le cas pour Fine. Cependant, j'avais l'impression qu'il avait décidé de rester à Windemere. Ce n'était plus un jeune homme. Il avait atteint la quarantaine, et à cet âge, si on n'a pas encore creusé son trou, il n'est pas facile de trouver un poste.

Ames acquiesça.

— Je suis certain que Mlle Hanbury était persuadée qu'ils se marieraient. Je ne la vois pas, comment faut-il dire, fricoter ? simplement fricoter avec un homme. Sa fierté ne lui aurait pas permis d'admettre une telle situation.

Ames approuva.

— Lors de son interrogatoire, elle a affirmé qu'ils avaient prévu de se marier aussitôt que Hendryx aurait obtenu sa nomination de chef de département. A ce moment-là, elle aurait pu quitter son poste ; en fait, elle aurait été obligée de le quitter, car le règlement de l'université Windemere interdit que deux époux fassent partie du personnel.

— Bien entendu, enchaîna le rabbin. Aussi longtemps qu'il n'avait qu'un emploi d'intérimaire, c'est elle qui de loin avait le meilleur job. S'ils s'étaient mariés avant sa titularisation, c'est donc lui qui aurait dû lâcher son poste et c'est elle qui aurait subvenu aux besoins du ménage. Je suis certain qu'elle n'aurait pas apprécié, et lui encore moins. C'était donc pour eux une question de temps.

— Cependant, lui n'avait pas la patience d'attendre ?

— C'est ce que je pense, continua le rabbin. Hendryx estimait qu'en passant par la fille du président, il avait des chances d'arriver plus rapidement et avec plus de certitude à son but. Il ne s'était pas trompé. Toutefois, Millicent Hanbury était fière, bien trop fière, pour permettre qu'on se serve d'elle pour la rejeter ensuite.

Il secoua la tête d'un air pensif.

— Je me demande comment il a pu se débrouiller, faire la cour à une femme et...

— Coucher avec une autre ? (Ames rit.) Les hommes mariés y arrivent souvent. Pour un célibataire, c'est même plus facile.

53.

— J'espère que vous ne m'en voulez pas, monsieur le rabbin, de vous avoir demandé de venir cet après-midi, dit le président Macomber, mais le vendredi après-midi, l'université est pratiquement déserte. Nous pouvons nous entretenir tranquillement sans être interrompus. Mais en premier lieu, appréciez-vous le fait d'enseigner ici ?

— Oh oui, ils étaient vingt-cinq à mon cours cet après-midi.

— En effet, murmura Macomber.

Le rabbin réalisa que le président n'avait pas la moindre idée de ce qu'il avait voulu dire et s'expliqua.

— Je suis certain que c'est grâce à la qualité de votre enseignement, formula poliment Macomber.

Il jouait avec un crayon et avait l'air embarrassé. Finalement, il se racla la gorge pour dire :

— Vous avez partagé un bureau avec le professeur Hendryx. Avez-vous conversé avec lui ?

— Oui, occasionnellement. Pas trop souvent et habituellement guère longtemps.

— Dites-moi, monsieur le rabbin, fit-il en s'arc-boutant dans son fauteuil, à votre avis, le professeur Hendryx était-il antisémite ?

Le rabbin se pinça les lèvres.

— Ce n'est pas ce que je dirais. Il avait des préjugés, c'est certain. La plupart des gens en ont contre un groupe ou un autre. C'est une réaction naturelle à l'encontre d'un étranger, du membre d'une minorité. Nous autres Juifs avons souffert de cela davantage que la plupart des gens, sans doute parce que nous avons été minoritaires dans un grand nombre de pays. Mais je n'appelle pas antisémitisme le fait de ne pas être aimé, même si on ne m'aime pas parce que je suis juif. Je ne considère pas cela comme de l'antisémitisme, à moins que cela se traduise par une action politique, légale ou sociale. Pour qu'une société multiple fonctionne, il n'est pas nécessaire que chacune des fractions de cette société aime chacune des autres fractions. C'est de l'utopie. Le système fonctionne dès lors que chacune des fractions reconnaît à toutes les autres l'égalité des droits, qu'elle les apprécie ou non. Pour en revenir au professeur Hendryx, il lui arrivait à l'occasion de faire des remarques désobligeantes sur les Juifs, mais il faisait le même genre de remarques sur les Irlandais, les Italiens et les Noirs. Il avait pour habitude de faire des remarques amères et ironiques à tout propos et hors de tout propos. Je le considérais comme un type insatisfait et malheureux.

Macomber opina.

— Je vois.

— Vous semblez déçu.

Le président eut un rire bref.

— Dans un certain sens je le suis. Les choses auraient été plus faciles pour moi, si le professeur Hendryx avait été antisémite.

Il fit une pause avant d'enchaîner :

— Alors que nous approchons de la fin de l'année universitaire, nous sommes pratiquement désorganisés.

Nous n'avons pas de doyen et le département d'anglais est dépourvu de directeur. Ce n'est pas le plus grave ; mais nous sommes également à court de professeurs, et avec le départ du professeur Fine...

— Est-il inévitable qu'il parte ?

— C'est là justement que le bât blesse.

Macomber se saisit d'une grande enveloppe blanche se trouvant sur sa table.

— Avant sa mort, le professeur Hendryx avait fait part à la doyenne Hanbury de graves accusations pesant sur le professeur Fine ; Mlle Hanbury m'ayant mis au courant, j'avais pris la décision de ne pas renouveler le contrat de Fine. J'ai pris la liberté de vous en parler, car M. Ames m'a indiqué que l'affaire vous est connue.

Il adressa un regard interrogateur au rabbin.

Le rabbin fit un signe affirmatif de la tête.

— Or je ne peux pas ignorer les faits reprochés à Fine, même si entre-temps la doyenne Hanbury est discréditée pour les raisons que vous savez. C'est le genre de choses que le président d'une université ne peut pas ignorer purement et simplement. Pas s'il a une conscience.

— Laissez-moi comprendre, monsieur le président. Vous aimeriez garder Fine, parce que vous manquez de...

— Et également parce que j'estime que c'est un bon professeur.

— Mais comme vous avez de bonnes raisons de croire qu'il a fraudé lors d'un examen au profit d'une étudiante, votre conscience ne vous permet pas de passer l'éponge ?

— Oui... oui, je dirais que c'est à peu près cela, fit Macomber d'un air malheureux.

— Cependant, si j'avais affirmé que Hendryx était antisémite, vous auriez estimé que les accusations ont été proférées par suite d'un parti pris, ce qui vous aurait permis de les ignorer.

— D'autant plus que j'en avais été informé uniquement par la doyenne Hanbury ; je n'en avais jamais parlé avec Hendryx.

— Or, actuellement elle est discréditée à vos yeux.

— Oui, mais il y a cette enveloppe, malheureusement. Elle contient la preuve du bien-fondé des accusations, dit-il. Comme vous pouvez le constater, elle est fermée et le nom de Fine est écrit dessus ; néanmoins, je connais le texte qui est à l'intérieur, car c'est moi qui en ai dicté le libellé à la doyenne Hanbury.

Il ouvrit un tiroir pour en sortir un dossier d'où il retira une feuille de papier qu'il tendit au rabbin.

— Allez-y, lisez.

— Elle n'est pas signée, dit le rabbin tout en lisant. Et il n'y a pas de date.

— Nous avons prévu de mettre une date récente pour le cas où le professeur Fine tenterait de revenir sur sa promesse, expliqua Macomber.

Le rabbin lut à haute voix :

— Par la présente, je reconnais librement avoir transmis un exemplaire du sujet de l'examen final du cours d'anglais 74 à une étudiante dudit cours, afin que celle-ci puisse accéder à une bonne note. Je regrette cette action et m'engage à ne pas commettre d'infraction analogue pendant le restant de ma période contractuelle à cette université.

— Bien entendu, l'exemplaire à l'intérieur de l'enveloppe est revêtu de la signature du professeur Fine, ajouta Macomber.

Le rabbin resta silencieux un moment, puis formula :

— La fonction traditionnelle du rabbin consiste à prononcer des jugements. Le saviez-vous ?

Macomber sourit.

— C'est à peu près ce que m'avait dit Bradford Ames, en discutant avec moi, euh..., de choses et d'autres. Etes-vous en train de sous-entendre que si vous aviez à rendre un verdict dans cette affaire, vous verriez les choses différemment ?

— Si je devais juger cette affaire, je ne considérerais absolument pas cette pièce comme une preuve. Ce serait contraire au droit talmudique.

Macomber sourit.

— Roger Fine étant juif, j'estime normal qu'il soit jugé selon le droit talmudique. On pourrait appeler cela être jugé par ses pairs. Allons-y. Comment procéderiez-vous ?

— En premier lieu, je demanderais à entendre ses accusateurs.

— Mais c'est impossible. Ils sont tous les deux...

— Précisément.

— Mais il y a ses propres aveux.

— Je ne puis pas accepter cela comme preuve. Selon notre droit : « Nul ne peut se traiter de délinquant. » C'est un principe fondamental de notre droit pénal.

— A y penser, il me semble que ce principe figure également dans notre propre droit coutumier, la Common Law, remarqua Macomber.

— Cependant, il y a une différence, observa lc rabbin. La Common Law stipule que nul ne peut être contraint à témoigner contre lui-même. Selon notre droit, il n'en a pas la faculté, même s'il le désire.

— Donc, si vous aviez à juger cette affaire ?

— Je prononcerais la relaxe, trancha avec promptitude le rabbin.

Macomber sourit.

— Voici, à coup sûr, une issue. Et pourtant...

— Et pourtant, vous êtes insatisfait.

— Effectivement.

— Moi également, admit le rabbin. Je suppose que c'est moins une question de droit que de conscience. Pour vous comme pour moi. En ce qui me concerne, je considérerais qu'il s'agit plutôt d'un péché que d'un délit. En votre qualité de président d'université, estimez-vous qu'une fraude à un examen constitue un péché impardonnable ?

— Pour autant que je le sache, il n'existe pas de péché impardonnable, répliqua Macomber.

— Alors comment faut-il procéder pour être pardonné d'un péché ?

— Je pense que c'est plutôt de votre ressort que du mien, monsieur le rabbin. Disons qu'il faut confesser sa faute, se repentir et promettre de ne pas recommencer.

Le rabbin s'éclaircit.

— Eh bien, n'est-ce pas ce que Fine a fait ?

— Quand ? Maintenant ?

— Dans ce papier : « je reconnais librement » c'est une confession, « je regrette cette action » c'est le repentir, et « je m'engage à ne pas commettre d'infraction analogue » voilà pour le troisième point.

Macomber réfléchit. Puis il sourit.

— Oui, je pense que cela fera l'affaire. Et cela résout derechef le problème de notre département d'anglais.

Il s'arc-bouta dans son fauteuil, rayonnant.

— A propos, monsieur le rabbin, seriez-vous intéressé par la place de doyen ?

GLOSSAIRE

des termes hébreux et yiddish

AMIDA : Mot hébreu signifiant « station debout » ; prière récitée debout.

BAR-MITZWA : Littéralement « fils du commandement ». Cérémonie de confirmation par laquelle le jeune Juif, âgé de 13 ans, accède à la majorité religieuse.

CACHÈRE (également orthographié casher et kasher) : Mot hébreu signifiant bon, utile ; adjectif qualifiant les aliments conformes aux règles diététiques de la loi mosaïque. Au sens figuré, cachère signifie régulier ; « ce n'est pas cachère » équivaut à « ce n'est pas catholique ».

CASHROUT : Etat de ce qui est cachère.

CHABAT CHALOM : Salutation sabbatique comparable à « bon dimanche ».

CHEMA : Credo juif : « Ecoute Israël, l'Eternel est notre Dieu, l'Eternel est un. »

CHTETTEL (ou STETEL) : Mot yiddish signifiant bourgade. Au XIXe siècle, le tsar expulsa les Juifs des villes et des villages, de sorte que ceux qui habitaient l'Empire russe ne pouvaient se fixer que dans les bourgades.

HASHKIVENOU : « Accorde-nous un repos paisible », passage du rituel de la prière du soir.

HASSIDISME : Mouvement de réveil religieux fondé en Pologne durant la première moitié du XVIIIe siècle par le Baal Chem Tov, mystique au cœur tendre, qui enseignait que la piété était supérieure à la science. Actuellement, les tenants du hassidisme se distinguent notamment par leur tenue vestimentaire.

HILLEL : Foyer d'étudiants juifs.

'HOUPAH : Mot hébreu signifiant dais nuptial.

KETOUBAH : Mot hébreu signifiant contrat ; acte de mariage lu par le rabbin au début de la cérémonie nuptiale.

KIDDOUCH : Sanctification. Bénédiction inaugurant une cérémonie ou un repas de fête.

KIPPA : Petite calotte portée à la synagogue, et également à l'extérieur par les Juifs très pratiquants.

KNISHES : Terme yiddish, feuilles de chou farcies.

LE'HA DODI : Prière par laquelle les fidèles saluent le vendredi soir l'arrivée du sabbat.

MAZAL TOV : Mots hébreux signifiant bonne chance. Souhaits de bonheur exprimés lors des naissances, mariages, etc.

MELAMED : Terme hébreu signifiant enseignant. Instituteur.

MYNIAN : Quorum. Pour célébrer un office collectif, il faut un « mynian », c'est-à-dire la présence d'au moins dix fidèles ayant atteint leur majorité religieuse.

SMIKHA : Habilitation à la fonction de rabbin, comparable à l'ordination.

TALMUD : Mot hébreu signifiant étude, enseignement. Vaste compilation d'interprétations et de commentaires sur la Tora.

TORA : Mot hébreu signifiant loi. Il s'agit du Pentateuque ou des cinq livres de Moïse constituant la première partie de la Bible et le code écrit du judaïsme.

Achevé d'imprimer en décembre 1995
sur les presses de l'Imprimerie Bussière
à Saint-Amand (Cher)

— N° d'édit. : 1802. — N° d'imp. : 2928. —
Dépôt légal : novembre 1987.

Nouveau tirage : décembre 1995.

Imprimé en France